HEYNE <

SAMANTHA JAMES

Sinnliche Versuchung

Roman

Aus dem Amerikanischen
von Julia Burg

WILHELM HEYNE VERLAG
MÜNCHEN

Titel der Originalausgabe
A PERFECT HERO

FSC
Mix
Produktgruppe aus vorbildlich
bewirtschafteten Wäldern und
anderen kontrollierten Herkünften

Zert.-Nr. SGS-COC-1940
www.fsc.org
© 1996 Forest Stewardship Council

Verlagsgruppe Random House FSC-DEU-0100
Das für dieses Buch verwendete FSC-zertifizierte Papier
Holmen Book Cream liefert Holmen Paper, Hallstavik, Schweden.

Umwelthinweis:
Dieses Buch wurde auf chlor- und säurefreiem Papier gedruckt.

2. Auflage
Deutsche Erstausgabe 03/2007

Printed in Germany 2007
Umschlagillustration: Pino Daeni / Agentur Schlück GmbH
Umschlaggestaltung: Nele Schütz Design, München
Satz: IBV Satz- und Datentechnik GmbH, Berlin
Druck und Bindung: GGP Media GmbH, Pößneck
www.heyne.de

ISBN: 978-3-453-58031-2

Für meine Familie

Kelly und Traegon, die mir meine heiß geliebten Kleinen Nick und Ashley geschenkt haben – die mich immer fröhlich stimmen.

Sara und Steve ... danke, ihr Lieben, dass ihr mich bei meiner Arbeit über den Großen Teich hinweg inspiriert und unterstützt habt!

Jami, von der ich weiß, dass sie einmal die beste Krankenschwester sein wird, die es gibt!

Und schließlich Ed.
Mein Mann ... mein Herz ... mein eigener »Perfect Hero«, mein vollkommener Held.

Ich liebe euch.

Vorwort

London, 1814

In der Kirche fing man zu tuscheln an. Oh, aber das war unrecht … so unrecht. Nur wenige Augenblicke zuvor war sie fest überzeugt, dass sie für ihre Hochzeit keinen besseren Tag hätte wählen können.

Von oben drang das Sonnenlicht durch die bunten Glasfenster der St.George Kirche am Hanover Square und tauchte das Kircheninnere in ein gleißendes, übernatürliches Licht.

Es war ein Zeichen, sagte sich Lady Julianna Sterling, als sie aus der Kutsche stieg und auf die Kirche zuging. Zu lange hatte ein Schatten über dem Leben der Sterlings gelegen. Diesen wunderschönen Tag hatte sie als Symbol für ihr zukünftiges Leben betrachtet. Wie ein gutes Omen. An einem so prachtvollen Sonnentag würde sich nicht eine einzige dunkle Wolke an den Himmel wagen. Ihre Verbindung mit Thomas Markham würde unter einem guten Stern stehen … unter dem besten.

Und doch kämpfte sie wenige Augenblicke später gegen die aufkommende Panik an. Thomas hätte eigentlich schon da sein müssen.

Wo war er? *Wo?*

Eine Hand berührte sie am Ellbogen. Fragend blickte Julianna in die grauen Augen ihres ältesten Bruders.

Auch wenn Sebastian das Getuschel der Gäste mitbekommen hatte, ließ er sich nichts anmerken.

»Du siehst wie eine Prinzessin aus«, sagte er leise.

Julianna lächelte ein bisschen gequält. Zartrosa Seide, ihre Lieblingsfarbe, bauschte sich über schweren, silbernen Satin. Dazu trug sie farblich passende Schuhe. Kostbare Brüsseler Spitzen zierten die Ärmel; der Saum des Kleides war mit kleinen weißen Rosenblüten bestickt, in denen einzelne Silberfäden schimmerten. Am meisten aber beeindruckte die lange, elegante Schleppe, die hinter ihr her wirbelte.

»So fühle ich mich auch«, gestand sie flüsternd. »Trotzdem, vielen Dank, Mylord. Das Kompliment kann ich nur erwidern. Du siehst umwerfend aus.«

»Und was ist mit mir?«, ließ sich eine weitere Stimme, die ihres Bruders Justin, vernehmen. »Sehe ich nicht ebenso gut aus?«

Julianna zog die Nase kraus. »Ein trauriger Fall bist du«, gab sie zurück, »wenn du dir die Komplimente bei deiner Schwester holen musst.«

»Kleines Biest«, zischte Justin.

Ihre beiden dunkelhaarigen gutaussehenden Brüder nahmen sie in die Mitte und Julianna schob die mit weißen Spitzen behandschuhten Hände unter ihre Ellbogen. Dreiundzwanzig Jahre lang hatten Sebastian und Justin sie unter ihre Fittiche genommen und so gut sie konnten für sie gesorgt, was nicht heißt, dass sie dies gewollt oder gebraucht hätte, aber sie liebte sie dafür umso mehr.

Justin hob eine Braue und blickte Sebastian an. »Da es ja normalerweise die Aufgabe der Mutter ist, die junge Braut angemessen auf ihre Hochzeitsnacht vorzubereiten, nehme ich an, dass du das Notwendige … nun, ich weiß nicht, wie ich mich ausdrücken soll … dass du sie in dieser Hinsicht aufgeklärt hast …«

»Ich habe Sebastian gebeten, dir diese Pflicht zu übertragen, lieber Justin. Schließlich bist du der Mann, der auf diesem speziellen Gebiet große Erfahrung hat.«

Julianna genoss die seltene Gelegenheit, Justin sprachlos zu sehen.

»Außerdem«, gurrte sie, »besteht kein Bedarf. Ich rühme mich zwar nicht besonderer Qualitäten, baue aber auf meine Phantasie – ganz zu schweigen von der Tatsache, dass ich in jüngeren Jahren eine gewisse Fertigkeit im Türenlauschen erworben habe, als ihr beide in den Flegeljahren wart. Da habe ich mir, sagen wir, einiges Wissenswerte angeeignet. Ich würde meinen, dass ich auf diesem Gebiet nicht im Dunkeln tappe.«

Sebastian reckte sich zu voller Größe. »Du machst dich nur wichtig!«

»Julianna!«, sagte Justin erstaunt. »Das hätte ich dir nicht zugetraut!«

»Jetzt schaut mich doch nicht so entrüstet an!« Die Brüder schienen dermaßen entsetzt zu sein, dass Julianna sich das Lachen nicht verkneifen konnte.

Sie ahnte nicht, dass sie an diesem Tag zum letzten Mal gelacht hatte.

Während die Brüder noch grollten, wanderte ihr Blick zum Kirchenschiff. Schon als Kind hatte Julianna davon geträumt, in St.George am Hanover Square zu heiraten, in der Kirche, die vor fast einem Jahrhundert gebaut wurde, in der der Sohn des Königs, Prince Augustus, geheiratet hatte. Dank Sebastian wurde dieser

Wunschtraum ihrer Kinderzeit wahr – er hatte darauf bestanden, dass die Trauung in St. George stattfand.

Julianna war einverstanden. Es war nicht nur die Erfüllung eines Kindertraums, sondern auch eine Art Statussymbol für die Stellung in der Gesellschaft, für Reichtum und Erfolg.

Die drei Geschwister hatten einen langen mühsamen Weg hinter sich, nachdem man die Sterlings gesellschaftlich geschnitten hatte. Nach dem Tod des Vaters hatte Sebastian den guten Namen der Familie wiederhergestellt

In den Bankreihen auf beiden Seiten des Kirchenschiffs saßen die Gäste dichtgedrängt nebeneinander. Julianna bemerkte, dass sich einige Köpfe umdrehten, zum Eingang blickten und dann zum Altar …

Wo Thomas sie erwarten sollte.

Ein dumpfes Gefühl machte sich im Magen breit. »Ich glaube, mehr als die Hälfte der Londoner Gesellschaft ist hier«, murmelte sie.

»Wahrscheinlich würdest du ganz England eingeladen haben, wenn Sebastian es erlaubt hätte«, bemerkte Justin mit einem kleinen Lächeln. Sebastian schwieg dazu.

In der Kirche war es still.

Auf der westlichen Galerie hüstelte der Organist, während er auf ein Zeichen von Reverend Hodgson wartete, der unruhig von einem Fuß auf den anderen trat.

Wenige Minuten später griff Sebastian nach seiner Taschenuhr und ließ den Deckel aufspringen. Er blickte entrüstet auf. Die Trauung war um ein Uhr festgesetzt.

Es war ein Viertel nach eins.

Julianna brachte es nicht fertig, in das Kircheninnere zu schauen. Der Ausdruck auf den Gesichtern der Gäste hatte sich von fragender Ungewissheit in Mitleid gewandelt; das Getuschel war zu einem lauten Gemurmel angeschwollen.

Julianna blickte Sebastian flehend an.

»Etwas ist schief gegangen«, flüsterte sie. »Thomas müsste bereits hier sein.«

Justin zeigte weniger Entgegenkommen. Das Gesicht war verkniffen, die Lippen ein schmaler Strich. »Dafür ist er uns eine Erklärung schuldig. Mein Gott, zu spät zu seiner eigenen Hochzeit zu kommen!«

»Justin! Thomas ist ein guter Mensch. Du weißt so gut wie ich, dass er ein Herz aus Gold hat!«

»Wo steckt er dann zum Teufel?«, knurrte Justin.

Julianna machte sich Sorgen. »Oh, vielleicht hatte er einen furchtbaren Unfall? Nichts auf der Welt könnte ihn an diesem Tag aufhalten! Er ist ein Ehrenmann. Er ...«, die Stimme brach ab, »... sonst wäre er hier. Er wird gleich da sein! Es muss etwas dazwischengekommen sein ...«

Und so war es.

Die Seitentür öffnete sich. Drei Augenpaare blickten in die gleiche Richtung, als Thomas' Bruder unerwartet auftauchte.

Wie es Justins Art war, fragte er unumwunden: »Mann, wo steckt Thomas?«

Sebastian ging ebenfalls auf ihn zu.

Samuel schaute zu Julianna. Sie konnte kaum atmen. Er sah aus, als trüge er die Last der Welt auf seinen Schultern.

Irgendetwas war geschehen. Etwas Schreckliches war geschehen. Sie spürte es. Sie wusste es. »Samuel, Samuel, sag mir, was passiert ist.«

Einen Moment später wurde ihr bewusst, dass sie es hätte wissen müssen ... er wich ihrem Blick aus. »Es tut mir leid, Julianna. Aber Thomas kommt nicht.«

Das Herz drohte ihr stillzustehen. »Er kommt nicht?«, fragte sie schwach.

»Ja. Er hat mir kurz zuvor eine Nachricht hinterlassen. Oh, aber ich weiß nicht, wie ich es dir sagen soll! Gestern Abend ... also, gestern Abend ist er nach Gretna Green aufgebrochen ... mit Clarice Grey.«

Samuel schaute sie fragend an. »Julianna«, setzte er vorsichtig an, »hast du mich verstanden?«

Julianna starrte ins Leere. Das konnte nicht wahr sein. Es war ein Traum. Nein, ein Albtraum! Ihr Herz war so kalt wie der Steinboden unter ihren Füßen.

Hinter ihr schnappte jemand nach Luft.

»Gretna Green!«, sagte eine Stimme. »Er ist mit einer anderen Frau nach Gretna Green durchgebrannt!«

Und dann ging es wie ein Lauffeuer durch die Kirche, bis ihr die Ohren dröhnten und sie keinen klaren Gedanken mehr fassen konnte. Alle starrten sie an. Die Blicke schienen sich wie Glasscherben in ihre Haut zu bohren. Sie fühlte sich nackt und bloß.

Sie wusste nicht mehr, wie sie die Kirche verlassen hatte. Sebastian und Justin schoben sie hinaus und setzten sie in die Kutsche, um sie vor den Blicken der Hochzeitsgäste zu schützen, die sich bereits im Mittelgang aufgestellt hatten.

Als sie bei Sebastians Stadthaus vorfuhren, brachte sie kein Wort heraus. Justin fluchte immer noch leise vor sich hin und murmelte etwas von einem Duell, als er aus der Kutsche sprang.

Sebastian tippte ihr auf die Schulter. »Julianna?«, fragte er besorgt. »Jules, geht es dir gut?«

»Mir geht es bestens«, hörte sie sich äußerst prononciert sagen. Aber das war gelogen. Innerlich war sie unsagbar verletzt. Mit erzwungener Ruhe wandte sie sich ihrem Bruder zu.

»Es wird zu einem Skandal kommen, nicht wahr?«

Der Schatten eines Lächelns huschte über Sebastians Lippen.

»Wir sind Sterlings, Jules. Das lässt sich wahrscheinlich nicht vermeiden. Aber wie du weißt, haben wir bereits einen Skandal überlebt.«

Er wollte sie trösten. Es war gut gemeint. Wie leicht war es, so etwas als Mann zu sagen. Männer wurden nicht als alte Jungfern gebrandmarkt. Als Sitzengebliebene. Und die alten Klatschbasen würden auch nicht hinter dem Fächer tuscheln, dass *er* an *seinem* Hochzeitstag verlassen wurde …

Sie wollte weinen, sich in Sebastians Arme werfen und ihren Schmerz herausschreien. Als Kind war er derjenige gewesen, der sie bei kleinen Kümmernissen und Wehwehchen getröstet hatte.

Aber diese Verletzung konnte er nicht heilen.

Mit trockenen, schmerzenden Augen blickte sie ihn an und biss die Lippen aufeinander, um gegen die Tränen anzukämpfen. Er schaute sie lange forschend an. Ob er den Riss in ihrem Herzen sehen konnte? Den Stachel in ihrer Seele? Sie versuchte tapfer zu sein. Sie wollte tapfer sein. Sie wollte nicht weinen. Nicht jetzt. Nicht *jetzt*.

Das würde später kommen.

Sebastian sprang aus der Kutsche und reichte ihr eine Hand. Julianna nahm sie und stieg aus der Kutsche. Als sie auf das Haus zuging, schienen sie die warmen Sonnenstrahlen wie zum Spott zu küssen.

Alles war vorbei, dachte sie voller Pein. Alles war vorbei … ihre Hoffnungen, ihre Träume. Am liebsten würde sie sich jetzt zusammenrollen und sich das Herz aus dem Leibe weinen.

Das Geschehen an diesem Tag hatte sie gedemütigt und für immer verändert.

Erstes Kapitel

Frühling 1818

Es war die perfekte Nacht für einen Raubüberfall.

Im Schutz der dichten Laubkrone einer alten Eiche beobachtete die Gestalt auf dem Pferderücken zu später Stunde die Landstraße. Wolken verdeckten das silberne Licht des Mondes. Die Nacht war pechschwarz wie der Schlund der Hölle. Ein leichter Wind strich durch das Geäst und ließ eine klagende, einsame Weise erklingen.

Für sein Vorhaben konnten die Bedingungen nicht besser sein. Er würde unbemerkt bleiben, um den geeigneten Augenblick abzupassen.

Er war ganz in Schwarz gekleidet, vom Hut bis zu den Stiefelsohlen. Eine dunkle Maske verhüllte das Gesicht bis auf die Augenschlitze. Wie angegossen saß er im Sattel seines Pferdes Parzival. Der Reiter schien an stundenlange Ritte gewohnt zu sein. Seine aufrechte, straffe Haltung zeigte keine Anzeichen von Ermüdung. Der Körper war angespannt wie der eines Raubtiers, das sich nicht verraten durfte, um im richtigen Moment zuzuschlagen.

Sonst wäre sein Leben verwirkt.

Und der Mann, der als Magpie, als die Elster, bekannt war, hatte nicht den Wunsch, vor seinen Schöpfer zu treten.

Parzivals Ohren stellten sich nach vorn. Die schwarz behandschuhten Finger zogen die Zügel an. Die Schenkel pressten sich an den Pferdeleib und hielten das mächtige Tier ruhig. Mit der Fingerspitze fuhr er über den Nacken des Pferdes. »Warte«, ermahnte er Parzival.

Das Tier beruhigte sich bei seiner Berührung, die angespannten Muskeln zeigten ihm jedoch, dass es zum Sprung bereit war.

Mit zusammengekniffenen Augen blickte der Reiter in die Dunkelheit Richtung Osten. Dies war nicht die erste Nacht, in der er in der Maske der Elster unterwegs war und es würde nicht die letzte sein. Nicht bis er sein Ziel erfolgreich erreicht hatte.

Unter der schwarzen Seidenmaske verzog sich der Mund zu einem feinen Lächeln. Das vertraute Gefühl der Aufregung jagte durch das Blut. Der Herzschlag beschleunigte sich. Die näher kommenden Hufschläge alarmierten Ross und Reiter. Der gelbe Schein einer Laterne war aufgetaucht und tanzte auf und nieder.

Die Kutsche kam näher.

Der Reiter wartete, bis sie in Sichtweite war. Er war nicht der Mann, der Fehler beging.

Wie auf ein Stichwort – der Teufel schien wirklich seine Hand im Spiel zu haben – kam der Mond hinter der Wolke hervor. Die Elster gab die Zügel frei, brach aus dem hüfthohen Gras am Straßenrand hervor und stellte sich der heranfahrenden Kutsche in den Weg.

Als ihn der Kutscher entdeckte, stand er vom Kutschbock auf und zog die Zügel an. Mit rasselndem Geschirr kam das Gefährt auf das Kommando des Kutschers zum Stehen.

Ungerührt richtete die Elster ein Pistolenpaar auf das Herz des Mannes.

»Stehen bleiben und her damit.«

Einige Stunden zuvor raffte Julianna ihre Röcke in die Höhe und rannte mehr hüpfend und springend im Hof des Gasthauses über die Pfützen, die vom gestrigen Regen geblieben waren. »Wartet!«, rief sie.

Der Kutscher schien nicht gerade ein geduldiger Mensch zu sein. Er blickte sie unfreundlich an. »Dann sputen Sie sich! Wir haben uns bereits verspätet.«

Verspätet. Ja, das war das Wort des Tages. Mit einem Rums wurde ihre Truhe aufgeladen. Bei allen Heiligen!, sie wollte unbedingt nach Bath, am liebsten noch heute Abend.

Nichts war auf dieser Reise nach Plan verlaufen. Die Fahrt mit einer öffentlichen Kutsche stand nicht auf ihrem Programm, aber unglücklicherweise hatte sie die schnelle Postkutsche verpasst.

Atemlos stieg Julianna in die Kutsche. Kaum hatte sie Platz genommen, wurde die Tür geschlossen und die Pferde zogen an.

Außer ihr gab es noch drei Mitreisende: eine ältere Dame; ein weitere Frau mit einer hohen Haube; der Mann neben ihr schien wohl, so vermutete Julianna, der Ehemann zu sein.

Julianna saß neben der älteren Dame. »Guten Tag«, grüßte sie freundlich.

»Guten Tag«, antwortete die ältere Dame und nickte.

Die andere Frau beäugte neugierig ihr grau gestreiftes Reisekostüm. »Sie reisen allein, Madam?«

Madam? Du lieber Himmel! Sah sie mit siebenundzwanzig schon so schrecklich alt aus?

»Ja, ganz richtig«, gab Julianna gelassen zurück. »Meine Zofe und ich waren auf dem Weg nach Bath – vor kurzem habe ich dort ein Haus gekauft –, als sie am Nachmittag erkrankte. Wir unterbrachen die Reise und übernachteten im Gasthof. Ich hatte gehofft, sie würde sich heute wieder erholt haben, aber das war nicht der Fall. Heute Nachmittag wurde klar, dass die arme Peggy den letzten Teil der Reise nach Bath nicht antreten konnte. So habe ich sie mit meiner Kutsche nach London zurückgeschickt.« Julianna selbst kümmerte es nicht im Geringsten, dass sie ohne Begleitung reiste.

»Wie nett von Ihnen, Madam«, sagte die andere Frau. »Aber wir fahren nicht bis Bath. Das ist zu weit. Nach Einbruch der Dunkelheit sind die Straßen nicht mehr sicher.«

Der Ehemann warf ihr einen strafenden Blick zu. »Leticia! Das ist wohl kaum deine Angelegenheit.«

»Schau mich nicht so an, Charles. Du weißt, dass es wahr ist! Wenn dieser gefährliche Wegelagerer nicht wäre! Die Elster. Was wird uns als Nächstes blühen, frage ich mich! Dieser furchtbare Kerl würde nicht davor zurückschrecken, uns im Bett zu ermorden, jeden von uns!« Sie warf der älteren Dame neben Julianna einen flehentlichen Blick zu. »Mutter, sag es ihm!«

Die Dame nickte bedeutungsvoll mit dem Kopf. »Das ist wahr, Charles«, sagte sie mit rollenden Augen. »Die Elster ist wirklich ein gefährlicher Bursche.«

»Habe ich es nicht gesagt?« Leticias Blick wanderte zu Julianna.

»Danke, für Ihre Warnung, Mrs ...« Julianna legte eine bedeutungsvolle Pause ein.

»Chadwick, Leticia und Charles«, antwortete die Frau rasch. »Und meine Mutter, Mrs Nelson. Sie haben doch von ihm gehört, von der Elster?«

Juliannas Mund zog sich zusammen. Die Londoner Tageszeitungen seien voll mit Berichten über seine Beutezüge, lamentierte Mrs Chadwick. Der Räuber werde immer dreister. Julianna aber erschien dieser Wirbel übertrieben. Wahrscheinlich sollte die Auflage damit erhöht werden. Eigentlich wäre ihr eine Begegnung mit der Elster willkommen, sinnierte Julianna. Der freche Überfall auf die Kutsche des Privatsekretärs des Premierministers, dem Earl of Liverpool, machte sie neugierig.

Den Gedanken, dass sie von diesem berüchtigten Straßenräuber überfallen würde, konnte sie vergessen. Solche Dinge passierten nicht einer Frau wie ihr. Im Gegenteil, ihr Leben verlief eher schlicht und ereignislos.

Vor drei Jahren hatte Sebastian geheiratet und Julianna war aus dem elterlichen Haus ausgezogen. Die Schmach und der Skandal, vor dem Altar sitzen gelassen zu werden, waren schwer zu ertragen gewesen. Julianna schätzte sich als realistisch ein und fand sich damit ab, dass dieser Vorfall eine Wunde hinterlassen hatte. Aber sie tröstete sich, dadurch an Weisheit gewonnen zu haben. Sie hatte sich eine Weile zurückgezogen, einige Monate in Europa verbracht und den Tag gefürchtet, an dem sie sich wieder der Londoner Gesellschaft präsentierte.

Voller Schrecken dachte sie immer noch an den

Abend vor Sebastians Hochzeit, dem Tag ihrer Rückkehr nach London.

Da war ihr bewusst geworden, dass es Zeit war, dem Leben ins Auge zu blicken und dass es sinnlos war, den Kopf in den Sand zu stecken. Sie und Justin und Sebastian würden einander immer verbunden bleiben – die Umstände ihrer gemeinsamen Kindheit hatten dafür gesorgt. Sie lebte sorglos von der Apanage, die Sebastian ihr ausgesetzt hatte. Durch eigene Investitionen hatte sie einiges Kapital angehäuft, das es ihr erlaubte, ein bescheidenes Stadthaus in London zu kaufen. Ihre neueste Erwerbung war ein hübsches kleines Landhaus in Bath.

Julianna war stolz auf ihre Errungenschaften. Sie hatte neue, unerwartete Eigenschaften an sich entdeckt, wie Unternehmungsgeist und Selbstständigkeit. Auslöser war vor langer Zeit jener Abend gewesen, an dem Thomas und Clarice aus Gretna Green zurückgekehrt waren. Schuldbewusst und zerknirscht hatte Thomas sie aufgesucht.

»Ich weiß, meine Heirat mit Clarice muss dich furchtbar getroffen haben«, sagte er. »Ich habe keine Entschuldigung vorzubringen, außer einer ... Clarice erwartet ein Kind von mir, Julianna.«

Stumm und wie versteinert hörte Julianna zu, als Thomas erzählte, wie Clarice am Abend vor der Hochzeit – der Tag, an dem Julianna und Thomas heiraten wollten – tränenüberströmt zu ihm gekommen sei.

»Was ich getan habe, kann ich nicht leugnen, Julianna. Clarice und ich sind seit unserer Kindheit befreundet. Wir haben uns in einem Augenblick der Schwäche hinreißen lassen. Es war ein Fehler. Ich wusste es.

Aber ich sagte mir, du würdest es niemals erfahren. Clarice und ich versprachen einander, uns nicht mehr zu treffen. Aber als sie zu mir kam und gestand, dass sie schwanger war, konnte ich sie nicht abweisen. Ehre und Pflicht verlangten, dass ich das Richtige tat und Clarice heiratete. Bis zum Ende meiner Tage wird es mir leid tun, wenn ich dir wehgetan habe, Julianna. Aber ich konnte nicht anders handeln.«

Wenn er ihr wehgetan hätte. Er wusste, dass es so war, dass sie ihn wahnsinnig liebte ... Und Ehre und Pflicht. Natürlich waren das Dinge, die Julianna nachvollziehen konnte, wie ihre Brüder. Das war auch der Grund, der Justin davon abhielt, sich mit ihm zu duellieren. Oh, ja, und ob sie verstanden hatte ...

Aber es fiel ihr nicht leicht, ihm diesen Verrat zu vergeben.

Sie würde es nie vergessen. *Niemals.*

Schmerz und Bitterkeit hatten nachgelassen, bis auf den kleinen Stachel, den sie noch ab und zu in ihrem Herz spürte. Aber kein Mann würde ihr jemals wieder den Kopf verdrehen. Sie würde nicht mehr so leichtgläubig und vertrauensvoll sein. Sie würde lieber allein leben, als nur um der Heirat willen zu heiraten.

Trotz der schrecklichen Umstände ihrer Kindheit – die Mutter hatte sie verlassen und der Vater seine Kinder vernachlässigt – hatte Julianna den Glauben an die Unverletzbarkeit der Ehe nicht verloren. Samariter hatte Sebastian sie manchmal scherzhaft genannt, lieb und weichherzig, immer bereit, den anderen zu helfen.

Es stimmte, sinnierte sie. Oh, ja, es lag in ihrer Natur, Frau und Mutter zu sein. Das hatte sie sich damals zusammengereimt, als ihre Mutter mit ihrem Liebhaber davonlief und Julianna sich vornahm, alles zu sein, was ihre Mutter nicht gewesen war. Seit damals hatte sie beschlossen, nur aus Liebe zu heiraten. Mit den Jahren wurde der Wunsch nach einem Mann und Kinder stärker. Ihr schien, als ob sie ihren Hochzeitstag bereits ein Leben lang geplant hatte.

Sonderbarerweise schmerzte es sie nicht mehr, an diesen Tag zu denken.

Was aber schmerzte, war die Vorstellung keine eigenen Kinder zu haben.

Denn einen Ehemann würde es nicht geben.

Es hatte lange gedauert, diesen Schmerz anzunehmen und ihn für alle Zeit in ihrer Brust zu verschließen. Nie würde sie die Freude erfahren, ein Kind an die Brust zu drücken ... *ihr Kind.* Eine Ehe kam für sie nicht mehr infrage. So hatte sie den Wunsch nach einem Kind begraben.

Es war ausgeschlossen.

Nein, sie hatte ihre Sorglosigkeit und Unbefangenheit verloren. Von allen Elstern dieser Welt würde auch diese Elster ihren Teil einstecken müssen.

»Soviel ich weiß, hat man im ganzen Königreich von der Elster gehört«, erwiderte sie obenhin.

Mrs Chadwick blickte sie prüfend an. »Fürchten Sie sich nicht?«

»Vor einem Mann, den ich nicht sehen kann, der mir nicht begegnet ist?« Lächelnd schüttelte Julianna den Kopf.

»Nun, wenn er durch diese Tür in die Kutsche springen würde ...« sie nickte, »dann wäre ich vielleicht anderer Meinung.«

»Oh, aber Sie sollten sich fürchten! Dieser Klunker

an Ihrem Hals ist beachtlich. Mit Vergnügen würde er Sie darum erleichtern. Von dem und vielem mehr.« Mrs Chadwick nickte wissend.

Julianna hob die Brauen.

»Oh, tatsächlich«, mischte sich die Mutter ein. »Nach den Geschichten, die wir gehört haben ... das ist nichts für sensible Menschen.«

Jetzt ergriff Mr. Chadwick das Wort. »Was für ein Unsinn ist das.«

»Das ist kein Unsinn, Charles!« Seine Frau reckte das Kinn nach vorn. »Keine Lady möchte ihm in die Hände fallen. Sie würde ein Schicksal erleiden, das schlimmer als der Tod ist. Ich glaube, darauf brauche ich wohl nicht näher einzugehen! Der Mann ist ein Teufel – es heißt er hätte sogar Teufelsaugen –, und jedermann weiß es!«

Ihre Bemerkung fand bei Julianna offene Ohren. Ihr Lächeln erstarrte. Bis zu diesem Augenblick war sie einem Abenteuer, das etwas Abwechslung in die eintönige Reise bringen würde, nicht abgeneigt ... Sie biss sich auf die Lippen und dachte nach. So viel auch über die Elster in London geschrieben wurde, in den Zeitungen wurde nicht erwähnt, dass er Frauen vergewaltigte.

Mrs Chadwick rang die Hände und blickte ängstlich aus dem Fenster. »Oh, hoffentlich beeilt sich der Kutscher. Ich möchte vor Einbruch der Dunkelheit zu Hause sei. Ich werde mich erst sicher fühlen, wenn wir mit einer Tasse Tee am Kamin sitzen.«

Charles Chadwick verdrehte die Augen gen Himmel. »Um Gottes willen, meine Teuerste, würdest du mit dem Gejammer aufhören! Und sollte die Elster uns überfallen, das schwöre ich bei Gott, dann werde ich dich eigenhändig auf sein Pferd setzen und dir einen guten Ritt wünschen!«

Mrs Nelson schnappte nach Luft und ihre Mutter erstach den Schwiegersohn mit Blicken.

Julianna senkte den Blick und verbiss sich das Lachen. Die vier Fahrgäste versanken in Schweigen.

Sie passierten einige Dörfer, ohne dass ein Fahrgast zustieg. Es war Spätnachmittag, als die Kutsche ihre Fahrt verlangsamte. Lady Chadwick saß bereits am Rand ihres Platzes, bevor sie vor einem kleinen Gasthof anhielten. »Endlich!«, jubelte sie und wandte sich Julianna zu. »Ich wünsche Ihnen eine gute und sichere Weiterreise.«

Julianna lächelte ihr zum Abschied zu und freute sich an der frischen Brise, die beim Öffnen der Tür hereinwehte. Die Luft war kühl und klar und roch weder nach Rauch noch Kohle. Es war gut, aus London fortzufahren, überlegte sie. Sie hatte sich spontan zu der Reise nach Bath entschlossen, um dem hektischen Getriebe der Saison zu entgehen, das jetzt in London im vollen Gange war.

Das Trio stieg aus. Das Ehepaar war gewiss nicht mehr in der Blüte der Jugend, überlegte sie. Als Charles Chadwick beim Überqueren der Straße schützend den Arm um seine Frau legte und Leticia mit einem zärtlichen Lächeln zu ihm aufblickte, verspürte Julianna einen merkwürdigen Stich im Herzen. Was wäre gewesen, wenn …

Absichtlich schaute sie weg.

Es stiegen keine neuen Passagiere zu. Die Kutsche hielt sich nicht lange auf. Auf das Kommando des Kutschers rollten die Räder an und das Gefährt gewann rumpelnd an Fahrt.

Es dauerte nicht lange und die Dunkelheit brach herein. Sie ertappte sich dabei, wie sie angestrengt aus dem Fenster schaute und den Straßenrand absuchte. Sie versuchte hinter jeden Strauch, hinter jeden Baum zu schauen, bis ihr vor den Augen flimmerte. Oh, wie töricht, schalt sie sich, wie konnte sie sich nur so von dem Gerede der Chadwicks über den Straßenräuber beeinflussen lassen!

Sie zwang sich zur Ruhe. Allmählich machte sie das Schaukeln der Kutsche schläfrig und die Augen fielen ihr zu.

Sie riss sie wieder auf, als sie unsanft auf den Boden der Kutsche geschleudert wurde und erwachte. Sie rieb sich die Schulter, die vom Sturz schmerzte. Was zum Teufel …? Panik ergriff sie; im Inneren der Kutsche war es stockfinster.

Und draußen ebenfalls.

Als sie sich wieder auf die Polster hieven wollte, ertönten männliche Stimmen. Der Kutscher … und noch jemand anderes.

»Nicht … nicht schießen!«, stammelte der Kutscher. »Ich schwöre, in der Kutsche befinden sich keine Wertsachen! Gnade!«, jammerte der Mann. »Bitte, haben Sie Erbarmen!«

Ein unbehagliches Gefühl packte sie, als der Kutschenschlag aufgerissen wurde. Zwei matt glänzende Pistolenläufe blickten ihr entgegen. Zu Tode erschrocken, richtete sie den Blick auf den Mann, dem sie gehörten.

Nur seine Augen waren zu sehen. Trotz der Dunkelheit konnte sie die Farbe ausmachen. Sie schimmerten wie klare, goldene Flammen, hell und unwirklich.

Die Augen des Teufels.

»Keine Wertsachen an Bord, wie?«

Die kühle Nachtluft wehte herein. Doch war dies nichts gegen die Kälte, die sie beim Klang dieser Stimme erfasste ... Scharf und leise, wie Stahl, der gespannte Seide durchschnitt, stellte sie benommen fest.

Stets hatte sie dümmliche, schwache, hilflose Frauen verachtet. Als er sie aber mit seinen Blicken maß, kalt und rücksichtslos, fühlte sie sich bis auf die Knochen entblößt.

Sie bekam eine Gänsehaut. Sie war wie gelähmt. Und sie brachte kein Wort hervor. Ja, sie konnte nicht einmal den dicken Kloß herunterschlucken, der ihr in der Kehle saß. Die Angst raubte ihr den Verstand. Ihr Mund war taub und trocken. Das hatte sie noch nie erlebt. Sie konnte nur an Mrs Chadwick denken, die es gefreut hätte, mit ihren Befürchtungen Recht zu haben, denn irgendwie wusste Julianna mit erschreckender Gewissheit, dass er es war ...

Die Elster.

Zweites Kapitel

Dane Quincy Granville hatte nicht mit der unbesonnenen Reaktion des Kutschers gerechnet. Der Peitschenknall, der wilde Schrei. Die Pferde bäumten sich auf. Instinktiv sprang Dane zurück. Es fehlte nicht viel und er wäre unter die Räder geraten. Das Gefährt machte einen Satz nach vorn und sauste auf eine Straßenbiegung zu.

Der dumme Kerl! Um Gottes willen, das konnte nicht gut gehen. Die Kurve! Sie war zu scharf, der Wagen zu schnell …

Die Nacht schien zu explodieren. Ein Höllengetöse ertönte, ein Aufprall, splitterndes Holz … der hohe Angstschrei der Pferde.

Dann nichts mehr.

Wie elektrisiert kam Dane in Bewegung und setzte der Kutsche nach. Er sprang vom Pferd und schwang sich die steile Böschung hinunter, hinter der die Kutsche verschwunden war. An ein Gestrüpp geklammert, entdeckte er den Wagen. Er war umgestürzt und lehnte an einem Baumstamm.

Ein Rad drehte sich noch.

Die Pferde waren bereits verendet. Ihr Genick war gebrochen. Der Körper des Mannes war unnatürlich verzerrt. Dane suchte nach dem Puls, aber er hatte zu viele Tote gesehen, um zu wissen, dass es zu spät war. Der Mann war tot.

Wie durch ein Wunder war die Tür des Hauptabteils in den Angeln geblieben. Verärgert und mit dem Schlimmsten rechnend, riss Dane den Schlag auf und blickte in das Innere.

Das Mädchen lag zusammengerollt auf dem Dach. Er atmete heftig, als er sie in die Arme nahm und hinausbrachte.

Mit klopfendem Herzen kniete er auf dem feuchten Erdboden und schüttelte sie. »Wachen Sie auf!«, befahl er, als ob sein Kommando Wunder bewirken könne … Zähneknirschend versuchte er es noch einmal. Es musste ihm doch gelingen, sie ins Leben zurückzurufen!

Ihr Kopf fiel leblos über seinen Arm.

»Verdammt noch mal! Aufwachen, hab ich gesagt!«

In seinem Magen verstärkte sich das flaue Gefühl. Wenn der Kutscher nicht so dämlich reagiert hätte! So unüberlegt! Er wollte keinem etwas zu leide tun. Keinem von ihnen. Auf einem Schlachtfeld bei Brüssel hatte er genügend Tote und Sterbende gesehen. Gott wusste, wie ihn das verändert, für sein restliches Leben geprägt hatte. Und jetzt wollte er nur …

Sie stöhnte.

Ein merkwürdiges Lachen brach aus ihm hervor. Es klang ein wenig brüchig.

Das ihm das passieren musste! Dieser unsinnige Unfall. Hier konnte er ihre Verletzungen nicht beurteilen. Nicht hier in der Dunkelheit. Er musste fort von hier. Jetzt. Wenn er nicht gefasst werden wollte, durfte er sich hier keine Sekunde länger aufhalten. Sonst wäre alles umsonst.

Das Mädchen wachte nicht auf, als er einen prall gefüllten Sack und einen Koffer aus der Kutsche zerrte. Sekunden später pfiff er nach Parzival. Das Mädchen vorsichtig vor sich haltend, nahm er die Zügel und ritt in die Nacht hinaus.

So plötzlich wie die Elster gekommen war, verschwand sie wieder in der Dunkelheit.

Sie war immer noch bewusstlos, als er kurze Zeit später in eine kleine Jagdhütte trat. Seine Schritte waren so sicher wie bei Tageslicht, als er auf das Bett an der gegenüberliegenden Wand zuging und sie vorsichtig niederlegte.

Rasch hatte er ein Feuer entzündet und ging wieder zu ihr. Mit fachmännischen Bewegungen tasteten die sehnigen Finger seiner Hand den Körper der Frau nach gebrochenen Knochen ab.

Sie hatte einige Schnittwunden und Prellungen erlitten. Die schlimmste Verletzung jedoch schien ein häßlicher Bruch am Hinterkopf zu sein. Er war geschwollen und die Haut aufgeplatzt. Als er die Stelle berührte, zuckte sie zusammen. Dane erhob sich, holte eine Schüssel mit warmem Wasser und einige Leinenstreifen. Dann kehrte er zum Bett zurück, säuberte die Wunde und betrachtete die Verletzte eingehend.

Mehrere Gedanken schossen ihm gleichzeitig durch den Kopf. In Windeseile hatte er sich ein Bild von ihr gemacht. Sie war jung, wenn auch nicht mehr in der Blüte der Jugend. Ihre Gestalt war zierlich, die Schultern schmal; sie wog kaum mehr wie ein Kind, sinnierte er. Auch wenn sie zart gebaut war, war sie doch kein Mädchen mehr, entschied er mit vielsagendem Lächeln. Sie trug ein Reisekostüm aus gestreifter Seide, das bis zum Kinn zugeknöpft war. Ein kostspieliger Stoff und ein exquisiter Geschmack, vermutete er. Die Kleidung und das fein geschnittene Gesicht ließen den Schluss zu, dass sie eine wohlhabende Frau war und aus einer privilegierten Familie stammte. Kurz eine Dame von Stand und Stil. Ungeduldig öffnete er die Knöpfe. Wie zum Teufel brachten es die Frauen fertig, in diesen Kleidern zu atmen?

Sein Blick kehrte auf ihr Gesicht zurück. Das spitze Kinn, auch wenn es zierlich war, warnte vor einem eigensinnigen, durchsetzungsfähigen Charakter. Auch sonst hatte die Natur sie nicht benachteiligt. Die Augen, überlegte er, dürften unglaublich ausdrucksvoll sein. Er konnte jede einzelne Wimper sehen. Dicht und schwarz ruhten sie auf dem elegant geschwungenen Bogen der Wangen. Welche Farbe werden sie haben, überlegte er ... Blau, entschied er, denn die Haut war hell wie Elfenbein. Das Häubchen hatte sie verloren. Das volle Haar war zerzaust. Kastanienbraune Strähnen kringelten sich über die schmalen Schultern.

Nachdenklich kniff er die Augen zusammen. Wieso zum Teufel war eine Frau wie sie allein unterwegs? Ohne Zofe oder andere Begleitung? Er blickte auf ihre Hand.

Sie trug keinen Ring, weder einen Verlobungs- noch einen Ehering.

Kein Ehemann. Auch kein Verlobter.

Äußerlich blieb er gleichgültig und gelassen. Im Inneren aber war ein gewisses Interesse erwacht. Ihr Körper war nicht gerade verlockend, aber ihr Mund. Sie war nicht der Typ Frau, der ihn angezogen hätte.

Wenn er eine Frau berührte, wollte er spüren, dass sie eine Frau war. Er liebte weiche, reife Rundungen unter seinen Händen. Diese hier – wer immer sie sein mochte – war zu klein, zu zart. Bei genauerem Hinsehen wirkte sie fast knochig. Warum machte sich also dieses merkwürdig beunruhigende Gefühl in seinem unteren Bauch breit?

Erschrocken stellte er fest, dass er unbeabsichtigt ihre Hand in die seine genommen hatte. Sofort ließ er sie wie ein heißes Eisen fallen, und doch zog er ihr unwillkürlich eine Decke über die Schultern.

Nicht nur sein eigenes Benehmen erstaunte ihn.

Ein geschmeidiges, wuscheliges Etwas war auf das Bett gesprungen. Er hob verwundert die Brauen, als ihn das Katzentier völlig überging und sich an die Frau schmiegte und zufrieden schnurrte.

»Maximilian, du Verräter! Das sieht dir gar nicht ähnlich. Falls es dir entgangen ist, diese Frau ist eine Fremde und Fremden kehrst du normalerweise den Rücken. Ich dachte, außer mir kannst du keinen anderen Menschen ausstehen!«

Große, schräge, gelbgrüne Augen zwinkerten ihn eulenartig an.

Dane seufzte. »Schon gut, schon gut, ich gebe es zu«, sagte er laut. »sie ist entzückend, sehr entzückend sogar.«

Das Schnurren des Katers wurde lauter. Schmunzelnd kraulte er das Tier hinter den Ohren.

Im nächsten Augenblick wurde sein Mund schmal und sein Ausdruck besorgt. Die Lady war so still. Lag so ruhig da. Er hatte mehrere Kopfverletzungen gesehen. Es war möglich, dass sie nicht mehr aufwachte.

Und wenn ... was machte er dann? Dann sah alles anders aus.

Er wünschte nicht, dass sie starb. Er wünschte keinem den Tod! Aber es passte nicht in seine Pläne, dass der Überfall diese schicksalhafte Wendung genommen hatte und ihm diese Last aufgebürdet wurde. Ihre Anwesenheit war eine unerwartete, höchst unwillkommene Komplikation. Er seufzte. Es lag nicht in seiner Macht, diesen Zustand zu ändern. Nein, er konnte nichts machen.

Maximilian blickte ihn an, räkelte sich und sprang dann auf seine Schulter.

Dane streichelte ihn an der Brust. »Uns bleibt nichts anderes übrig als abzuwarten, mein Freund.«

Der Kater machte es sich jetzt der Länge nach auf Danes Schultern bequem und schnurrte zustimmend.

Fast im gleichen Augenblick bewegte sich Julianna. Ein sonderbares Kribbeln weckte sie. Instinktiv spürte sie, dass irgendetwas nicht stimmte. Ihr Kopf schien doppelt so groß zu sein. Sie konnte sich nicht bewegen. Die Glieder waren schwer wie Blei. Aber unter ihr war es weich. Sie lag auf einem Bett, stellte sie fest, warm zugedeckt. Vorsichtig öffnete sie erst ein Auge, dann das zweite. Um sie herum war es dunkel. Sie bewegte sich, mit dem Erfolg, dass ihr ein messerscharfer Stich durch den Kopf fuhr. Aufstöhnend fiel sie wieder in die Bewegungslosigkeit zurück. Was im Himmel ...?

Stück für Stück versuchte sie sich an das Geschehen auf der Landstraße zu erinnern. Ihre Gedanken kamen nur mühsam voran, so als ob man durch nassen Sand stapfte. Das Aufschimmern von Pistolenläufen wurde vor ihrem geistigen Auge sichtbar. Sie erinnerte sich an den plötzlichen Ruck der Kutsche, wie sie mit den Händen Halt suchte.

Dann war nichts mehr.

Aber jetzt befand sie sich hier, an diesem fremden Ort.

Dann sah sie ihn, die Elster.

Er beobachtete sie.

Sie spürte förmlich, wie sich ihr die Haare im Nacken sträubten. Wie sich Schweißperlen auf der Oberlippe bildeten. Angestrengt versuchte sie etwas durch die verschwommenen Schatten zu erkennen. Nicht eine einzige Kerze spendete Licht, nur die erlöschende Asche eines Feuers warf einen matten Schein. Julianna wurde von einer unangenehmen Unruhe gepackt. Zwei Dinge fielen ihr sofort auf. Seine Silhouette war merkwürdig, stellte sie fest. Die Schultern waren unregelmäßig und verwachsen – großer Gott, er hatte einen Buckel!

Dies … und das Fehlen seiner Maske.

Bei seinem Anblick zog sich ihr Magen krampfhaft zusammen. Trotzdem zwang sie sich, ihn genauer anzuschauen. Zu dumm, sie konnte nicht anderes ausmachen, als einen schmalen Nasenrücken und eine geschwungene Augenbraue. Die Szenerie schien einem Albtraum entsprungen. Sie nahm nichts als dunkle Schatten wahr, die mit ihm von einem Winkel zum anderen zogen, als ob sie ihn verbergen wollten. Dann wandte er sich um und blickte sie an. Unter den dichten schwarzen Brauen schimmerten die Augen im Dunkeln auf, golden und glühend … die Augen des Teufels, eines Dämons, so wie es Mrs Chadwick vorausgesagt hatte, fiel es Julianna ein.

Er trat näher.

Beim Anblick dieser Augen fröstelte sie. Zu den rhythmischen Hammerschlägen in ihrem Kopf gesellte sich jetzt das rasende Pochen ihres Herzens. Die Gedanken wanden und verdrehten sich wie knorrige Äste im Wald. Wie ein schwarzes Ungeheuer lauerte er über ihr.

»So. Sie sind aufgewacht, Mistress.«

Mistress. Nicht Mistress, dachte Julianna streitsüchtig. Die Lippen öffneten sich. Sie befeuchtete sie mit der Zunge, um ihm das zu sagen, aber die Zunge war schwer und plump.

»Versuchen Sie nicht zu sprechen«, ertönte seine Stimme. Leise und tief, fast melodiös. »Sie haben einen ganz schönen Sturz hinter sich. Wie ein Ball bei einem Kinderspiel hat es Sie hinuntergewirbelt.«

Eine freundliche Ermahnung? Und das von einem gefürchteten Straßenräuber? »Gehen Sie zur Hölle, da wo Sie hergekommen sind«, hörte sie sich murmeln.

Und sie zahlte dafür. Oh, wie sie dafür büßte! Ein teuflischer Schmerz schoss von einer Seite des Kopfes zur anderen und wieder zurück. Sie verkniff sich das Aufstöhnen. Ihr war kalt und klamm und elend bis auf die Knochen.

»Edle Worte, Madam. Aber ich glaube, von der Hölle haben Sie keine Ahnung.«

Julianna wollte ihm widersprechen, aber sie hatte nicht die Kraft dazu. Die Augen fielen ihr zu und die Welt um sie versank. Dunkelheit und Verwirrung machten sich breit und sie merkte, wie sie wieder das Vergessen umfing. Vergeblich kämpfte sie dagegen an. Aus weiter Ferne spürte sie, wie das Bett an der Seite einsank.

»*Nein.*« Der leise Protest kam von ihr.

»Es ist alles gut. Ich werde Ihnen nichts tun.«

Mit aller Kraft versuchte sie noch etwas zu sagen. Aber Körper und Verstand verweigerten ihr den Gehorsam. Und dann streckt sich dieser schwere kräftige Mann neben ihr aus. Sie war entsetzt. Wieder musste sie daran denken, was Mrs Chadwick gesagt hatte. *Er ist fähig, uns in unseren Betten zu ermorden.* Das war unmöglich, beschied sie. Neben ihr – einer waschechten Jungfer – würde nie ein Mann im Bett liegen ... vor allem kein gewöhnlicher Mann, höchstens ein gefährlicher Straßenräuber.

Ein Buckliger, dachte sie schaudernd.

Also musste es ein Traum sein. Ja, ein Albtraum! Wenn sie aufwachte, würde alles wie ein Spuk verschwunden sein.

Als sie erwachte, strahlte die Sonne in jeden Winkel der Hütte. Das goldene Licht war überraschend wohltuend und sie fühlte sich einigermaßen erholt. Vorsichtig bewegte sie den Kopf. Diesmal blieb der stechende Schmerz aus und sie öffnete die Augen.

Sie hörte das Platschen von Wasser. Ihr Blick folgte dem Geräusch. Die Elster stand vor einer Waschschüssel, nur mit Stiefeln und Reithosen bekleidet. Der Kopf war gebeugt. Die Muskeln an seinen Armen traten deutlich hervor, als er sich abstützte.

Juliannas Mund wurde trocken, als sich ihr die atemberaubende Ansicht seines Oberkörpers bot. Sie musste tatsächlich geträumt haben, weder ein Buckel noch eine Verwachsung waren zu sehen. Nein, wiederholte sie, nichts an ihm verletzte oder störte das Auge des Betrachters. Jeder Zentimeter seines geschmeidigen, muskulösen Körpers war vollkommen. In dem dunklen, gekräuselten Haar auf seiner Brust glitzerten Wassertropfen wie winzige Diamanten.

Als ob er ihren Blick gespürt hatte, hob er den Kopf. Ihre Blicke begegneten sich.

Das Haar ist dunkel und zottelig und zu lang, um ihn als eitel einzustufen, kam es Julianna in den Sinn. Und die Augen, die sie mit den Augen des Teufels verglichen hatte, waren hellbraun, aber so hell, dass sie golden schimmerten.

In diesem Moment stand Juliannas Herz still. Sie wusste nicht, was beunruhigender war – der Anblick des halb nackten Mannes, oder die Tatsache, dass dieser Mann die ganze Nacht neben ihr geschlafen hatte. Obwohl es nicht mit ihrem Stolz vereinbar war, senkte sie nicht die Augen.

Wenn er sprach, erinnerte seine Stimme an den schottischen Lieblingswhisky ihres Bruders Sebastian. Trocken und seidig glatt. »So«, murmelte er und hob eine Augenbraue. »Sie haben lange und tief geschlafen. Eine Zeit lang fürchtete ich, Sie würden nicht aufwachen.«

Julianna sagte nichts und ließ ihn nicht aus den Augen, als sie sich aufsetzte. »Ich hätte gedacht, Sie würden jubeln, wenn ich nicht mehr aufgewacht wäre.«

»Wieso?«

»Ich habe Ihr Gesicht gesehen.« Dieses Eingeständnis kam ihr unwillkürlich über die Lippen.

Er schwieg lange. Als er sprach, war seine Stimme gefährlich ruhig. »So, so«, gab er endlich zurück. »Das haben Sie also.«

Julianna blickte ihn scharf an, aber sein Ausdruck blieb undurchdringlich.

»Wahrscheinlich werden Sie noch etwas Kopfweh haben. Die Beule ist ziemlich groß.«

Juliannas Hand fuhr automatisch zum Hinterkopf. Sie zuckte schmerzhaft zusammen. Tatsächlich, da war eine größere Beule.

Seine Brauen hoben sich. »Was! Dachten Sie, ich hätte gelogen?«

Julianna warf ihm, wie sie hoffte, einen strafenden Blick zu.

»Das dachte ich keineswegs. Oh? Sie sind ein Straßenräuber, Sir. Ich vermute, dass Sie viele Dinge tun, die verabscheuungswürdig sind.«

»Ah, dann sind Sie wohl wieder schlecht gelaunt?«

Julianna reckte das Kinn in die Höhe. »Wo ist eigentlich der Kutscher?«, fragte sie. »Halten Sie ihn hier auch fest?«

Ein Zucken lief über sein Gesicht, das sie frösteln ließ. »Gegangen«, sagte er knapp.

»Gegangen«, wiederholte Julianna. »Was meinen Sie damit?«

Er blickte sie offen an.

Ihre Lippen öffneten sich. »Was …«, sagte sie schwach. »Sie meinen er ist … tot?«

»Ja.«

Julianna riss die Augen auf. Unwillkürlich spiegelten sich in ihrem Gesicht die verschiedensten Empfindungen wider. »Ich … Mein Gott, Sie meinen, Sie … Sie …« Julianna konnte den Gedanken nicht zu Ende denken.

Er nahm sofort den Faden auf. »Ich habe ihm nichts

getan«, sagte er tonlos und zuckte mit den Schultern. »Er war tot, als ich zu ihm kam.«

»Oh.« Julianna wandte den Blick ab. Tränen traten ihr in die Augen.

Unter der Bettdecke bewegte sich etwas an ihren Beinen, was sie nicht ausmachen konnte. Erschrocken kreischte sie auf und sprang vom Bett.

»Hier sind Ratten!«

Er hielt sie auf, als sie an ihm vorbei wollte. »Das ist Maximilian.«

»Was, Sie geben ihnen auch noch Namen?« Sie war außer sich.

Zu ihrem Entsetzen warf er den Kopf in den Nacken und lachte. Es war ein kehliges Lachen, das ihr gefiel, wie sie verwirrt feststellen musste.

Mit dem Kinn zeigte er auf das Bett, das sie gerade fluchtartig verlassen hatte. »Sehen Sie«, mehr sagte er nicht.

Julianna schaute hinter sich, als ein glänzend schwarzer Kopf mit zwei aufgestellten Ohrspitzen unter der Decke hervorlugte. Ein langer, wuscheliger Körper folgte. Eine Katze, stellte sie erstaunt fest und kam sich ziemlich dumm vor. Riesige, gelbgrüne Augen blickten sie neugierig an. Das Tier neigte den Kopf zur Seite, wie zu einer stummen Frage.

»Darf ich Ihnen Maximilian vorstellen«, sagte der Räuber. »Er scheint Sie zu mögen, was mich doch sehr überrascht. Maximilian ist normalerweise sehr wählerisch.«

»Das kann ich mir kaum vorstellen, wenn er sich für Sie entschieden hat«, erwiderte Julianna.

»Ah, ein schnippisches Frauenzimmer.«

»Frauenzimmer!«, zischte Julianna. Noch nie hatte sie jemand so genannt. Das hätte keiner gewagt. Damit hatte er sie zur Weißglut gebracht. Julianna holte tief Luft, um mit einer vernichtenden Antwort zurückzuschlagen.

Zwei Dinge dämmerten ihr in diesem Moment. Ziemlich spät bemerkte sie, dass sie sich noch immer an ihm festhielt und auf höchst ungewöhnliche Art an ihn lehnte! Dann zweitens, das Gefühl, das sie unter den Fingerspitzen bei seiner Berührung empfand.

Sofort war ihr um einiges wärmer. Der untere Teil ihres Bauches schien wegzugleiten. Sein Körper war fest und unbeweglich, wie aus Granit gemeißelt.

Sie versuchte einen Schritt zurückzutreten, aber wie es schien, hatte er andere Absichten.

Er hielt sie fester und schüttelte den Kopf. Sein Griff tat nicht weh, aber Julianna spürte deutlich die kräftigen maskulinen Hände, die auf ihren Schultern lagen.

»Sie waren allein in der Kutsche«, sagte er unvermittelt. »Warum?«

Julianna sah ihm in die Augen. »Ich bin in einem Alter, Sir, in dem ich wohl kaum noch eine Anstandsdame brauche.«

»Und Sie reisen immer ohne Zofe?«

»Mein Mädchen wurde krank. Ich habe sie nach London zurückgeschickt«, erwiderte sie ruhig.

»Und wohin wollten Sie fahren?«

Julianna hob das Kinn. »Nach Bath«, antwortete sie. »In mein Haus.«

»Wer erwartet Sie dort?« Seine Fragen prasselten auf sie ein.

»Mein Mann«, antwortete sie geistesgegenwärtig.

Seine Augen wurden zu Schlitzen. Bevor sie ihn hindern konnte, packte er ihre Hand und hielt sie hoch.

»Sie tragen keinen Ring und haben auch nie einen getragen«, stellte er lakonisch fest. »Die Lady ist weder verheiratet noch verlobt.«

Sie war bestürzt. Aber er hatte trotzdem nicht Recht, dachte sie trotzig. Sie hatte einst Thomas' Verlobungsring getragen ...

»Ich frage Sie noch einmal. Wer erwartet Sie in Bath?«

Eine panische Angst stieg in Julianna auf, die sie zu verbergen suchte. »Ich sagte Ihnen doch, mein Mann ...«

»Meine Teuerste«, sagte er bedächtig, »ich habe eine gute Menschenkenntnis. Mein Leben hängt davon ab! Es hängt davon ab, was ich in den Gesichtern der Menschen lese – und in Ihrem Gesicht lese ich, dass sie lügen. Es sagt mir, dass Sie keiner erwartet. Sie beleidigen mich, wenn Sie versuchen mich zu täuschen.«

Julianna hatte auf einmal das Gefühl, als laste ein Mühlstein auf ihrer Brust. Bei Gott, ja, er hatte Recht. Peggy dachte, sie sei längst in Bath eingetroffen und die Bediensteten in Bath erwarteten ihre Ankunft nicht. Wenn einer ihrer Brüder sie besuchte oder nach ihr fragte, dann würde man ihnen sagen, sie sei in Bath.

Kein Mensch wusste, wo sie war. *Keiner.*

»Wie heißen Sie?«

Einem ersten Impuls folgend, wollte sie ihm hochnäsig sagen, dass ihr Bruder der Marquess of Thurston sei, aber das verkniff sie sich sehr schnell. Wenn er ihren wirklichen Namen kannte, dann könnte er ein

Lösegeld verlangen – und sie obendrein noch umbringen, wenn er es abholte!

Ihr Verstand arbeitete fieberhaft, auch wenn sie äußerlich erstaunlich gefasst blieb, als sie gleichmütig antwortete: »Ich bin Miss Julianna Clare.« Das war nicht gelogen. Sie hatte nur den Nachnamen weggelassen. Sie hielt den Atem an, als sie ihn fest anblickte. Sie war nicht dumm. Wenn sie wegsah, würde er es als ein Zeichen nehmen, dass sie gelogen hatte.

»Und Ihr Name, Sir? Wie heißen Sie?«

Sie hatte schneller geantwortet als er. Er ließ ihre Hand los, ohne sich nicht vorher kurz über sie gebeugt zu haben. Die Elster hatten Manieren! Sie wusste nicht recht, ob sie zornig oder beeindruckt sein sollte.

»Mich können Sie Dane nennen.«

Er hatte sie nicht hinters Licht geführt. Sie war überzeugt, dass auch er seinen Nachnamen absichtlich nicht genannt hatte.

Er reckte sich zu seiner vollen Größe empor. Auch das war beabsichtigt, vermutete sie. Obwohl sie entschlossen war, sich nicht kleinkriegen zu lassen, trat eine plötzliche Schärfe in seinen Blick, die sie beunruhigte. Dieser Mann hatte etwas Wildes, Ungezügeltes, das ihr einen trockenen Mund und Herzklopfen verursachte.

Sie blickte auf – ewig lange, wie ihr schien –, bis ihr Nacken steif wurde. Einen Mann von der Größe ihrer Brüder traf man selten. Ein Kampf gegen ihn wäre sinnlos. Er war ein großer, starker, ein kühner Mann. Aus der Nähe betrachtet, war er noch beeindruckender als in der vergangenen Nacht mit Maske und Pistolen. Die Gesichtszüge waren scharf geschnitten, das Kinn breit und kantig, die Nase fügte sich in ausgewogener Proportion in die gemeißelte Fläche seiner Wangen ein. Ein Künstler hätte versucht, diese kompromisslosen Züge sanfter zu gestalten. Trotzdem bot dieses kantige Gesicht die passende Kulisse für die herrlichen, bernsteinfarbenen Augen, deren Leuchten sich hinter dichten schwarzen Wimpern verbarg.

Ihre Reaktion auf ihn war sehr intensiv. *Er* war intensiv. Aber plötzlich lag ein Schleier über seinen Augen, dunkel und undurchdringlich, so dass sie innerlich erbebte.

Sie betrachtete ihn mit erneuter Vorsicht. Schließlich war er ein gefährlicher Straßenräuber. Ein Teufel und soweit sie wusste, ein Mann, der Frauen Gewalt antat.

Noch schlimmer. Er schien ihre Gedanken zu lesen. Er lächelte.

»Was haben Sie mit mir vor?«, fragte sie steif.

Eine Augenbraue hob sich. »Eine ausgezeichnete Frage«, sagte er und spielte den Nachdenklichen. »Es ist eigentlich nicht meine Art, Geiseln zu nehmen.«

Julianna war machtlos. Obwohl sie sich fest vorgenommen hatte, sich nicht von ihm einschüchtern zu lassen, merkte sie, wie sie blass wurde.

»Ja«, sagte er freundlich. »Wie ich sehe haben Sie die Situation genau erfasst. Was soll ich mit Ihnen machen? Ich kann Sie wohl kaum gehen lassen, oder?« Er schüttelte den Kopf. »Trotzdem gefällt mir das Wort *Geisel* nicht.«

Julianna blieb kerzengerade sitzen. »Wäre Ihnen *Gefangene* lieber? Genau genommen ist beides das Gleiche.«

»Vermutlich haben Sie Recht.« Er strich sich über

das Kinn, als müsste er gründlich nachdenken. »Betrachten wir Sie doch als … als meinen Gast. Ja, mein Gast.«

»Wenn ich Ihr *Gast* wäre«, bemerkte Julianna treffend, »könnte ich gehen, wann ich möchte. Und das kann ich nicht.«

Seine Gesichtszüge nahmen einen anderen Ausdruck an, auf den sie sich keinen Reim machen konnte. Mit Sicherheit aber waren es keine Schuldgefühle.

»Nein«, sagte er nach einer Weile. Er sprach das Wort fast bedauernd aus, wäre nicht ein winziges Lächeln über seine Lippen gehuscht.

Oh! War dies ein Anflug von Selbstgefälligkeit? Was Julianna in diesem Augenblick getrieben hatte, konnte sie nicht sagen. Ein wilder Zorn hatte sie ergriffen. Wie konnte er es wagen, derart mit ihr herumzuspielen!

Ohne zu zögern, ging sie um ihn herum und geradewegs auf die Tür zu.

Sein Lächeln verschwand. »Wo wollen Sie hin?« Er griff nach ihr. Julianna schlüpfte unter seinem Arm hindurch und rannte auf die Tür zu. Auch wenn sie flink wie ein Wiesel war, er war schneller, packte sie von hinten und wirbelte sie herum.

Aber Julianna ließ sich nicht aufhalten. Sie schlug mit den Armen wild um sich und kämpfte, als ob es um ihr Leben ginge. Dann ein dumpfer Laut! Ihr Ellbogen war auf etwas Festes gestoßen. Ein stechender Schmerz zog ihren Arm hinunter, aber sie achtete nicht darauf. Der gotteslästerliche Fluch, der über ihr ertönte, spornte sie zu einem weiteren, kräftigen Schlag an.

Das war leider unmöglich. Sie wurde zurückgeworfen auf die Matratze unter ihr. Erschrocken schnappte sie nach Luft. Ein kräftiger, schwerer Körper folgte ihr nach. Er lag auf ihr! Gott hab Erbarmen!

Außer Gefecht gesetzt, aber nicht geschlagen, spielte sie mit dem Gedanken, ihm ins Gesicht zu spucken – eine Taktik, die sie bisher noch nie eingesetzt hatte!

Über ihr biss der Straßenräuber – Dane – die Zähne zusammen. »Wagen Sie es ja nicht!«, warnte er.

»Elender Schurke!«, zischte sie und ließ eine Reihe passender Schimpfwörter vom Stapel, die sie selbst überraschten. »Damit kommen Sie nicht davon! Sie werden gefangen und gehängt werden. Gefedert und gevierteilt. Und Ihre Leiche wird …«

»Sind Sie fertig?«, fragte er ungerührt.

Mit Genugtuung erblickte sie die Verletzung über seinem Auge. Ganz so siegessicher war er also doch nicht. »Noch lange nicht …«

»Oh, doch. Mein Gott, Sie sind ein widerspenstiges Frauenzimmer. Eine Furie.«

»Was erlauben Sie sich!«

Er sprach weiter, als ob sie nichts gesagt hätte. »Himmel, ein blutrünstiges Weib sind Sie! Und ich habe Sie für eine vornehme, wohlerzogene Lady gehalten! Aber jetzt begreife ich allmählich, wieso Sie keinen Ehemann haben!«

»Wollen Sie mich beleidigen?«

Kühle, goldfarbene Augen blickten sie an. »Das ist keine Beleidigung, das ist eine Tatsache. Und jetzt, da ich Ihre ungeteilte Aufmerksamkeit habe, halte ich es für angebracht, Sie, mein Kätzchen, darüber aufzuklären …«

»Nennen Sie mich nicht so!«

Er schüttelte den Kopf. »Es ist nicht klug, seine Feinde zu unterschätzen, Kätzchen. Sie sollten meine Warnung beherzigen. In diesen Dingen habe ich mehr Erfahrung als Sie.«

»Und das heißt?«

Er lächelte, nicht besonders freundlich. »Ich bin ein Dieb. Ein Straßenräuber. Ein Mann, der vom Gesetz gesucht wird. Sie können also kaum vorhersagen, was ich jetzt tun würde.«

Julianna holte tief Luft. Langsam gefror ihr das Blut in den Adern. »Sie werden mir nichts antun.«

»Was macht Sie da so sicher? Sie haben mein Gesicht gesehen.«

Julianna ging nicht darauf ein. »Sonst hätten Sie mich nicht hierher gebracht«, sagte sie überzeugter, als sie es war. »Und mich in der Kutsche zurückgelassen. Ich habe nichts Wertvolles bei mir, außer der Kette, die ich am Hals trage. Keinen Schmuck, nichts ...«

»Vielleicht habe ich Sie aus einem ganz anderen Grund mitgenommen.«

»Aus welchem Grund?« Zu spät bemerkte sie, wie töricht diese Frage war. Erst jetzt wurde ihr bewusst, dass sie nicht an diese Möglichkeit gedacht hatte.

Aber er.

Sein Blick wanderte ihren Nacken hinunter und Julianna hielt unwillkürlich den Atem an. Seine Aufmerksamkeit galt nicht dem spitzenbesetzten Rand ihres Mieders. Sie blickte hinunter und entdeckte weiche rosafarbene Wölbungen – durch sein Körpergewicht hatten sich ihre Brüste nach oben geschoben, so dass sie beinahe zur Hälfte entblößt waren. Vergeblich versuchte sie ihre Arme freizubekommen.

»Vielleicht habe ich Sie für mich selbst hierher gebracht.« Er legte eine bedeutungsvolle Pause ein und hob vielsagend eine Braue. »Schließlich sind wir beide in dieser Hütte allein, Kätzchen, nur wir zwei!«

Juliannas Kehle war wie zugeschnürt. Sie konnte nicht atmen und glaubte zu ersticken. Sie wurde bleich und presste die Lippen aufeinander, damit sie nicht zitterten.

Was war sie doch für eine dumme Gans! Hatte sie wirklich ein kleines Abenteuer erwartet? Um alles auf der Welt wünschte sie jetzt, sie könne das Gesagte von vorhin zurücknehmen.

Erwartete er aber, dass sie vor ihm in die Knie ging, dann war er im Irrtum. Der Stolz verbat es ihr. Sie versuchte den Kloß in der Kehle hinunterzuschlucken. »Dann tun Sie, was Sie wollen. Ich werde mich nicht wehren«, erklärte sie mit Würde. »Aber Ihnen sei auch gesagt, dass es mir kein Vergnügen bereiten wird.«

Ein kaum merkliches Zucken huschte über sein Gesicht. »Tapfere Worte. Aber Sie können beruhigt sein. Keinesfalls werde ich Ihnen ein Schicksal aufzwingen, das schlimmer als der Tod ist. Ihre Tugend ist sicher ... wenigstens im Augenblick. Vielleicht ein anderes Mal. Jetzt habe ich andere Dinge vor.«

Er machte sich über sie lustig. Er verletzte sie. Aber er ließ sie in Frieden und ging. Ein eisiger Schauer durchfuhr sie. Kaum war sie frei, presste sie sich an die Wand, so weit weg von ihm wie nur möglich.

Er zog ein Hemd über den Kopf. Von einem Haken an der Wand holte er einen dunklen Umhang und eine schwarze Maske – die Verkleidung von der vorhergehenden Nacht. Er legte sie ordentlich zusammen, verstaute sie in einem Beutel und zog die Verschnürung zu.

»Sie gehen?«, fragte sie und zog die Knie enger an sich.

»Oh, machen Sie sich keine Sorgen«, sagte er freundlich. »Ich komme zurück. Versprochen.«

»Was? Noch mehr Kutschen, die Sie überfallen und Frauen, die Sie entführen?«

»Ich denke nicht. Zu dritt hätten wir wohl kaum Platz in einem Bett, obwohl der Gedanke nicht von der Hand zu weisen wäre.«

Sah ihr Peiniger, wie sie errötete? Sie glaubte ja und er schien sich daran zu weiden. »Sie sind widerwärtig«, sagte sie mit Abscheu in der Stimme.

»Das haben Sie mir bereits gesagt.«

»Und ich beabsichtige nicht, mit Ihnen in diesem Bett zu schlafen.«

Sein Lächeln war eine Farce. »Gestern Nacht haben Sie mit mir geschlafen, Kätzchen.« Der weiche Unterton seiner Stimme klang verführerisch.

»Und ich werde es nicht ein zweites Mal tun«, erklärte erhitzt.

Er lachte! Der Schuft lachte! »Wie aufgebracht Sie sind! Daraus könnte ich schließen, dass Sie noch nie mit einem Mann im Bett geschlafen haben.«

Es war unter Julianas Würde, auf diese Bemerkung einzugehen, stattdessen hielt sie die Luft an, als er wieder auf sie zukam. Ein Wunder, dass sie nicht vom Bett sprang und ihre Stellung hielt.

Lächelte er? Oder grinste er heimtückisch? Immer noch hatte er diesen sonderbaren Ausdruck im Gesicht, als er sich zu ihr vorbeugte. »Es schadet nicht, wenn

Sie wissen, dass wir uns mitten im Wald befinden, fernab jeder menschlichen Behausung. Doch nein, ich werde Ihnen nicht sagen, wo wir sind. Sie können so laut schreien, wie Sie wollen, es wird Ihnen nichts nützen. Keiner wird Sie hören.« Dann fuhr er ihr mit dem Finger die Nase entlang. »Und jetzt adieu, mein kleines Kätzchen.«

Sie schlug ihm die Hand weg. »Hören Sie auf, mich so zu nennen!«

Mit hocherhobenem Haupt ging er auf die Tür zu. Sie hatte erwartet, dass dieser arrogante Laffe hinausstolzieren wollte! Julianna war noch nicht fertig. »Seien Sie nicht überrascht, wenn Sie mich bei Ihrer Rückkehr nicht vorfinden!«, trumpfte sie auf.

Das ließ ihn unvermittelt stehen bleiben. Langsam drehte er sich um und hob gelangweilt die Brauen. »Vielleicht hat der Schlag auf den Hinterkopf Ihr Gehör geschädigt. Ich wiederhole: Es gibt keine Fluchtmöglichkeit für Sie. Ich fessele Sie nur ungern an Händen und Füßen, um Ihnen zu zeigen, dass ich es ernst meine.«

»Das würden Sie niemals wagen!«, fauchte Julianna hochmütig.

Sein Lächeln erstarb. »Meinen Sie? Sie werden diese Hütte nicht verlassen, Kätzchen. Und dafür ist mir jedes Mittel recht. Je eher Sie sich dieser Tatsache fügen, desto besser für Sie. Der Geduld eines Mannes sind Grenzen gesetzt – jedenfalls gilt das für mich –, wenn Sie klug sind, fordern Sie mich nicht heraus. Stellen Sie mich nicht auf die Probe, Sie könnten es bereuen.«

Er hatte diese unmissverständliche Drohung in einem sachlichen Ton ausgesprochen, kehrte ihr den Rücken zu und ging zur Tür hinaus. Als Nächstes hörte sie, wie sich ein Schlüssel quietschend im Schloss drehte.

Julianna schnappte nach Luft und sackte wie ein Häuflein Elend an der Wand zusammen. Sie schmeckte den bitteren Geschmack der Furcht in ihrem Mund.

Hatte er mit ihr noch Schlimmeres vor? Vergewaltigung? Mord? Gnädiger Gott, war ihr Leben in Gefahr?

Oh, wenn sie es nur wüsste! Auch wenn sie ihm die Stirn bot, jagte er ihr trotz seiner Spötteleien Angst ein.

Er hatte ihr seinen Standpunkt klargemacht ... sehr klar.

Es war eine unumstößliche Wahrheit. Sie war einem unberechenbaren Räuber auf Gedeih und Verderb ausgeliefert. Einem Wegelagerer. Der Elster, die, soviel sie wusste, auch nicht vor einem Mord zurückschreckte.

Drittes Kapitel

Dane hatte nicht gelogen. Miss Julianna Clare hatte eine Zeit lang das Bewusstsein verloren, so dass er fürchtete, sie würde nie mehr aufwachen. Er war heilfroh, dass sie nicht ernsthaft verletzt war. Obwohl sie äußerlich zart wirkte, schien sie recht widerstandsfähig zu sein, außerdem war sie einigermaßen hübsch.

Vorsichtig betastete er sein Auge. Die Haut war geschwollen und aufgeplatzt. Verdammt, das Frauenzimmer hatte ihn blutig geschlagen! Das verblüffte und verärgerte ihn, verlangte ihm aber zugleich eine gewisse Bewunderung ab.

Trotzdem verzog er das Gesicht, als er nach Parzival pfiff. Wen hielt er zum Narren? Nur sich selbst, wie es schien. Die Kleine war hübsch, mehr als hübsch.

Sie war eine Schönheit und brachte sein Blut in Wallung wie lange nicht mehr. Er hatte sie beobachtet, während sie schlief. Das Morgenlicht schien durch das Fenster und ließ das Haar auf dem Kissen golden aufleuchten. Es kostete ihn eine gehörige Portion Selbstüberwindung, um an diesem Morgen aus dem Bett zu steigen.

Während er Parzival sattelte, sinnierte er weiter. Die schöne Julianna war wohlerzogen, stammte aus gutem Hause, war gepflegt und gebildet. Ihre Kleidung kam aus den besten Häusern der Bond Street, und Dane glaubte nicht, dass er sich in diesem Punkt täuschte. Jedenfalls war die Lady kein flatterhaftes junges Ding. Ja, richtig, sie war ja bereits über die erste Blüte der Jugend hinaus. Wenn er raten müsste, würde er auf sechsundzwanzig, siebenundzwanzig tippen.

Aber sie war unerfahren. Unberührt, was Männer anging. Darauf würde Dane sein Leben wetten.

Und diese Gewissheit erregte ihn.

Er schwang sich auf Parzival und blickte zur Jagdhütte zurück; sie war im Besitz seiner Familie, wurde aber neuerdings für andere Zwecke genutzt ... Oh, von ganzen Herzen wünschte er, Miss Julianna Clare würde ein hässliches, nichtssagendes Wesen sein, dessen Schönheit verwelkt war. Er sah sie vom Bett aufspringen – direkt in seine Arme –, als sie Maximilian unter der Bettdecke entdeckte. Ein beunruhigendes Gefühl gestand er sich ein.

Er setzte sich auf Parzivals Rücken zurecht. Der Gedanke an sie hatte eine spürbare körperliche Auswirkung. Zwischen den Schenkeln wurde das Blut schwer und dick. Seltsam, dachte Dane, der stolz darauf war, ein Meister der Beherrschung zu sein. Im Hinblick auf seine Tätigkeit war dies auch erforderlich ...

Doch seine Gedanken schweiften weiterhin ab.

Mit ihren Augen hatte er sich nicht getäuscht. Sie waren auffallend schön. Nicht nur blau, sondern kobaltblau und von strahlender Leuchtkraft. Er musste sich sagen, dass diese herrlichen Sterne nicht aus Leidenschaft glühten und dass die weichen, vollen Lippen nicht seinen Mund suchten. Die Augen waren Gletscher, die Zunge eisiger Wind an einem frostigen

Wintertag. Im Hinblick auf ihre Lage hatte sie ihm in bemerkenswerter Weise die Stirn geboten. Das war, musste er widerwillig zugeben, eine faszinierende Mischung aus Stärke und Zartheit.

Um die Wahrheit zu sagen, er schätzte ihren Mut, ihre Standhaftigkeit und ihren klaren Verstand. Unter anderen Umständen … aber diesen Gedanken verwarf er sofort. Die Umstände waren so, wie sie waren. Sie ließen sich nicht ändern. Im Zweifelsfall war Dane pragmatisch, denn er hatte längst begriffen, dass Wunschdenken etwas für Narren war. Die Vernunft war seine beste Tugend, denn ein weniger besonnener Mann könnte niemals das vollbringen, was ihm gelang. Von ihm wurde geduldiges Warten verlangt, Abwägen und das Überschauen einer gefährlichen Situation. Seinem Wesen nach war er eher abwartend, reizte man ihn aber, brauste er auf und sein Temperament ging mit ihm durch.

Aber er war auch ein Mann der Tat. In diesem besonderen Fall musste er sich den Gegebenheiten anpassen. Gewiss war das nicht das erste Mal! Als Mann fiel es ihm nicht schwer, eine Frau zu bezaubern, zu umschmeicheln und zu belügen, ihr zu drohen und sie zu drangsalieren, zu erobern und zu gewinnen … Sein Repertoire war vielseitig, je nachdem, was verlangt wurde.

Er seufzte. Natürlich war ihm nicht entgangen, wie sie sich am Ende des Bettes verkroch. Wenn sie in ihm die Bestie sah, dann war das gut und richtig. Wenn sie der Überzeugung war, er sei gefährlich, umso besser. Und so sehr es ihn danach verlangte, die süßen Lippen der schönen Julianna zu küssen, bis sie dahinschmolz und sich ihm leidenschaftlich hingab ... er hatte sich zurückgehalten.

Auch brauchte die Lady nicht zu wissen, dass sein furchterregender Ruf als die Elster bei weitem seine Taten übertraf. Er musste seinen Ruf aufrechterhalten. Nicht als Frauenheld, sondern als Räuber.

Wenn Dane in seinem Erwachsenenleben etwas gelernt hatte, dann dies ... Furcht hatte auch ihr Gutes. Sie schärfte die Sinne und machte wachsam. Ah, ja, Furcht war erträglich, solange sie nicht in Boshaftigkeit umkippte, die alles auslöschte und das Leben erstickte ...

Tod – und Sterben – war das einzig Unausweichliche im Leben. Zu diesem Schluss war er auf dem Schlachtfeld von Waterloo gekommen, als er die herumliegenden Leichen sah – ein Tag, der ihn immer noch verfolgte, der ihn sein Leben lang verfolgen würde.

Sterben war das Einzige, wovor er sich fürchtete.

Das wusste natürlich keiner. Dane verleugnete den Tod.

Er war kein Held. Er hatte einfach Glück gehabt.

Ah, ja, der Tod und das Sterben machten ihm Angst. Aber das war sein persönliches Kreuz, das er zu tragen hatte. Sein eigener Dämon.

Seine eigene Hölle.

Juliannas Herz schlug immer noch wild in ihrer Brust, als das Schloss einrastete. Im Schädel setzte wieder das Klopfen ein. Der Wunsch, den schmerzenden Kopf zwischen die Hände zu nehmen und sich gründlich auszuweinen, war verlockend. Aber als Thomas sie vor dem Altar im Stich gelassen hatte, hatte sie geweint, bis sie keine Tränen mehr hatte, bis sie leer und trocken war. Die Tränen waren sinnlos gewesen. Und so würde es auch jetzt sein.

Seit damals hatte sie sich verändert. Sie wollte nicht schwach sein. Sie musste stark sein. Sie würde sich nicht bemitleiden und ihr Los beklagen.

Sie wollte das Beste aus ihrem Alleinsein machen, einen Ausweg finden. Es war das Beste, einen Ausweg zu finden. Punktum.

Aber zuerst hatte sie ein dringendes Bedürfnis. In der Ecke entdeckte sie einen Nachttopf, den sie eilig benutzte. Sie legte wieder den Deckel darauf. Sie hatte jetzt Zeit, alles gründlich in Augenschein zu nehmen. Erstaunlicherweise war das Bett sehr bequem. Die Hütte war geräumig und in bestem Zustand – und zu ihrer Überraschung blitzsauber. Zwei Lehnsessel standen vor dem breiten, steinernen Kamin. Ein Tischchen und zwei Stühle standen in der Nähe. Ihr Blick fiel auf einen Teller in der Mitte des Tisches. Plötzlich merkte sie, dass sie hungrig war und setzte sich. Was der Räuber auch mit ihr vorhatte, verhungern ließ er sie nicht.

Sie wickelte Brot und Käse aus und nahm sich von jedem ein großes Stück. Es war eine schlichte Kost, aber Julianna glaubte, nie etwas Köstlicheres gegessen zu haben, das auf erlesenem Porzellan und Kristall serviert wurde. Eine kleine Flasche köstlichen Weins stand sogar bereit.

Als sie ihren Hunger gestillt hatte, jagten wieder die wildesten Gedanken durch ihren Kopf. Die Elster hatte nichts mit den Räubern ihrer Vorstellung gemeinsam. Das heißt nicht, dass sie mit Männern seiner Sorte bekannt war! Aber er hatte Recht, überlegte sie und verspeiste das letzte Stückchen Käse. Man sollte seine Feinde nicht unterschätzen. Und wenn er klug war, sollte er *sie* nicht unterschätzen.

Sie wischte sich den Mund ab und blickte auf den schweren Holzschrank ihr gegenüber. Sie schaute kurz hinein und stellte fest, dass alles sorgfältig eingeräumt war. Sie entdeckte sogar den Koffer, den sie für ihre Reise nach Bath gepackt hatte.

Unwillkürlich gab sie einen freudig überraschten Laut von sich. Ihr Widersacher war so umsichtig gewesen, ihre Sachen mitzunehmen.

Vorsichtig, warnte sie eine Stimme. *Vergiss nicht, auf seinen Kopf ist ein Preis ausgesetzt.*

Ein ernüchternder Gedanke. Zweifellos hatte er ihn nur in dem Glauben genommen, dass er Schmuck und andere Wertsachen enthalte! Wieder streifte ihr Blick durch den Raum. Irgendetwas kam ihr merkwürdig vor. Langsam begriff sie und schalt sich eine dumme Gans. Dies war keineswegs die Behausung eines armen Menschen. Die Möbel waren massiv und zeugten von bester Handwerkskunst. Kein Lager am Boden, sondern ein richtiges Bett. Die Bettwäsche, auch der Wein, ließen auf einen kostspieligeren Lebensstil schließen.

Aha! Als Räuber war er also auch sehr erfolgreich.

Sie wischte sich den Staub von den Händen und stand auf. Der Schmerz im Kopf begann nachzulassen, nicht aber der Verdruss darüber, dass er sie eingesperrt hatte. Der Elende! Sie ging zur Tür und zerrte und rüttelte am Schloss. Ohne Erfolg.

Dann überprüfte sie in aller Ruhe die Fenster. Es waren insgesamt vier. Zwei auf jeder Seite der Tür. Sie war enttäuscht und entmutigt. Die Fenster waren winzig und oben in die Wand eingesetzt. Auch wenn sie sich auf einen Schemel stellte, konnte sie nicht hinausklettern. Sie waren zu hoch.

Unsinn! Er hatte Recht. Es gab keine Möglichkeit zur Flucht.

In diesem Augenblick entdeckte sie einen Leinensack in der Ecke neben dem Schrank. Sie war dabei, ihn aufzubinden, hielt aber kurz bei einem Anflug von Schuldgefühl inne. Sie kam sich vor, als schnüffele sie unerlaubt im Haus eines Fremden herum ... und das tust du auch, schalt sie eine innere Stimme.

Aber dies hier waren schließlich außergewöhnliche Umstände. Kurz entschlossen band sie ihn auf und schaute hinein.

Der Sack war voller Banknoten! Dieser Dieb!

Maximilian rieb sich an ihrem Bein.

»Du solltest deinem Herrchen sagen, dass man sich seinen Lebensunterhalt auch auf anständige Art verdienen kann und nicht mit Stehlen.«

Als Antwort drückte Maximilian den Kopf unter ihre Handfläche und wollte gestreichelt werden.

Mit einem Seufzer setzte sich Julianna auf einen der Sessel am Kamin. Maximilian sprang ihr auf den Schoß, trat mehrere Male in ihren Bauch, bevor er sich zusammenrollte, die Augen schloss und zufrieden schnurrte.

Julianna streichelte sein Fell und freute sich über seine Gesellschaft. Eigentlich müsste sie sich dieser Gedanken schämen, aber wenn dies vorübergehend ihr Gefängnis sein sollte, dann war sie froh, dass es zumindest gemütlich war. *Vorübergehend.* Das betete sie sich vor. Im Augenblick konnte sie hier nicht weg, aber wie es schien, hatte sie alle Zeit der Welt, um einen Fluchtplan zu schmieden, und genau das hatte sie vor.

Den restlichen Tag verbrachte Julianna in Muße. Gegen Abend hatten die Kopfschmerzen nachgelassen und sie fühlte sich besser. Sie wusste nicht, wie spät es war und orientierte sich an der Färbung des Himmels, den sie durch die Fenster sah. Allmählich zogen die Schatten in die Hütte ein. Die Nacht nahte und einen Augenblick lang sah sie den Mond hoch oben am Himmel stehen.

Die Elster war noch nicht zurückgekehrt.

Die verschiedensten Gedanken gingen ihr durch den Kopf. Wenn er gefasst worden war? Gefangen genommen? Was, wenn man ihn auf der Stelle aufgehängt hatte? Kein Mensch ahnte, dass sie sich hier in der Hütte befand.

Diese Vorstellung nistete sich in ihr ein. Auch wenn sie diesen Schurken verabscheute, wünschte sie nicht, dass sein Hals in einer Schlinge steckte. Als sie endlich ins Bett schlüpfte, hinderte sie merkwürdigerweise dieser Gedanke am Einschlafen. Endlich löschte sie die Kerze neben dem Bett, legte sich zurück und starrte an die Decke. Maximilian hatte sich unter der Decke verkrochen und wärmte sie an der Seite. Sie war gerade am Einschlummern, als sie den Schlüssel im Schloss hörte.

Die Tür flog weit auf. Ein Hauch kühler, feuchter Nachtluft begleitete sein Eintreten.

Julianna war auf der Stelle hellwach.

Über seiner Schulter hing eine Tasche. Sie schien federleicht zu sein, als er sie neben dem Leinensack abstellte.

Er drehte sich um. Seine Brauen hoben sich. »Sie sind also noch wach? Hatten Sie einen angenehmen Tag?«

Julianna warf ihm einen verächtlichen Blick zu. Ihr neu gewonnener Freund Maximilian hatte sie bereits verlassen. Bei dem Geräusch des sich drehenden Schlüssels war er aus dem Bett geschlüpft, sprang auf den Tisch und von dort auf den Rücken seines Herrn. Dann legte er sich wie ein Pelzkragen um die Schultern. Ihr fiel jetzt ein, dass sie das beim Aufwachen gesehen und gedacht hatte, sie hätte einen Buckligen vor sich!

Jetzt beäugten sie zwei Paar bernsteinfarbener Augen. Er trug seine Arroganz wie einen Verdienstorden spazieren. Das zeigte sich in der Neigung des Kinns, dem Schwung der Lippen und in diesem immer so selbstgefälligen Lächeln.

Von Kopf bis Fuß in Schwarz gekleidet, wirkte er furchterregend. Es kroch ihr kalt den Rücken hinauf. Es war ihr unerklärlich, wie er jeden Winkel des Raumes mit seiner Anwesenheit füllte, was weder mit seiner Größe noch seinem Umfang zu tun hatte. Er war einfach nicht zu übersehen! Aber es war nicht nur das, sondern viel mehr. Wäre die Hütte hundertmal größer gewesen, es hätte keinen Unterschied gemacht. Er hatte etwas an sich, das sie innerlich erzittern ließ. Ob es ihr nun passte oder nicht. Seine Gegenwart verschlang alles. Er wollte, dass sie ihm in die Augen sah ... nein, er *verlangte* es!

Er war geradeheraus und natürlich, ohne die Schnörkel eines Dandys. Sie konnte den Wind in seinem Haar riechen, die Erde auf seiner Haut. Er sah gut aus – er, der Straßenräuber! Diese Erkenntnis bestürzte sie und doch spürte sie, dass trotz seiner Wildheit ein kultivierter Mensch in ihm steckte, der auch in den eleganten Salons der Gesellschaft zu Hause war. Eine faszinierende und verwirrende Eigenschaft.

Oh, soll ihn doch der Teufel holen! Was war denn mit ihr los? Der Schlag auf den Hinterkopf hatte ihr wohl die Sinne verwirrt!

»Teuerste Julianna, Sie überraschen mich.« Er warf die Maske auf den Tisch, legte den Umhang ab und hängte ihn über den Haken.

»Teuerster *Dane*«, flötete sie süß, »wie kommt das?« Wenn er glaubte, sie zum Narren zu halten, dann hatte er sich getäuscht.

Als er auf sie zukam, war sie in höchster Alarmbereitschaft.

»Unter diesen Umständen wäre jede andere Frau hysterisch geworden. Sie aber schicken weder ein Gebet zum Himmel, noch rufen Sie um Hilfe. Stattdessen scheinen Sie ziemlich gelassen zu sein.«

Julianna starrte ihn an. »Wie kommen Sie darauf? Haben Sie mich beobachten lassen?«

Er warf den Kopf in den Nacken und lachte, als ob sie etwas Witziges gesagt hätte. Es war ein volles kehliges Lachen, das angenehm gewesen wäre, hätte es nicht ihr gegolten.

»Sie hatten mich ausdrücklich gewarnt, dass Schreien zwecklos sei«, erinnerte sie ihn.

»Das ist richtig. Trotzdem. Sie sind so gefasst, dass man meinen könnte, Sie seien daran gewöhnt ...« Er zögerte.

»Was? Denken Sie etwa, ich wäre schon einmal

entführt worden? Wohl kaum. Abgesehen davon, was nutzt es, unnötige Energie zu verschwenden?«

»Sie sagen es.« Er lächelte. »Aber dass Sie so schlecht von mir denken, kränkt mich.«

Eine Braue hob sich fragend.

»Abgesehen davon ...«, sagte er leichthin, »... habe ich noch kein Wort des Dankes gehört. Schließlich habe ich Sie gerettet.«

Julianna schnaubte höchst undamenhaft. Wenn sie es sich überlegte, so hatte sie bereits einiges gesagt, das sich keinesfalls für eine Dame ziemte.

Der Schurke stand vor ihr, die kräftigen Hände auf die Hüften gestützt und blickte ihr geradewegs in die Augen. Und sie hatte sich Sorgen gemacht, ihm könne etwas zugestoßen sein!

»Der Retter sperrt seinen Schützling nicht ein«, konterte sie, »oder rät ihm, dass Schreien sinnlos sei.«

»Darüber könnten wir bis morgen früh debattieren, aber das brächte uns um den Schlaf. Obwohl es mir leid tut, ein schlechter Gastgeber zu sein und Sie so lange allein zu lassen, überkommt mich eine große Müdigkeit.«

Er ging auf das Bett zu. Sie nahm eine abwehrende Haltung ein, als er Maximilian von der Schulter schob und das Hemd auszog. Als sie sich der nackten, behaarten Brust gegenüber sah, ging ihr Herzschlag in ein schweres, ungleichmäßiges Pochen über.

Julianna befeuchtete die Lippen. »Ich schlage eine einfachere Lösung vor. Sie lassen mich gehen und es gibt keine weiteren Debatten.«

Er sagte nichts, bückte sich und zog die Stiefel aus.

Julianna war bereits bis zum äußersten Ende des

Bettes gerutscht. »Bitte«, wiederholte sie. Diesmal schwang ein flehentlicher Ton mit. »Bitte, lassen Sie mich gehen.«

»Nein.«

Diese Unverblümtheit verletzte sie. Er besaß nicht einmal die Höflichkeit, sie anzusehen!

»Warum nicht?«

Er gab keine Antwort.

Sie holte tief Luft. »Ich kann Ihnen Geld geben. Mein Vater ... er war ein wohlhabender Mann. Ich habe genug Geld.«

»Ich will Ihr Geld nicht.«

Er wurde ungeduldig. Sie wies auf die beiden Säcke in der Ecke. »Bitte verzeihen Sie mir, wenn ich skeptisch bin!«

Seine Augen zogen sich zu Schlitzen zusammen. »Ah«, sagte er weich. »Haben wir geschnüffelt, Kätzchen?«

Wieder *Kätzchen*. Zur Hölle mit dem Kerl! »Schnüffeln ist kein Verbrechen, aber Diebstahl ist es!«

»Ich glaube, es wäre besser gewesen, ich hätte Sie gefesselt und geknebelt. Wenn Sie nichts dagegen haben, würde ich jetzt gerne schlafen.« Er schlug ein Ende der Bettdecke zurück.

Julianna starrte ihn mit aufgerissenen Augen an. »Fürchten Sie nicht, ich könnte entkommen, während Sie schlafen?«

Das Lächeln, das langsam auf seine Lippen trat, hätte ihr eine Warnung sein sollen. Er griff nach dem Schlüssel, den er auf den Nachttisch gelegt hatte und versenkte ihn in der Tasche seiner Reithose. Weiterhin süffisant lächelnd, stieg er neben ihr ins Bett.

Dieser aufgeblasene Kerl! Julianna kochte vor Wut, drehte ihm den Rücken zu und achtete darauf, möglichst viel Platz zwischen ihnen zu lassen. Da der Schlüssel in seiner Hose steckte, konnte sie kaum etwas tun. Jetzt hätte sie Gelegenheit zur Flucht, aber sie brauchte den Schlüssel! Wie zum Teufel kam sie an ihn heran?

Sie merkte nicht, dass sie sich unruhig hin und her warf, bis sie seine Stimme mitten in der Nacht aufschreckte.

»Zum Donnerwetter, können Sie denn nicht ruhig liegen bleiben!«

Julianna erstarrte. Durch das Dunkel sah sie seine Augen wie zwei Messerspitzen auf sie gerichtet. »Mehr als ein paar Stunden Schlaf verlange ich nicht. Können Sie mir nicht den Gefallen tun?«

Julianna sagte kein Wort. Verunsichert stieß sie die Luft aus, bevor sie die Augen vor seinem vorwurfsvollen Blick senkte.

Er stützte sich auf einen Ellbogen. »Was ist los? Sie werden mir doch jetzt nichts vorheulen?«

Die Finger umklammerten die Bettdecke. Sie starrte an die Deckenbalken. Dummerweise wollte sie jetzt weinen.

Das Schweigen dauerte endlos.

»Es tut mir leid«, sagte er steif. »Ich habe versäumt, Sie zu fragen, wie Sie sich heute fühlen.«

Wieder die guten Manieren! Wer hätte dies bei einem Straßenräuber erwartet? Sie zuckte zusammen, als sich ihr eine Hand auf die Schulter legte.

»Mir geht es gut, danke«, sagte sie mit belegter Stimme.

»Wirklich?« Finger strichen ihr über die Schläfe.

»Sie sehen sehr blass aus, meine Liebe. Geht es Ihnen auch wirklich gut?«

»Ja«, antwortete sie gereizt. »Nein.«

»Ah, so gefällt mir eine Frau, wenn sie nicht weiß, was sie will.«

Julianna fuhr sich mit der Zunge über die Lippen. »Der Kopf tut mir noch weh«, sagte sie mit klagender Stimme.

»Morgen wird es Ihnen besser gehen. Versuchen Sie jetzt zu schlafen.«

In seiner Stimme schwang ein weicher Ton mit. Und die Hände auf ihrem Gesicht ... die Berührung war unerwartet sanft. Aber jetzt drehte er ihr wieder den Rücken zu.

Herrgott noch mal! Der Schlüssel war jetzt schwerer zu erreichen als vorher. Es gab keine Möglichkeit, seiner habhaft zu werden, ohne den Räuber aufzuwecken.

Julianna dachte fieberhaft nach. Argumente hatten nicht geholfen. Bitten auch nicht. Sie musste sich eine andere Lösung ausdenken. Auf keinen Fall wollte sie noch eine Nacht neben diesem Widerling verbringen! Vielleicht ließ sich ein Mann wie er durch Tränen rühren? Wie würde er reagieren, wenn sie in Tränen ausbrach? Würde er sie gehen lassen? Oder wäre er nur verärgert?

Julianna konnte sich jedoch noch nicht entschließen, diese Möglichkeit zu versuchen.

Zeit. Sie brauchte Zeit zum Nachdenken. Zeit, um die Flucht zu planen. Sie dachte an ihren Bruder Sebastian, der ein großer Planer war. Es musste einen Ausweg geben ...

Irgendwie ... einen Weg.

Viertes Kapitel

Dane wusste weder ein noch aus. Er konnte nicht anders. Nachdem die Kleine am Morgen aufgewacht war, hatte sie sich ungewöhnlich ruhig verhalten. Den ganzen Tag über war sie matt und bedrückt gewesen und so schwach, dass sie sich kaum auf den Beinen halten konnte. Er musste sie sogar zu den Mahlzeiten an den Tisch führen. Schließlich bestand er darauf, dass sie den restlichen Tag im Bett blieb.

Zu seiner Überraschung hatte sie sich nicht geweigert.

Ihre plötzliche Schwäche machte ihm ernstlich Sorgen. Bei dem Unfall hatte sie einige Prellungen und Quetschungen erlitten. War es möglich, dass die Verletzung am Hinterkopf schlimmer war, als er angenommen hatte?

Er machte sich Vorwürfe, dass er sie in der Hütte eingeschlossen hatte. Sollte es ihr morgen nicht besser gehen, würde er einen Arzt holen müssen.

Phillip würde darüber nicht sehr erfreut sein. Aber es ging nicht anders.

Um zehn Uhr am nächsten Abend hatte er sich bereits mehrere Meilen von der Hütte entfernt und ritt zu einer einsamen Lichtung. Sein bezaubernder Gast spukte ihm immer noch im Kopf herum.

Hinter ihm brach ein Zweig. Dane wirbelte herum.

»Phillip!«

Sein Freund Phillip Talbot tauchte aus den Schatten auf. »Entweder wirst du unvorsichtig«, sagte er, »oder ich bin geschickter geworden.«

Statt einer Anwort hob Dane die Augenbrauen. Er hatte Phillip kennen gelernt, kurz nachdem er aus dem Krieg zurückgekehrt war. Es dauerte nicht lange und sie hatten Freundschaft geschlossen. Hinter Phillips umgänglicher Art und Herzlichkeit steckte ein Mann mit glasklarem Verstand und blitzschneller Kombinationsgabe. Dane bewunderte seine Aufmerksamkeit für das Detail, seine Fähigkeit, das Unvorhersehbare vorauszuberechnen.

Er vertraute ihm blind … und das beruhte auf Gegenseitigkeit.

Das war bei den Angelegenheiten, mit denen sie sich beschäftigten, unerlässlich.

Phillip starrte ihn an. »Was zum Donnerwetter ist dir passiert?«, fragte er erstaunt.

Dane verfluchte den Mond, der just in diesem Augenblick hinter einer Wolke hervorkam. Er hatte das blaue Auge vergessen. Ohne Maske bot er einen jämmerlichen Anblick.

»Ein kleiner Unfall«, antwortete er obenhin.

So schnell ließ sich Phillip nicht abspeisen.

»Jemand hatte es auf deine Augen abgesehen. Wer?«

Mit sparsamen Worten schilderte Dane ihm von dem Unfall mit der Kutsche vor zwei Tagen. Phillip schwieg noch eine Weile, nachdem Dane geendet hatte.

»Das ist sehr unangenehm«, meinte er. »Ich hatte gehofft, dass es keine Todesfälle mehr geben würde.«

»Du weißt am besten, dass manchmal Unvorhersehbares eintritt.«

Phillip nickte. »Und die Anwesenheit der Lady kompliziert die Sache. Was hast du mit ihr vor?«

»Das weiß ich noch nicht«, räumte Dane ein, »aber ich werde mir etwas einfallen lassen. Sie weiß nichts, noch hat sie keinen Verdacht geschöpft. Dabei möchte ich es noch eine Weile belassen. Eines Tages wird die Kleine ihren Enkeln erzählen, dass sie von einem Wegelagerer entführt wurde und überlebt hat, um ihnen diese Geschichte zu erzählen. Im Moment muss ich sie von den Behörden fernhalten, damit sie mich nicht anzeigt.«

»Vielleicht können wir sie in den Norden verbannen. Und wenn sie wieder in die Zivilisation zurückkehrt, ist das Ganze hoffentlich überstanden.«

Dane schüttelte den Kopf. »Es wäre nicht klug, jemanden hineinzuziehen. Das, so fürchte ich, würde das Risiko, entdeckt zu werden, erhöhen.« Er dachte nach. »Wie steht es mit dir? Wie kommst du voran?«

»Er versteht es, seine Spuren gut zu verwischen, was nicht verwunderlich ist, da er einmal einer von uns war – sonst wäre es ihm nicht gelungen, zwei ahnungslose Menschen zu ermorden und das Ganze wie einen Unfall aussehen zu lassen, oder?«

»Ja, das war raffiniert. Eine nasse, regnerische Nacht und eine fliehende Kutsche … Wahrscheinlich hatte das Paar es nicht einmal kommen sehen. Das Verbrechen der armen Frau bestand nur darin, dass sie ihren Mann und diese *Ratte* zufällig belauscht hat«, sagte Dane grimmig. »Sie wollte nur verhindern, dass ihr Mann wieder ins Gefängnis zurückmusste. Und dieser Schuft hatte trotzdem die Stirn, seinen Plan zu verfolgen.«

»Unverschämt. Ja, der Täter ist unverschämt.« Phillip schwieg eine Weile, dann sah er seinen Freund forschend an. »Und was dich angeht, mein Freund, die Elster hat sich mittlerweile auch einen furchtbaren Ruf erworben«, bemerkte er ruhig. »Du solltest einmal hören, was man sich über dich erzählt, Dane. Es könnte bald der Fall sein, dass die Leute deinen Kopf verlangen.«

»Das kann ich auch nicht ändern. Eine öffentliche Untersuchung können wir nicht durchführen. Dadurch würden wir das Gesindel warnen, ganz zu schweigen von den Konsequenzen für das Innenministerium.« Dane zuckte mit der Schulter und versuchte zu lächeln. »Die Elster wird reiten, bis dieser Verbrecher gefasst ist.«

Phillip schaute ihn ernst an. »Das ist kein Spiel, Dane. Was machst du, wenn es zu einer Schießerei kommt?«

»Dann ist es ratsam, mich schnell zu ducken!«, erklärte er augenzwinkernd.

Phillip seufzte. »Im Ernst, was passiert, wenn du gefangen wirst? Dir winkt der Galgen, bevor das Innenministerium eingreifen kann.«

»Was? Traust du mir so wenig zu?« Dane schlug mit der Hand auf Phillips Schulter. »Mir ist das Risiko von Anfang an bekannt, Phillip. Es gibt einen Grund dafür, für dich und für mich.«

Phillip seufzte. »Du genießt es, habe ich Recht? Das Abenteuer, die Gefahr?«

Ja, das war einmal. Aber jetzt ... jetzt war sich Dane

nicht mehr so sicher. Er war ein Mann der Tat. Er saß nicht im Sessel und vertrieb sich die Zeit. Ihm fehlte Phillips Geduld. Aber die Aufregung befriedigte ihn nicht mehr wie sonst … warum? Er wusste es nicht.

Er bedachte Phillip mit einem unergründlichen Lächeln.

Ein Windzug zerzauste Phillips hellbraunes Haar. »Weißt du«, sagte er bedächtig, »für eine Nacht wäre ich gerne einmal an deiner Stelle.«

»Du? Als Wegelagerer? Als Abenteurer?«

»Ich gebe zu, ich beneide dich. Schon seit geraumer Zeit.«

Dane grinste und zeigte auf sein geschwollenes Auge. »Darum bin ich nicht zu beneiden, lieber Freund.«

»Trotzdem, ich glaube, dass mir der Nervenkitzel gefallen würde, die Spannung, die Ungewissheit, die den Puls beschleunigt, das Blut in Wallung bringt und die Bereitschaft, sich furchtlos der Gefahr auszusetzen. Langweilig ist das bestimmt nicht.«

Dane hob die Brauen. Furchtlos? Ah, wenn er nur wüsste, wie es um ihn bestellt war … In Danes Augen war Phillip stets der Stratege, der kühle Kopf mit dem scharfen Verstand. Es war ihm nie in den Sinn gekommen, dass sein Freund sich etwas anderes wünschen könnte.

»Ist das nicht das Leben?«, murmelte er. »Die ständige Herausforderung?«

»Mein Leben ist bei weitem nicht so aufregend wie deines, Dane.«

Dane blickte ihn fragend an.

»Ah, vielleicht eines Tages«, sagte Phillip. »Im Augenblick wartet Arbeit auf uns.«

»Sehr richtig«, stimmte Dane zu und pfiff nach Parzival.

»Ich muss mich auch auf den Weg machen.« Phillip schnippte ein Insekt von seinem Umhang und sah dann wieder zu Dane.

»Wann treffen wir uns wieder?«

»Warten wir eine Weile ab, wie sich die Dinge entwickeln. Ich melde mich in London bei dir.«

Phillip wartete, bis sich Dane auf Parzivals Rücken schwang. »Viel Glück!«, sagte Phillip mit einem feinen Lächeln.

Dane neigte den Kopf. »Danke«, murmelte er.

Mit einem kurzen Gruß ritt er in die Nacht hinein.

Meilen entfernt in London waren die Straßen von Westminster beinahe menschenleer. In einem kleinen Backsteinhaus begab sich Nigel Roxbury in ein winziges Arbeitszimmer und hob von der Mitte seines Schreibtischs einen Stapel Papiere auf. In einer Ecke tickte eine Standuhr.

Er war mit einer schwarzen abgetragenen Jacke bekleidet. Sein Gesicht war eher unauffällig, bis auf den schwarzen Flecken, der ein Auge bedeckte. Gerissen, berechnend und unnachgiebig waren Attribute, die ihm seine Kollegen gaben. Er selbst aber betrachtete sich als relativ einfachen Menschen. Er strebte nicht nach Reichtum. Weiß Gott, dazu hatte er nicht den richtigen Beruf. Er hurte nicht herum, spielte nicht und betrank sich nicht bis zur Bewusstlosigkeit. Stattdessen war er süchtig nach antiken Dingen, nach anmutiger Schlichtheit und Form.

Er blickte auf die Uhr. Beinahe Mitternacht. Wo zum Teufel war sie …

Es klopfte.

Er ging zur Tür und riss sie auf. Mit raschelnden Röcken trat eine Frau ein und zog den Schleier von ihrem Gesicht.

Auch wenn sie zehn Jahre älter als er war, hatte das Alter kaum Spuren hinterlassen. Ihr Teint war immer noch weiß und glatt, die Gesichtszüge fein. Allerdings waren an manchen Stellen einige silberne Strähnen im Haar zu sehen. Sie war nach der neuesten Pariser Mode gekleidet, und ihre zierliche, schlanke Figur konnte sich mit der eines jungen Mädchens messen.

»Seien Sie gegrüßt, *Madame*!« Er führte sie in das Arbeitszimmer. »Ah, Sie haben etwas für mich!«

Sie reichte ihm eine kleine Schachtel. Ungeduldig nahm er den Deckel ab und entfernte die Holzwolle. Seine Augen leuchteten auf, als er eine glänzende kleine Statue herausnahm. Das Licht der Lampe spiegelte sich in der glatten, goldenen Oberfläche.

»Prachtvoll! Absolut prachtvoll!«

Seine Besucherin nahm auf einem Stuhl ihm gegenüber Platz und strich ihre Röcke glatt.

»Dieses Stück ist ein Vermögen wert.«

»Und das zahle ich auch, für das hier und die anderen Dinge, die Sie mir noch bringen werden.«

»Ja«, sagte sie neckend. »Aber ich frage mich nur, wie ein Mann wie Sie sich so etwas leisten kann.«

»Oh, ich bitte Sie!«, ermahnte er sie. »Sie sollten mich nicht in diesem Licht sehen. Warum sollten nur die Reichen ihren Leidenschaften frönen? Seit zwanzig Jahren träume ich von solchen Schätzen. Ihr verstorbener Gatte Armand und ich teilten unsere Faszination für die Kunstschätze Ägyptens. Wie großzügig von ihm, auch andere an deren Schönheit teilhaben zu lassen! Und seine Sammlung einem Museum zu stiften. Ich bin da weniger großherzig.«

»Gegen Ihre Leidenschaft habe ich nichts einzuwenden«, sagte die Besucherin kühl, »sondern wie Sie damit umgehen.«

»Ah, die Rolle, die *Sie* dabei spielen? Seien Sie nicht so kleinlich! Einige gestohlene Stücke aus den Gräbern der Alten, die sonst auf dem Kunstmarkt gelandet wären! Ich kann mich wohl kaum mit privaten Sammlern oder den Einkäufern der Museen vergleichen, oder? Ein Glück für mich, dass Sie weiterhin mit François, dem Assistenten des Kurators, befreundet sind.«

»Ja«, sagte sie kurz, »und ich muss ihn dafür bezahlen.«

Die Augen des Sammlers flackerten. »Ich fürchte, es hat ein kleines Problem gegeben.«

Ihre Augen blitzten auf. »Wir haben eine Abmachung getroffen!«

»Und sie wird eingehalten«, erklärte er gereizt. »Es ist nur eine Verzögerung bei der Übergabe der Gelder eingetreten.«

»Der Übergabe der Gelder«, wiederholte sie.

Roxburys Gesichtsausdruck wurde hart. »Dieser verdammte Straßenräuber, die Elster, hat mich ausgeraubt«, sagte er zornig. »Und François bestand auf Gold.«

»Ich verstehe. Vielleicht könnte es das nächste Mal bei der Übergabe *Ihrer* Ware zu einer Verzögerung kommen.«

»Es ist nicht sehr klug, mir zu drohen, *Madame*. Sie wissen, mit wem Sie es zu tun haben. Keiner von uns will verlieren, was er hat.« Mit einem Finger strich er über den Kopf der Statuette. Wieder ruhten die Augen voller Bewunderung auf ihr, bevor er sich seinem Gast zuwandte. »Wir beide haben sehr viel zu gewinnen. Wie Sie sagten, die Abmachung bringt beiden Vorteile.«

Sie reckte das spitze Kinn nach oben. »Ich habe es nicht darauf abgesehen, davon zu profitieren.«

»Oh, aber natürlich haben Sie das«, widersprach er. »Und Sie wissen, was geschieht, wenn Sie versuchen, mich zu täuschen. Ein Wort von mir und Sie werden sich in ganz Europa nicht mehr blicken lassen können. Ihr Geheimnis wird aufgedeckt. Der Besitz, den Sie geerbt haben, wird verloren sein. Ihre Ehe mit Armand Lemieux wird für ungültig erklärt werden, wenn ich verrate, dass Sie bereits einen Ehemann hatten! Sie werden alles verlieren, was Sie durch den Tod von Lemieux gewonnen haben. Ihr jetziges Leben wird damit ein Ende haben.«

»Ich habe Armand geliebt!«

»Und Sie haben geliebt, was er Ihnen geboten hat. Aber jetzt bin ich neugierig. Was ist mit meinem Bruder? Was ist mit James? Haben Sie auch ihn geliebt? Er ist gestorben, *Madame*. Er ist ertrunken und Sie sind am Leben geblieben. Ich kannte Ihren Plan. Ich habe mich immer gefragt, warum Sie sich einen Roxbury ausgesucht haben, einen Mann, der nicht zu den oberen Zehntausend gehört. Obwohl sich James immer als Mann von Welt gegeben hat. Ich räume ein, dass er mich gelehrt hat, die feineren Dinge des Lebens zu schätzen.« Mit den Fingerspitzen strich er wieder zärtlich über die Statue. »Oh, aber James war immer ein *bon vivant,* nicht wahr? Ich habe ihm Stillschweigen versprochen, weil ich ahnte, dass zwischen ihnen beiden etwas war. Was tut ein Mann nicht alles«, spottete er, »aus Liebe zu einer Frau! Aber Sie kamen sehr gut ohne ihn zurecht! Ich würde sagen, als Armand Lemieux's Frau fuhren Sie weit besser!«

»Sie sind ein heimtückischer, schlauer Fuchs. Erbarmungslos.«

»Vielen Dank, *Madame.«*

»Das war nicht als Kompliment gemeint.«

»Trotzdem betrachte ich es so.« Wieder strich er zärtlich über die Statue und stellte sie dann ab. »Wann trifft das nächste Stück ein?«

Steif ging sie auf die Tür zu. »Ich werde Sie benachrichtigen.«

Seine Augen funkelten. »Mit größter Freude sehe ich unserer nächsten Begegnung entgegen.«

Belustigt stellte er fest, dass sie dieses Vergnügen nicht teilte.

Der Morgen dämmerte am Horizont, als Dane die Tür zur Hütte öffnete. Die Nacht war erfolglos gewesen. Stundenlang hatte er auf die Kutsche gewartet, aber vergeblich. Enttäuscht machte er sich schließlich auf den Heimweg.

In Gedanken versunken, sattelte er Parzival ab und führte ihn in den Unterstand, der sich neben der Hütte befand. War ihm der Täter auf die Schliche gekommen?, fragte er sich. Er dachte an Phillip. Der suchte den Nervenkitzel. Wenn Phillip behauptete, er wäre gern an seiner Stelle, dann hätte ihm heute Abend dieses vergebliche auf der Lauerliegen bestimmt keinen Spaß gemacht.

Das Feuer war heruntergebrannt. Die Asche glimmte noch. Dane warf einen Holzscheit auf den Rost. Einen Augenblick schaute er zu, wie die Flammen aufloderten. Dann ging er zu seiner Gefangenen.

Sie schlief fest, das Gesicht von ihm abgewandt. Dane atmete erleichtert auf. Gott sei Dank! Zweifellos würde sie ihn morgen wieder in die Mangel nehmen und erneut stellte sich die Frage: *Was* sollte er mit ihr machen?

Seufzend setzte er sich auf einen Stuhl. Er war zu müde, um eine Antwort zu finden, auch hatte er weder Lust noch Kraft sich ihrer scharfen Zunge auszusetzen. Erschöpft zog er Stiefel und Hemd aus. Mehr als ein paar Stunden Schlaf brauchte er nicht. Dann würde er für den kommenden Tag und die neuen Aufgabe gewappnet sein.

Er hob die Decke und schlüpfte vorsichtig, um sie nicht zu stören, an den äußersten Rand des Bettes. Sie rührte sich nicht und schlief weiter. Dane schloss die Augen.

Der Schlaf holte ihn ein. Und er träumte. Von *ihr*. Von der liebreizenden Julianna. Er spürte, wie sie auf ihn glitt. Oh, sie war schön und süß. Ihr Haar streifte seine Brust, als sie sich über ihn beugte. Er bildete sich ein, er könne sie sehen, wie sie über ihm lag und eine kleine kühne Hand über seinen Bauch fuhr.

Er merkte, wie er lächelte. Es würde gut mit ihr sein. Köstlich. Ihre Hand glitt tiefer ... tiefer. Hoffentlich noch tiefer, um ihn zu erkunden und zu spüren, wie er unter ihren Fingerspitzen wuchs und hart wurde.

Im Schlaf bedauerte er, dass sich seine Breeches wie eine Barriere zwischen sie schoben. Aus Rücksicht auf sie hatte er seine Hosen die letzten Nächte anbehalten. Ihre Fingerspitzen wanderten weiter. Ein gefährliches Unterfangen. Zögernd, beinahe verstohlen …

Mit einem Fluch sprang er vom Bett auf.

Die liebreizende Lady stand bereits auf ihren Beinen. Sie wich zurück. In ihren Augen blitzte blaues Feuer auf.

Sie blieb stehen. In den Händen hielt sie eine seiner Pistolen, mitten auf seine Brust gerichtet.

»Keine Bewegung!«, schrie sie. »Bleiben Sie da stehen, wo Sie sind!«

Dane erstarrte. Verflixt! Er war unvorsichtig gewesen, ein Idiot. Oh, aber das hätte er wissen müssen! Allein an der Form ihres Kinns erkannte man ihren Starrsinn.

»Geben Sie mir den Schlüssel!«, verlangte sie leise.

Jetzt fiel es ihm wie Schuppen von den Augen. Verdammt noch mal!, dachte er. Sie war weder schwach noch ängstlich, sondern zäh.

Zu dumm, so etwas passierte, wenn man nicht wachsam war. Er hätte es wissen müssen. Er *wusste* es! Wie konnte er nur so leichtgläubig sein!

»Tja«, sagte er. »Wie es scheint, habe ich Sie unterschätzt. Sie spielten nur die Kranke, habe ich Recht?«

Sie presste die Lippen aufeinander.

»Es war eine List. Um mich außer Gefecht zu setzen, nehme ich an.« Er machte eine Pause. »Ich glaube, Sie sind sehr klug.«

»Klugheit hat nichts damit zu tun. Sie wollten mich nicht gehen lassen!«

Ihre Blicke trafen sich. Sanft sagte er: »Ich war Ihretwegen besorgt, Kätzchen.«

»Besorgt! Sie haben mich endlose Stunden lang allein gelassen.«

»Nicht absichtlich«, verteidigte er sich prompt. Und das entsprach auch der Wahrheit. Hätte er sich nicht zu seiner Verabredung mit Phillip eingefunden, wäre ein Chaos entstanden und alles umsonst gewesen.

»Ich sehe keinen Anlass, auch nur ein Wort zu glauben, das aus Ihrem Munde kommt. Sie sind ein Dieb. Ein Wegelagerer!«

Eine logische Schlussfolgerung, dachte er.

»... und jetzt möchte ich den Schlüssel haben!«

Dane schüttelte den Kopf. »Und wo wollen Sie hingehen? Ich sagte Ihnen doch, wir befinden uns mitten im Wald, weit weg vom nächsten Dorf. Möchten Sie sich lieber verirren, als hier bei mir zu bleiben? Ich werde Ihnen nichts tun.« Sein Ton wurde versöhnlich. »Wenn dies meine Absicht wäre, hätte ich es schon längst getan.«

Dane blickte sie forschend an und schätzte den Abstand zwischen ihnen ab. Sie stand vielleicht zehn Schritte von ihm entfernt. Sie war eindeutig eine wohlerzogene junge Frau aus einer privilegierten Schicht. Ein Wunder, dass sie wusste, was bei einer Pistole vorn und hinten war.

»Wenn Sie den Schlüssel wollen, müssen Sie ihn mir wegnehmen. Also müssen Sie nahe an mich herankommen. Und wer wird dann im Vorteil sein, frage ich?«

Ihre Augenlider zuckten.

»Sie werden nicht schießen«, sagte er voraus.

»Und ob! Glauben Sie, Sie kennen mich so gut? Sie kennen mich überhaupt nicht, Sir! Und jetzt nehmen Sie die Hände hoch!«

Verdammt! Seine Hände bewegten sich langsam nach oben, während er den Lauf nicht aus den Augen ließ, der sich in Brusthöhe befand. »Ja. Aber haben Sie schon einmal einen Toten gesehen?«

»Ja. Meinen Vater.«

»Vielleicht sollte ich es anders formulieren. Haben Sie jemals einen Menschen sterben sehen? Haben Sie einen Menschen gesehen, der erschossen wurde?«

»Aufhören!«, rief sie aufgebracht. »Ich weiß, worauf Sie hinaus wollen!«

»Kein erfreulicher Anblick«, fuhr er fort. »Ehrlich gesagt, ziemlich schmutzig. Natürlich hängt es davon ab, wo der Mann getroffen wurde. Ein Kopfschuss ...«

»Aufhören!«

»Sie schwitzen, Kätzchen. Das kann ich von hier sehen. Ich glaube, wenn Sie auf mich schießen, fallen Sie auf der Stelle in Ohnmacht.« Ihr Entschluss geriet ins Wanken. Das Blatt wendete sich. Vielleicht waren Stolz und Eigensinn im Spiel gewesen. Was er sagte, hatte Hand und Fuß.

Seine Augen ließen sie nicht mehr los. »Ich dachte, Sie wollten schießen.«

»So ist es. Das habe ich auch vor.« Sie schluckte schwer. Sie zögerte. Der Pistolenlauf wackelte.

»Dann tun Sie es doch!«, reizte er sie.

Sie wich einen Schritt zurück. »Rühren Sie sich nicht von der Stelle!«, rief sie zitternd.

Selbstgefällig ging Dane einen Schritt auf sie zu.

Julianna drückte die Augen zu, drehte den Kopf zur Seite ... und feuerte ab.

Fünftes Kapitel

Es war höchst merkwürdig ... Kein Schmerz, sondern ein furchtbarer Schrecken durchfuhr ihn. Das Herz schien stehen zu bleiben, setzte sich dann wieder mit harten, pochenden Schlägen in Gang. Ein Gefühl brennender Hitze breitete sich in seiner Brust aus. Er konnte nicht atmen. War es so, wenn man ...? Gott lass sie zur Hölle fahren! Dieses vermaledeite Frauenzimmer hatte es fertig gebracht, was Napoleons Armee nicht gelungen war. Die Knie gaben nach. Verdammt! Er würde nicht wie ein Weib in Ohnmacht sinken – bei Gott, auf keinen Fall! Doch dann packte ihn die Angst – die heimliche Angst, von der keiner wusste. Hunderte von Dingen gingen ihm in diesem Augenblick durch den Kopf

Immer noch benommen, blickte er mit ungläubig geweiteten Augen zu ihr auf. Aber sie war nicht da ... Gütiger Himmel, vielleicht lag er im Sterben ... und dieses Biest durchsuchte seine Taschen.

Nach dem verdammten Schlüssel.

Das Geräusch war betäubend. Als Julianna den Knall hörte, ließ sie die Pistole fallen; sie bemerkte kaum, dass die Waffe über den Boden schlitterte. Einen Herzschlag lang war sie blind. Beißender Rauch stieg ihr in die Nase und brannte in der Kehle. Als er verflog, sah sie ihn.

Der Schuss hatte ihn auf die Knie gezwungen.

Sie schien von einer sonderbaren Dunstwolke umgeben und nahm ihre Umgebung nur schemenhaft wahr. Noch bevor sie wusste, was sie tat, war sie neben ihm und fuhr mit der Hand in die Taschen seiner Breeches.

Sie brachte den Türschlüssel zum Vorschein.

Vom hereinfallenden Licht beschienen, lag er glänzend in ihrer Handfläche. Sie sah das metallene Stück einen Moment lang überrascht an, kam zitternd auf die Beine und wäre in ihrer Eile beinahe gestolpert. Sie stürzte zur Tür. Stieß den Schlüssel ins Schloss; er fiel zu Boden. Mit einem Aufschrei bückte sie sich, um ihn aufzuheben. Als sie sich mit dem Schlüssel in der Hand aufrichtete, blickte sie zurück, in sein Gesicht.

Ohne es zu ahnen, war dies der Augenblick, der ihr Leben für immer veränderte.

Dane zitterte. Mit dem Ausdruck schieren Unglaubens starrte er sie an. Julianna blieb regungslos stehen, gelähmt von dem, was sie erblickte. Etwas Nacktes, Hilfloses, Bittendes.

Sie wusste nicht mehr genau, was sie vorgehabt hatte. Ihre Gedanken waren ein wildes Durcheinander. Sie hatte die Augen geschlosssen ... sie erinnerte sich nicht bewusst daran, dass sie abgedrückt hatte. Als Nächstes erinnerte sie sich an eine furchtbare Explosion und dass ihr die Ohren dröhnten.

Julianna hatte sich immer für eine zartbesaitete Seele gehalten ... und ausgerechnet sie hatte soeben auf einen Menschen geschossen.

Ein unerträgliches Gefühl der Scham ergriff sie. Was

hatte sie getan? Sie erschrak. Ihr Tun erfüllte sie mit Entsetzen. Sie hatte ihn doch nur erschrecken wollen … was für eine Dummheit! Als ob sich ein Straßenräuber vor *ihr* fürchten würde!

Wenigstens war er nicht tot. Noch nicht. Sie eilte zu ihm.

Er blickte zu ihr auf. Mit zusammengebissenen Zähnen versuchte er sich aufzurichten. »Gehen Sie«, presste er hervor. »Verdammt noch mal, so gehen Sie doch!«

Aber sie konnte nicht. Sie wusste, dass sie ihn nicht im Stich lassen konnte.

Die Anstrengung schien ihm seine letzte Kraft gekostet zu haben. Er fiel vornüber auf den Boden.

Julianna kniete neben ihm und rüttelte ihn an der gesunden Schulter, als ob sie ihn wecken wollte. »Nein!«, schrie sie verzweifelt. »Nein!«

Mit beiden Armen versuchte sie ihn umzudrehen.

Seine Augenlider öffneten sich flatternd. Er schaute sie an. Er war wütend. Das erkannte sie, als die zusammengezogenen Brauen über der Nase eine steile Falte bildeten. »Wieso zum Teufel sind Sie noch hier?«

»Ich habe auf Sie geschossen«, sagte sie grimmig. »Jetzt versuche ich Sie zu retten.«

Er hatte Recht. Da war Blut. Eine Menge Blut.

Er hatte sich auf den Rücken gedreht. Ein hellroter Fleck breitete sich auf seinem Hemd aus. Hastig riss Julianna das Hemd auf. Blut quoll hervor, staute sich über seinem Herzen, dick und dunkelrot. Als sie es sah, brannte es gallenbitter in ihrer Kehle.

»Julianna. Julianna.«

Beim Klang ihres Namens blickte sie ihn verzweifelt an.

Dane hatte sich in eine sitzende Position gebracht. »Du wirst mir helfen, Kätzchen.«

Julianna atmete tief durch, um sich zu beruhigen. Dann schob sie ihre Schulter unter ihn und legte den Arm um seinen Rücken. Sie war leider keine große Hilfe; er war zu groß. Er würde sie erdrücken, wenn er zurückfiel. Aus eigener Kraft schleppte er sich zum Bett. Als er sich zurücklegte, fiel ihr auf, wie blass er war. Die Haut war bleicher als vorher. Schweißperlen traten ihm auf die Oberlippe.

»Das Blut muss gestillt werden. Im Schrank steht ein Korb mit Tüchern. Würden Sie die holen?«

Eilig kam Julianna seiner Bitte nach, faltete ein sauberes weißes Tuch zusammen und legte es ihm auf die Schulter.

»Fest drücken«, sagte er. »Sie sind doch nur ein schwaches, kleines Ding. Versuch es, Kätzchen.«

»Nennen Sie mich nicht so!« Sie atmete rasselnd, als ob sie seufzen und gleichzeitig wütend protestieren wollte. Beinahe trotzig beugte sie sich über ihn und presste die Hand so fest sie konnte gegen das Tuch. Dane hielt vor Schmerz die Luft an.

Es schien Stunden zu dauern, bis das Blut nur noch langsam heraussickerte. Sie konnte das Loch sehen, das die Kugel gerissen hatte. Das Fleisch um die Eintrittsstelle war vom Pulver schwarz gefärbt. Bei diesem Anblick krampfte sich ihr Herz schmerzhaft zusammen.

Dane stieß die Luft langsam aus den Lungen und blickte sie an. Er bedauerte, was er ihr sagen musste, aber es war notwendig. »Tut mir leid, Kätzchen, aber das ist noch nicht alles. Sie müssen die Kugel entfernen.«

»Was?«, hauchte sie schwach.

»Die Kugel steckt noch in der Schulter.«

Sie starrte ihn fassungslos an. Wollte er damit sagen … »Vielleicht irren Sie sich. Vielleicht ist sie …«

Er schüttelte den Kopf. »Wenn es ein sauberer Durchschuss gewesen wäre, würde sie am Rücken ausgetreten sein. Aber das ist nicht der Fall.«

Julianna sah ihn erschrocken an. Sie schüttelte energisch den Kopf. »Nein, ich kann doch nicht …«

»Wer sonst? Sie sind die Einzige, die es kann. Ich bestimmt nicht. Sagten Sie nicht vorhin, Sie wollten mich retten?«

Was hatte sie sich dabei gedacht, als sie das sagte? Juliannas Herz pochte gegen die Rippen. Fest, wie ein Hammer.

»Sie können es. Ich weiß, dass Sie es können.«

Sie wünschte, sie hätte so großes Vertrauen in ihre Fähigkeiten wie er. »Woher wollen Sie das wissen? Sie kennen mich nicht einmal.«

»Ich halte Sie für eine willensstarke Frau. Außerdem haben Sie doch eine ruhige Hand, oder?«

Julianna schluckte. »Sagen Sie mir, was ich tun soll.«

»Im Schrank ist eine Schüssel. Darin finden Sie alles, was Sie brauchen. Und bringen Sie die Flasche Branntwein mit. Sie steht daneben.« Aus seiner Stimme waren Anzeichen von Schmerz zu hören.

Julianna tat wie ihr geheißen. Sie öffnete ein kleines ledernes Behältnis. In den Taschen befanden sich ein scharfes Messer, ein zweites mit einem Haken am Ende und eine Pinzette. Auf der anderen Seite steckten Nadel und Faden.

Sie warf ihm einen erstaunten Blick zu. »Ein Arztbesteck?«, fragte sie überrascht.

Ein Mundwinkel zog sich zu einem winzigen Lächeln nach oben. »Sagen wir, ich bin gern auf alles vorbereitet.« Später kam sich Dane wie ein Narr vor. Er war nicht darauf vorbereitet, dass sie auf ihn schießen würde. Vielleicht hatte der Blutverlust seine Sinne verwirrt, aber er konnte ihr nicht böse sein. Was sie getan hatte, erforderte großen Mut.

Nach kurzem Nachdenken überraschte Julianna nichts mehr. Es war sein Entschluss, gefährlich zu leben.

Aufmerksam lauschte sie seinen Anweisungen. Nachdem sie das Messer mit Branntwein übergossen hatte, nahm sie all ihren Mut zusammen und hob es hoch. Das Herz pochte so laut, dass sie kaum denken konnte.

Dane winkte ab. »Halt!«

Julianna hielt inne. Die Messerspitze schwebte über seiner Brust. Dane ergriff die Flasche und nahm ein paar kräftige Schlucke. Bevor er die Flasche absetzte, blickte er sie auffordernd an.

»Vielleicht möchten Sie auch einen Schluck trinken?«

Dass sie es in Erwägung zog, sprach für ihren Zustand! Sie sah angestrengt auf das Messer in ihrer Hand. »Lieber nicht, Sir. Ich brauche eine ruhige Hand, an der Ihnen gelegen sein dürfte.«

Die trockene Bemerkung gab ihm den Rest. Dichte

Nebelschwaden sanken auf ihn. War nun der Schmerz oder der Brandy die Ursache, er wusste es nicht.

Dane lehnte sich zurück. »Ich bin bereit«, mehr sagte er nicht.

Julianna schickte ein Stoßgebet zum Himmel und machte sich ans Werk.

Nur einmal wagte Julianna einen Blick auf sein Gesicht; das war ein Fehler, denn um ein Haar hätte sie das Messer fallen lassen. Er war weiß wie der Schnee. Die Augen waren krampfhaft geschlossen. War er ohnmächtig geworden? Sie hoffte es. Aber dann schluckte er und die Adern am Hals traten hervor.

Tränen quollen ihr aus den Augen, die sie jedoch mühsam zurückhielt.

Schweißperlen standen ihr auf der Stirn. Würde sie sich überwinden können, mit den Instrumenten in seine Wunde einzudringen? Sie wusste es nicht. Sie berührte Fleisch und Muskeln und zuckte zusammen, als sie auf harte Knochen stieß. Er war unglaublich tapfer. Innerlich litt sie mit ihm mit.

Minuten später fiel die Kugel in die Schüssel. Aber die Wunde fing wieder zu bluten an. Ihr Eingriff hatte die Öffnung, die das Geschoss in die Schulter gerissen hatte, geweitet. Ihr blieb nichts anderes übrig, als sie so gut es ging zuzunähen. Schwer atmend setzte sie sich zurück.

Ein Zittern lief durch seinen Körper und er machte die Augen auf. »So schlimm war es nicht, oder?« Er sprach heiser. Es war mehr ein Flüstern. Und er versuchte zu lächeln.

Julianna konnte es nicht. Die Kehle war ihr wie zugeschnürt. Sie konnte kaum atmen. Sein warmes Blut klebte an ihren Fingerspitzen.

Die Wände der Hütte kamen auf sie zu und ihr Magen hob sich. Sie stürzte hinaus und erbrach sich.

Sie verschränkte die Arme vor der Brust und schaukelte vor und zurück, immer wieder. Sie hatte das Gefühl, als sei die Welt verrückt geworden und *sie* mit ihr.

Sie hatte nichts sehnlicher gewünscht, als einige Tage fern von London zu sein, vielleicht mit etwas mehr Aufregung in ihrem eintönigen Leben!

Aber doch nicht das. Niemals!

Heiße, brennende Tränen liefen ihr über die Wangen. Als sie sich ein wenig gefangen hatte, wischte sie mit dem Handrücken darüber und betupfte sich den Mund mit dem Rockzipfel. Dann ging sie wieder hinein.

Danes Augen wichen nicht von ihrem bleichen Gesicht. »Besser?«, murmelte er.

Sie brachte immer noch kein Wort hervor, nickte nur und versuchte verzweifelt sich zu fassen. Er schien es zu bemerken und betrachtete sie forschend.

»Es geht Ihnen doch wieder gut, oder?«

Sie hob den Kopf. »Wieso sollte es mir nicht gut gehen?«, sagte sie so würdevoll wie nur möglich.

Er lächelte schwach. »Ja, wieso?« Das Lächeln schwand. »Aus Ihnen soll man schlau werden. Zuerst schießen Sie auf mich und dann weinen Sie.«

Julianna wusste nicht, was sie sagen sollte und zog es vor zu schweigen.

Er öffnete den Mund, als wollte er etwas sagen, aber dann hielt er plötzlich inne. Die Augen trübten sich und der Blick schweifte ab. Kaum merklich schüttelte er den Kopf. Er versuchte wach zu bleiben. Aber es war zwecklos. Die Augen fielen ihm zu. Die Schmerzen und die Erschöpfung forderten ihren Tribut.

Das dachte sie jedenfalls.

Plötzlich öffnete er die Augen.

»Parzival. Ich habe Parzival vergessen.« Er war sehr aufgeregt. »Er muss versorgt werden.«

Julianna zog die Stirn in Falten. »Parzival? Ist das Ihr Freund?«

Er schaute sie an, als ob sie den Verstand verloren hätte. »Parzival ist das beste Ross, das sich ein Mann wünschen kann«, erklärte er. »Aber … er muss gefüttert werden.«

Stöhnend versuchte er aufzustehen. Julianna drückte ihn in die Kissen zurück. »Seien Sie unbesorgt. Das werde ich übernehmen.«

»Wirklich?«

»Ja«, sagte sie fest. »Ich verspreche es.«

Ihre Antwort schien ihn zu beruhigen. Innerhalb weniger Sekunden war er eingeschlafen.

Kopfschüttelnd deckte Julianna ihn zu. Unwillkürlich huschte ein Lächeln über ihre Lippen. Da lag er, verwundet und schwach und sorgte sich um sein *Pferd*.

Das sah einem Mann ähnlich.

Sechstes Kapitel

Dane lag den ganzen Tag still und ruhig im Bett. Julianna hätte schwören können, dass er nicht einen einzigen Finger bewegt hatte. Besorgt wachte sie bei ihm. Unzählige Male beugte sie den Kopf an seinen Mund, um sich zu vergewissern, dass er noch lebte.

Während er schlief, säuberte sie die Hütte. Ihr Kleid hatte darunter gelitten, das Mieder war beschmutzt und voller dunkelroter Flecken. Sie warf es zusammen mit den blutigen Tüchern ins Feuer und zog rasch ein frisches an.

Gegen Abend trat sie vor die Hütte. Dane hatte nicht gelogen, als er ihr sagte, sie befänden sich mitten im Wald. Über ihr ein dunkelblauer Himmel. In der Nähe war ein Fluss; sie konnte das gurgelnde Wasser hören.

Jetzt lag es an ihr, stellte sie fest, für ihren täglichen Bedarf zu sorgen – was sich im Wesentlichen auf Nahrung, Wasser und Wärme beschränkte. Er war Frühling. Die Tage waren schon warm, aber die Nächte noch kalt. Sie durfte das Feuer nicht ausgehen lassen. Sie fürchtete, nicht in der Lage zu sein, ein neues zu entfachen. Beschämt gestand sie sich ein, dass sie noch nie in ihrem Leben Feuer gemacht hatte, mit Zunder und Reisig.

Draußen vor der Tür lag ein Stapel Holz. Sie trug genug Holz hinein, damit es für die Nacht und den nächsten Morgen reichte. Parzival entdeckte sie in einem kleinen Anbau neben der Hütte. Die Augen gingen ihr über, als sie den riesigen schwarzen Hengst sah. Vorsichtig näherte sie sich ihm und blieb einige Meter vor ihm stehen.

Es war ein prächtiges Tier. Parzival beäugte sie aufmerksam mit großen, ausdrucksvollen Augen und stellte dabei die Ohren nach vorn. Das Fell war wie schwarzer Lack, glatt und glänzend.

Julianna hatte den Eindruck, als würde sie gemessen und gewogen und hoffte, dass sie eine gute Note bekam. Langsam hob sie eine Hand und strich über seinen Nacken. Seine Haut zitterte unter ihrer Berührung. Julianna spürte die Kraft, die in ihm steckte, aber er zeigte keine Anzeichen von Aggression.

»Was bist du für ein großer Kerl. Wie dein Herr.« Er schnaubte und schüttelte stolz den Kopf. Sie streichelte ihn weiter und redete leise und beruhigend auf ihn ein, damit er sich an sie und ihren Geruch gewöhnen konnte.

Es dauerte nicht lange, dann stupste das Pferd mit der Nase an ihre freie Hand und wiederholte es.

Julianna schmunzelte. »Na, was willst du? Ein Stückchen Zucker? Bedaure, Parzival, heute habe ich leider nichts für dich.«

Sie sah sich suchend um und entdeckte eine Tür an der Außenwand. In der kleinen Kammer fand sie, was sie suchte. Einen Sack mit Futter. Sie nahm den danebenstehenden Eimer und füllte ihn bis zum Rand. Ohne abzuwarten, ging sie wieder in den Stall. Sie spürte, dass das mächtige Ross sie akzeptiert hatte – das hoffte sie wenigstens!

Er schnaubte, als sie das Fressen in den Trog schüttete. Sie tätschelte seinen Nacken, ging zurück und fand einen zweiten Eimer, der zur Hälfte mit Wasser gefüllt war. Auf der anderen Seite der Lichtung fand sie, was sie suchte – einen Brunnen.

Sie füllte den Eimer aus Parzivals Stall mit frischem, kühlem Wasser und sah, dass Maximilian ebenfalls hinausspaziert war. Nase an Nase standen sich die Tiere gegenüber, das riesige schwarze Pferd und der winzige schwarze Kater. Bei dem Anblick musste sie lächeln. Es war eindeutig, dass sich das Paar schon länger kannte.

Das Lächeln schwand. Ein merkwürdiger Schmerz fuhr ihr durchs Herz. Sie war den Tränen gefährlich nahe ... schon wieder! Unaufgefordert tauchten Erinnerungen auf. Sie fühlte sich elend, weil sie ihre Krankheit vorgetäuscht hatte. Betrug lag nicht in ihrer Natur. Was hatte Dane gesagt, bevor sie auf ihn schoss?

Ich hatte mir um Sie Sorgen gemacht, Kätzchen.

Tatsächlich? War er tatsächlich um sie besorgt gewesen? Und später, als sie wieder in die Hütte ging ... plagte sie erneut das schlechte Gewissen. Er war nicht um sich besorgt, sondern um sie. Was für ein Mensch war er?, fragte sie sich. Und wieso machte sie sich über ihn Gedanken? Das Wenige, was sie über ihn wusste, machte ihn nicht gerade empfehlenswert. Er war ein Gesetzloser, ein Räuber.

Und doch wusste sie, dass er kein Mann ohne Herz war, ohne Seele.

Und sie war keine Frau ohne Gewissen.

Sie biss sich auf die Lippen, als sie zusah, wie Parzival das Wasser aus dem Eimer schlürfte. Sie konnte weggehen. Sie *musste* weggehen. Jetzt hatte sie die Möglichkeit fortzugehen. Sie brauchte nur fortzureiten, ihn zurückzulassen, und sie wäre frei.

Aber das wollte sie nicht mehr. Sie konnte Dane nicht im Stich lassen. Das brachte sie einfach nicht übers Herz.

Maximilian strich um ihr Bein. Plötzlich sprang er zur Hüttentür, die offen stand. Er blieb in der Tür stehen und blickte sie mit den schräg gestellten Augen an, als ob er wartete …

Julianna seufzte. »Ja, Maximilian. Ich komme gleich.«

Während der Nacht wechselte Danes Zustand zwischen glühendem Fieber und eisigem Schüttelfrost. Einmal wachte er auf und blickte sie durch feuchte, goldfarbene Augen an. Julianna hatte das ungute Gefühl, dass er durch sie hindurchsah, als sei sie nicht vorhanden. Sie haderte mit ihrer Hilflosigkeit. Von der Welt abgeschnitten, hatte sie keine Arzneimittel. Sie konnte nichts anderes tun, als die Wunde sauber zu halten und abzuwarten.

Sie war müde, wagte aber nicht zu schlafen, falls er sie brauchen würde. Am Nachmittag des folgenden Tages hatte sie einen Entschluss gefasst. Wenn sich sein Zustand am nächsten Morgen nicht gebessert hatte, würde sie ausreiten. Irgendwo musste es doch ein Dorf geben. Eine Straße. Ein Bauernhaus. Sie musste etwas tun.

Aber wenn jemand herausfand, dass er die Elster ist?, warnte sie eine innere Stimme. *Was dann? Wie kommst du dir dann vor?*

Wie ein Verräter, gestand sie sich ein. Nein, das machte keinen Sinn. Sie war ihm nichts schuldig. Sie hatte sich um ihn gekümmert, soweit sie dazu in der Lage war, und doch konnte sie sich ihre Gefühle für ihn nicht erklären. Es hatte beinahe etwas mit Loyalität zu tun. Aber das ergab wieder keinen Sinn! Und auch das verstand sie nicht.

Aber eines stand einwandfrei fest. Sie konnte ihn auch nicht sterben lassen.

Sie hatte sich entschlossen. Beruhigt schürte sie das Feuer und nahm ihre Wache am Bett wieder auf. Den Schemel hatte sie nahe herangezogen, um ihren Patienten besser zu beobachten. Die Brauen und die Haarlocke auf der Stirn hoben sich schwarz von der Haut ab, aus der jede Farbe gewichen war. Behutsam, mit einer fast zärtlichen Geste strich sie ihm das feuchte Haar aus der Stirn.

»Du musst wieder gesund werden, Dane. Du musst.«

Unwillkürlich schoben sich ihre Finger unter seine Hand. Er umschloss sie und schien es zu mögen. Ja, sie hätte schwören können, dass er sich bei ihrer Berührung entspannte. Ab und zu fiel ihr der Kopf nach vorn und sie wachte erschrocken auf.

Maximilian wusste es noch vor ihr ... er sprang aufs Bett und streckte sich neben seinem Herrn aus.

Danes Augen öffneten sich weit und richteten sich geradewegs auf sie. Dieses Mal war sein Blick klar und fest.

»Sie sind immer noch da. Ich dachte, ich hätte es geträumt.«

Seine Stimme war heiser und kratzig.

»Wie geht es Ihnen?«, fragte sie.

Er warf ihr einen vielsagenden Blick zu. Die hellen Bernsteinaugen hoben sich von den dunklen Bartstoppeln ab, die ihm ein verwegenes Aussehen gaben. Das restliche Gesicht aber war von Erschöpfung gekennzeichnet.

Die Augen schlossen sich wieder. »Wie lange?«, krächzte er.

»Wie bitte?«

Die Augen öffneten sich wieder. Er befeuchtete die Lippen mit der Zunge. »Wie lange war ich bewusstlos?«

»Seit gestern Morgen.«

Sein Blick wanderte zu den Fenstern, durch die ein mildes Licht in die Hütte fiel. »Den ganzen Tag?« Er schüttelte den Kopf. »Das ist nicht möglich.«

Julianna lächelte leicht. »Ich fürchte ja.«

Dane sagte nichts. Er blickte auf ihre Hände. Sofort zog Julianna sie in den Schoß zurück. Sie spürte, wie ihr die Röte ins Gesicht stieg.

Eine dunkle Braue hob sich langsam, aber er verzichtete auf eine Bemerkung. Dafür war Julianna ihm von Herzen dankbar. Ihr Herz schlug merkwürdig unruhig, als sie daran dachte, wie sich seine Lippen auf ihrem Mund anfühlen würden ... Zur Hölle mit diesem Mann! Was hatte er an sich, das ihn so anziehend machte? Es war nicht ihre Art, derart über einen Mann nachzudenken. Und warum war es ausgerechnet *dieser* Mann! Sie wusste es nicht ...

Ihre Gedanken wurden plötzlich unterbrochen, als er sich aufsetzte und die Bettdecke zurückschlug.

»Was zum Teufel machen Sie da?«

»Was zum Teufel wird das wohl sein?«, gab er zurück.

Julianna sprang auf. Der Stuhl kippte nach hinten und schlug krachend auf den Dielenbrettern auf. Sie achtete nicht darauf. »Sie stehen nicht auf!«, fuhr sie ihn streng an. »Haben Sie mich verstanden, Sir?«

»Teuerste Julianna, das ist leider unmöglich«, herrschte er sie ebenso aufgebracht an. Mit schmerzverzerrtem Gesicht stellte er die Füße auf den Boden. »Finden Sie nicht, dass es unter diesen Umständen lächerlich ist, mich ›Sir‹ zu nennen? Ich heiße Dane.«

»Wie Sie wünschen, Dane. Und jetzt sagen Sie mir, Dane, was Sie vorhaben.«

Er stieß einen unverständlichen Fluch aus.

Juliannas Augen blitzten auf. »Das ist kein Grund zum Fluchen!«

»Teuerste, allerdings gibt es einen Grund, aber es war nicht meine Absicht, Ihr Zartgefühl zu verletzen. Trotzdem weiß ich nicht, wie ich mich ausdrücken soll … in dieser Situation. Ein Mann hat gewisse Bedürfnisse …« Er zögerte und beobachtete ihre Reaktion.

»Bedürfnisse?« Ihr blieb der Mund offen stehen. Die blauen Augen blitzten auf und der Rücken wurde steif. »Wie können Sie überhaupt an so etwas denken …«

»Nein«, unterbrach er sie. »Nicht *solche* Bedürfnisse.« Er warf ihr, wie er hoffte, einen bedeutungsvollen Blick zu. »Ich darf doch annehmen, dass Sie so freundlich sind, mich einen Augenblick lang allein zu lassen?«

Julianna wurde stocksteif. »Oh«, japste sie. »Oh!« Sie schluckte und schwebte mit feuerrotem Gesicht zur Tür hinaus. Sie wollte noch sagen, dass er sie rufen solle, falls er ihre Hilfe brauche. Aber wie hätte das geklungen?

Sie ließ ihm eine Weile Zeit, die sie für angemessen hielt, um den Nachttopf zu benutzen. Dann klopfte sie an der Tür und kam sich noch ziemlich töricht vor.

Es kam keine Antwort. Sie lauschte angestrengt, klopfte ein zweites Mal, dieses Mal lauter.

»Dane?«, rief sie.

Wieder keine Antwort. Besorgt öffnete sie die Tür und lugte hinein. Er stand am Tisch. Mit dem Ausdruck der Bestürzung stützte er sich mit einer Hand ab. Ihre Verlegenheit schwand sofort, als sie das leichenblasse Gesicht sah. Er drohte zusammenzubrechen. Geistesgegenwärtig schob sie ihm einen Stuhl unter, als seine Knie nachgaben.

»Es dreht sich alles.«

»Legen Sie den Kopf auf den Tisch.« Vorsichtig drückte sie seinen Kopf nach unten.

Es schien eine Ewigkeit zu dauern, bevor er wieder den Kopf hob. Erleichtert sah sie, dass sein Gesicht wieder Farbe bekommen hatte. »Mein Gott«, murmelte er.

»Wie fühlen Sie sich?«

»Schwach wie ein Neugeborenes«, gab er zu.

»Sie haben eine Menge Blut verloren«, sagte Julianna ruhig. »Es wird eine Weile dauern, bis Sie wieder zu Kräften kommen.«

Er seufzte. »Tja«, murmelte er, »wie es scheint, hat sich das Blatt gewendet. Jetzt haben Sie mich in der Hand. Darf ich Ihnen trauen?«

Julianna konnte ein Lächeln nicht unterdrücken. »Ja, Sie können mir trauen«, gab sie zurück. »Und jetzt ab ins Bett mit Ihnen, Si …«

Sie hielt inne, als seine Brauen sich hoben und er vorwurfsvoll den Kopf schüttelte.

Sie hakte sie bei ihm ein. »Ab ins Bett mit Ihnen, Dane.«

Dieses Mal gab es keinen Widerspruch.

Später hatte sie Zeit zum Nachdenken ... Das Blatt hatte sich tatsächlich gewendet. Die Elster war jetzt völlig in ihrer Gewalt. Eine sonderbare Vorstellung. Nein, nicht ganz in ihrer Gewalt, überlegte sie. Schwach oder nicht, eine Aura verborgener Kraft umgab ihn, die nichts überdecken konnte. Sein muskulöser Körper beanspruchte fast das ganze Bett. Obwohl er ruhig und friedlich vor sich hin schlummernd in den Kissen lag, ließ sie sich nicht täuschen. Der nackte Oberkörper war beunruhigend und sie musste ihn immer wieder ansehen. Sie spürte, wie sie dabei errötete und versuchte rasch, sich anderweitig zu beschäftigen.

Sie durchsuchte den Schrank und fand ein paar Stücke getrocknetes Rindfleisch. Er würde nie wieder zu Kräften kommen, wenn er nicht aß, überlegte sei. Aber zu schwere Kost wäre für ihn nicht bekömmlich.

Mehrere schwarze Eisenkessel verschiedener Größe hingen neben dem Kamin. Sie suchte sich den kleinsten aus, füllte ihn mit frischem Wasser aus dem Brunnen und hängte ihn an den Haken über dem Feuer. Dann warf sie eine Hand voll Rindfleisch und etwas Salz hinein. Sie staubte die Hände ab, trat einige Schritte zurück und wartete ab. Nachdem sie Parzival versorgt hatte, trug sie Holz in die Hütte, füllte einen Eimer mit Wasser und kehrte zum Feuer zurück. Sie hob den Deckel und schaute hinein. Die Flüssigkeit war dunkel und trüb und sah nicht gerade schmackhaft aus. Oh, was hätte sie jetzt nicht für ein Stück Kuchen und einen Becher Schokolade gegeben!

Die Schatten der Nacht krochen in die Hütte. Sie zündete ein paar Kerzen an und ging wieder zum Kessel. In diesem Moment wachte Dane auf. »Was ist das?«, fragte er.

»Brühe. Ich denke, das wird Ihnen gut tun. Möchten Sie etwas davon?«

Er nickte.

Julianna schöpfte sie vorsichtig in eine Holzschüssel und trug sie zum Bett. Dane setzte sich mühsam auf, mit dem Rücken zur Wand. Dabei schossen ihm glühende und eisige Nadeln durch die Brust bis in den linken Arm. Mit der gesunden Hand hielt er den Arm fest.

»Verdammt!«, brummte er. »Ich kann nicht einmal diese verflixte Schüssel halten!«

»Schon gut.« Sie eilte zu ihm. »Ich kann Sie füttern, wenn Sie möchten …«

»Nichts ist gut!«, maulte er. »Ich will nicht, dass Sie mich wie ein Kind füttern!«

Julianna blieb wütend stehen. Am liebsten hätte sie ihm die Brühe über den Kopf geschüttet. So eine Frechheit! Dane war ihre Reaktion nicht entgangen.

Doch bevor er einlenken konnte, sagte sie sanft: »Vielleicht geht es Ihnen morgen besser und sie können am Tisch sitzen. Aber für heute habe ich eine Idee.«

Sekunden später trat sie ans Bett und reichte ihm eine Tasse mit der warmen Brühe.

Wortlos nahm er sie entgegen und nippte daran. Die Augen wurden feucht und er hustete wie ein Erstickender. Gott im Himmel, hatte sie die volle Salzdose in den Kessel geschüttet? Über den Tassenrand strahlten ihn die blauen Augen erwartungsvoll an und er sah, dass sie darauf bedacht war, ihm eine Freude zu machen.

Und er, dachte er grimmig, spielte hier den Bösen.

Er trank die ungenießbare Brühe bis auf den letzten Tropfen aus.

Dann stellte er die Tasse ab und lehnte sich zurück. »Es tut mir leid«, sagte er ruhig. »Ich habe die Geduld verloren. Sie können nichts dafür.«

Oh, natürlich war sie schuld. Und beide wussten es. Julianna kämpfte gegen einen Schwall dummer törichter Tränen an. Sie wollte sich umdrehen, damit er es nicht sah, aber er griff bereits nach ihrer Hand.

Sie schüttelte schwach den Kopf. »Ich ... es ist schon gut«, sagte sie unbeholfen.

Er zog die Stirn in Falten und blickte sie forschend an. »Sie sehen müde aus«, stellte er fest.

»Mir geht es gut.« Sie zwang sich zu einem Lächeln. »Ehrlich.«

Aber Dane ließ sich nichts vormachen. »Sie sind erschöpft.«

»Glauben Sie mir, sonst hätte ich es doch nicht gesagt!«

So. Die Lady war eigensinnig und beharrlich. Er gab nicht auf.

»Wann haben Sie das letzte Mal geschlafen?«

»Das weiß ich nicht mehr.«

Er hob die Braue. »Haben Sie nun geschlafen oder nicht?«

»Ein wenig«, log sie.

»Das stimmt nicht«, sagte er knapp.

»Doch!«, beharrte sie. »Ich habe dort geschlafen!« Sie zeigte auf den Stuhl neben sich.

Mit einer steilen Falte auf der Stirn machte er eine missbilligende Bemerkung.

»Nun, heute Nacht werden Sie nicht dort schlafen.«

Sie zog die Hand zurück und stemmte sie in die Hüfte. »Sie sind offensichtlich nicht in der Lage, mich davon abzuhalten.«

»Nein?« Dane gestattete sich ein kleines Lächeln und wies mit dem Kinn zur Tasse. »Ihre Suppe hat mir wieder Kraft gegeben.«

Sie zwinkerte und war ihrer jetzt nicht mehr so sicher.

Er ließ sie nicht aus den Augen und griff unmissverständlich nach der Bettdecke.

»Wagen Sie es ja nicht!«, protestierte sie heftig.

Dane blickte sie fest an und hob fragend eine Braue.

Dann seufzte er. »Muss ich darauf hinweisen, dass ich wohl kaum in der Lage bin, Ihnen beizuwohnen? Was sollen außerdem die Leute von mir denken, wenn ich eine Frau die ganze Nacht im Stuhl sitzen lasse, während ich das Bett allein beanspruche?«

Sie schaute ihn unwillig an, schien aber zum Nachgeben bereit.

»Zweifellos würde man sagen, dass Sie ein Schurke sind, was ja auch den Nagel auf den Kopf trifft.«

Er hob die Decke. »Ohne Schlaf würden Sie keinem von uns nützen.«

»Es wäre höchst unschicklich für mich, mit Ihnen in diesem Bett zu schlafen.«

»Lady«, brummte er, »das haben Sie bereits getan.«

»Das ist sehr unfein von Ihnen, mich daran zu erinnern.« Es stimmte. Aber damals hatte sie keine Wahl. Sie war die Gefangene der Elster. Aber jetzt konnte sie wählen.

Sie wurde schwach. Das war Wahnsinn, sagte sie sich. Sie kannte diesen Mann nicht. Alles, was sie über ihn wusste, war durch und durch verwerflich!

Wieder hielt er ihre Hand fest. Unerbittlich zog er sie auf sich zu.

»Kommen Sie«, sagte er einladend. »Legen Sie sich neben mich, Kätzchen.«

Sie riss die Augen weit auf. »Wenn Sie nicht verletzt wären, würde ich Ihnen jetzt eine Ohrfeige geben.«

In Danes Lachen schlich sich ein Stöhnen, als sie neben ihn unter die Decke schlüpfte. Nur ein Toter würde die Schönheit dieser Frau nicht wahrnehmen. »Oh, Kätzchen! Ich glaube, wenn ich nicht verletzt wäre, hätte ich die Ohrfeige verdient!«

Siebentes Kapitel

Am nächsten Morgen war Julianna aufgestanden, als Dane noch schlief. Vor dem kleinen Spiegel an der Wand neben der Tür steckte sie ihr Haar hoch. Sie wandte sich um, als sie merkte, dass er aufgewacht war.

»Guten Morgen«, murmelte sie mit einem kleinen Lächeln.

»Guten Morgen«, erwiderte er.

Ein ungestümes Begehren packte ihn, als sie auf ihn zukam. Sie trug ein schlichtes Kleid aus weißem Musselin. Danes Augen folgten der zarten blauen Spitze, die das abgerundete Mieder säumte. Milchig weiß und glatt wölbten sich die Brüste unter dem Stoff. Er wollte ihre Haut berühren – wollte *sie* berühren, spüren, ob sie so weich war, wie sie aussah. Als sie sich an das Bett setzte und sich über ihn beugte, um nach der Schulter zu sehen, fiel es ihm schwer, die Augen von ihrem Dekolletee zu abzuwenden. Auch der messerscharfe Schmerz, der ihn bei einer unbedachten Bewegung durchfuhr, konnte das plötzlich heiß aufwallende Verlangen nicht bändigen. Der Duft von Rosen umgab sie. Allmächtiger, frisch und süß saß sie vor ihm, und er war zerzaust und unrasiert!

Während er seinen Träumereien nachhing, bemerkte

er nicht, dass es Julianna ähnlich erging. Ihre Gedanken kreisten um ihn. Sie konnte sich nicht erinnern, jemals einem Mann von solch strotzender Männlichkeit begegnet zu sein. Höchst verwirrend, stellte sie ärgerlich fest. Was zum Teufel hatte er mit ihr angestellt?

Sie versuchte, den Blick auf den Verband zu richten – es war ihr nicht möglich! Mit entblößtem Hals und Oberkörper erschien er ihr noch mächtiger als vorher. Allein die Größe dieses Mannes war überwältigend. Die langen Oberarme waren mit Muskeln bestückt und seidigem, dunklem Haar bedeckt. Handgelenke und Hände wirkten kraftvoll, die Finger waren schlank und sehnig. Als sie mit dem Unterarm seine Haut streifte, rebellierte ihr Magen.

Ihre Bauchmuskeln zogen sich zusammen. Ein unbekanntes Prickeln machte sich in ihrem Körper breit. Verzweifelt versuchte sie das rasende Herz zu beruhigen. Wohler wäre ihr gewesen, wenn mehrere Schichten von Kleidungsstücken sie getrennt hätten. Hemd, Weste, Jackett, Halstuch. Es war ungewohnt und neu für sie, einen Mann zu berühren. Dieser Tatsache musste sie sich stellen, nur kam ein erschwerender Punkt dazu. Jeglicher Schutz fehlte, es gab nur die schamlos zur Schau getragene männliche Haut …

Sie bemühte sich um einen unbeteiligten, gelassenen Tonfall. »Dann wollen wir einmal nachsehen.«

»Muss das sein?« Er biss die Zähne zusammen, als sie den Verband von der Schulter wickelte.

Sie sog hörbar die Luft ein, als die Wunde zum Vorschein kam. Der Magen hob sich ihr beim Anblick des geröteten Fleisches, das zwischen den Stichen der Naht hervorquoll.

»So schlimm, wie?«

Julianna untersuchte die Wunde genauer. Sie war offen und mit Blut verkrustet. »Eigentlich nicht«, sagte sie bedächtig. »Die Wunde ist verkrustet und Sie haben einen Bluterguss, aber das war zu erwarten. Ehrlich gesagt, es sieht besser aus, als ich dachte.«

Sie hatte eine Schüssel mit warmem Wasser auf dem Tisch bereitgestellt und für saubere Tücher gesorgt. Dane wappnete sich gegen den Schmerz, als sie mit dem Säubern der Wunde begann. Sie ging sehr behutsam vor. Er betrachtete ihre Hände bei der Arbeit. Sie waren schlank und schmal, wie der restliche Körper. Nur schwach erinnerte er sich an die Berührung ihrer Hände auf seiner Haut, als er vor Schmerz halb bewusstlos war. Sanft strichen sie ihm über die Stirn, und ihre Stimme sprach in süßen, sanften Tönen zu ihm. Aber ihre Zunge war scharf – ein verwirrender Gegensatz, dachte er!

Er sah zu, wie sie ein Tuch zu einem Rechteck faltete. »Sie sind sehr geschickt. Haben Sie in einem Hospital gearbeitet?«

Julianna blickte überrascht auf. »Du lieber Himmel, nein!«

»Sie lachen?«, fragte er.

»Ein wenig.«

»Warum?«

»Ehrlich gesagt, die ersten Erfahrungen habe ich mit Tieren gemacht.«

Bereits als kleines Kind hatte sie sich hilfloser Tiere angenommen – ein verwaistes Kaninchen oder ein Hund, dessen Bein in eine Falle geraten war … Oh, wie gerne hätte sie ihn behalten, als er wieder laufen konnte! Sie bat und bettelte.

Der Vater hatte abgelehnt.

Wie ihr Bruder Justin war sie mit einer guten Portion Eigensinn und Erfindungsgeist ausgestattet. Sie hatte das Tier ohne Wissen des Vaters im Bootshaus versteckt und gesund gepflegt. Sebastian und Justin hatten sie dabei unterstützt und dem Patienten heimlich saftige Leckerbissen zugesteckt. Später wurde er dann von einem Pächter in der Nähe von Thurston Hall liebevoll aufgenommen.

Der Vater hätte einen Tobsuchtsanfall bekommen, wenn er davon erfahren hätte.

»Was für Tiere?«, fragte er.

Julianna hob die Schultern. »Mehrere Kaninchen und einmal ein Vogel mit einem lahmen Flügel.« Sie konnte das kleine Lächeln um die Mundwinkel nicht verbergen. »Aber ich glaube, Sie stellen sämtliche Patienten in den Schatten.«

»Danke. Ich bin froh, dass ich jetzt endlich weiß, was Sie von mir halten.«

»Vor ein paar Tagen haben Sie sich nicht beschwert«, erinnerte sie ihn.

»Richtig.« Er sah ihr zu, wie sie vorsichtig seinen Arm hob, das Tuch zusammenfaltete, es als Kompresse auf die Wunde legte und dann Arm und Schulter mit einem breiten Leinenstreifen umwickelte, um beides zu stabilisieren. »Aber ich glaube trotzdem, dass Sie es gelernt haben.«

Julianna war mit dem Verband beschäftigt und antwortete geistesabwesend: »Sebastian hat sich meiner Beulen und Schrammen angenommen, als ich klein war.«

»Sie reden Ihren Vater mit dem Vornamen an?«

»Nein, natürlich nicht. Sebastian ist mein Bruder.«

Dane warf ihr einen überraschten Blick zu. »Ihr Bruder hat das gemacht?«

»Sie kennen meinen Bruder nicht. Er ist der fürsorgliche Typ.«

»Und wo war Ihre Mutter?«

Das Lächeln verflog. Eine logische Frage, sagte sie sich. »An meine Mutter kann ich mich nicht einmal erinnern.«

»Das tut mir leid.« Er zögerte. »Sie starb, als Sie noch klein waren?«

»Ja. Sie … sie ist mit einem anderen Mann durchgebrannt.« Julianna sprach hastig weiter. »Über den Kanal. Beide kamen um.«

Er starrte sie an. »Allmächtiger.«

»Ja, ein Skandal.«

»Und was ist mit Ihrem Vater?«

»Er starb einige Jahre später.« Sie zupfte an ihrem Kleid und lachte gezwungen, als sie den Kopf hob. »Ich weiß nicht, wieso ich Ihnen das erzähle. Ich denke kaum noch daran.«

Dane schwieg eine Weile. Dann fragte er: »Wie alt sind Sie, Julianna?«

Die Augen wurden schmal. »Das, Sir, geht Sie nichts an.«

»Oh, ich bitte Sie.« Er blieb hartnäckig. »Wie alt sind Sie?«

Sie blickte ihn an. Die weich geschwungenen Lippen verformten sich zu einem Strich.

»Also schön. Dann werde ich raten. Sind Sie achtundzwanzig?«

»Nein«, schnaubte sie entrüstet.

Er hatte sie beleidigt. Also war sie jünger. Dane korrigierte sich rasch.

»Siebenundzwanzig?«

Sie verneinte es weder, noch bestätigte sie es. Er hatte Recht. Sie war siebenundzwanzig.

»Wieso sind Sie nicht verheiratet?«

»Das dürften Sie eine Lady nicht fragen!«

Er ließ nicht locker. »Sind Sie ein Blaustrumpf?«

Julianna spürte, wie ihr die Röte ins Gesicht stieg. »Wollen Sie mich unbedingt beleidigen?«

»Das ist nicht meine Absicht. Eine so schöne Frau wie Sie sollte schon längst unter der Haube sein. Sie müssten mindestens drei Kinder am Rockzipfel hängen haben.«

Kinder. Sie dachte an die Kleinen ihrer Brüder. An Sebastians Zwillinge Geoffrey und Sophie und an Justins jüngste Tochter Lizzie. Sie liebte sie sehr, aber es waren nicht *ihre* Kinder und wieder wurde sie sich dessen schmerzlich bewusst.

Außerdem taten seine Spötteleien weh. Julianna dachte, sie wäre längst darüber hinweg. Aber das stimmte nicht.

Ihre Gedanken schossen zu Thomas. Ein stechender Schmerz fuhr ihr durchs Herz, aber sie riss sich zusammen. Sie wollte sich nichts anmerken lassen. Im Innersten wusste sie, dass Thomas kein Mann für sie war. Das war er nie gewesen. Aber es gab Momente, in denen sie sich vorstellte, was gewesen wäre, wenn …

»Sie stellen mir Fragen, die Ihnen nicht zustehen«, erklärte sie unverblümt.

»Vielleicht. Aber wenn ich Ihnen sage, dass ich ein Mensch bin, dem Wahrheit und Ehrlichkeit über alles gehen?«

»Sie? Ein Gesetzloser?« Sie holte tief Luft. »Dann erzählen Sie mir, warum Sie nicht verheiratet sind? Oder sind Sie es?«

»Ich bin nicht verheiratet.«

Sie warf ihm einen vernichtenden Blick zu. »Vielleicht will Sie keine haben.«

»Das mag sein. Aber ich habe noch nie eine Frau darum gebeten.«

»Ich kann mir auch nicht vorstellen, dass jemand Ja sagt«, gab sie schlagfertig zurück. »Als Wegelagerer führen Sie ein unstetes Leben.«

Verständlich, dass sie mit ihm stritt. Er hatte sie gereizt. Aber er war neugierig. Sie war ihm ausgewichen, weil sie etwas quälte. Aber er wollte sie nicht drängen. Da die entzückende Julianna auf die Frage nach ihrem Alter und Ehestand empfindlich reagierte und die Unterhaltung eine Wendung nahm, die beiden nicht gefiel, hielt er es für richtig, das Thema zu wechseln.

Mit der Hand fuhr er sich über das stoppelige Kinn. »Haben Sie schon einmal einen Mann rasiert?«

Ihr Erstaunen war ihm Antwort genug. Aber er merkte, dass sie bereit war, es mit dieser Herausforderung aufzunehmen.

Die blauen Augen leuchteten auf. »Sie würden mir vertrauen, wenn ich Ihnen das Rasiermesser an die Kehle setzte?«

Die Frage überraschte ihn. Er betrachtete sie von oben bis unten und war sich auf einmal nicht mehr so sicher …

»Sie mögen vielleicht nicht ehrlich sein«, sagte sie mit einem süßen Lächeln, »aber mutig, wie es scheint.«

Als sie so weit waren, hielt sie ihm den Spiegel vor, während er die Stoppeln von Gesicht und Hals schabte. Er wischte einen Rest Seifenschaum aus dem Gesicht und schaute sie an.

»Ist es besser?«

Sie nickte beifällig. »Eine ungeheuere Verbesserung«, erklärte sie und räumte die Rasierutensilien in den Schrank. »Wahrscheinlich sind Sie jetzt hungrig?«

»Ja. Aber von dieser grässlichen Brühe möchte ich nichts mehr.«

Sie wollte etwas erwidern, unterließ es aber. Er hatte sie gekränkt. »Ich muss Ihnen sagen, dass mich die Zubereitung dieser Brühe viel Mühe gekostet hat.«

»Was ich sehr zu schätzen weiß. Ehrenwort. Aber ich habe einen Bärenhunger, Kätzchen.«

»Ja, das denke ich mir.« Ihr Zorn verflog und sie machte ein besorgtes Gesicht. »Aber ich habe gestern das letzte Stück Brot gegessen. Und ...«

Sie nagte an der Lippe. »Was?«, fuhr er sie an.

Nur widerwillig begegnete sie seinem Blick. »Ich möchte Ihnen gegenüber ehrlich sein. Ich habe in meinem ganzen Leben noch nie eine Mahlzeit gekocht«, vertraute sie ihm kleinlaut an.

»Tatsächlich?« Er spielte den Entsetzten. »Das hätte ich nicht gedacht!«

Sie blickte ihn scharf an. »Machen Sie sich über mich lustig?«

»Wo denken Sie hin! Sie haben mein volles Vertrauen. Und jetzt hören Sie mir bitte zu. Draußen, an der Nordseite der Hütte befindet sich ein kleiner Vorratsraum ...«

Eine Stunde später erfüllte der Duft von Fleisch und Gemüse die Hütte. Julianna rührte den Eintopf, summte vor sich hin, als sie ein paar Kräuter zwischen den Fingern zerrieb und darüber streute.

Als sie aber nach dem Salz griff, bekam sie es mit Dane zu tun. »Vorsichtig beim Salzen, Kätzchen!«, rief er.

Als die Nacht die ersten Schatten über den Wald ausbreitete, war Julianna zum Umfallen müde. Sie wischte sich eine herabgefallene Strähne aus der Stirn. Was würden Sebastian und Justin denken, wenn sie ihre Schwester jetzt sehen würden?, dachte sie und holte Wasser und Holz. Sie war zerzaust und schmutzig. Die beiden würden ihren Augen nicht trauen!

Aber sie war sehr stolz auf sich.

Dane sah auf, als sie sich auf die Bettkante fallen ließ. »Müde?«, fragte er.

»Ein wenig«, gab sie zu.

»Tut mir leid. Ich habe Ihnen heute sehr viel zugemutet.«

Es stand außer Zweifel. Er war ein schwieriger Patient. Er war ungeduldig, nörgelte und beklagte seine Untätigkeit – und dass sie ihn nicht aus dem Bett lassen wollte. Und jetzt fiel ihr auf, dass sie heute nicht einmal an London gedacht oder sich von hier fort gewünscht hatte. Aber sie musste zugeben, dass für solche Gedanken keine Zeit gewesen war! Es gefiel ihr, beschäftigt zu sein. Und gebraucht zu werden!

Auch wenn er ein Gesetzloser war!

Sie zuckte mit den Schultern, stützte einen Fuß auf das Knie und zog einen Schuh aus. Wie taten ihr die

Füße weh! Sie war sich ziemlich sicher, dass sie sich tagsüber nicht einmal hingesetzt hatte.

Dane schob den Arm auf dem Kissen zurecht. »Teuerste Julianna, keine Angst, Sie können sich beruhigt die Strümpfe ausziehen. Die wilde Lust wird mich wohl kaum überkommen.«

Julianna zog die Stirn kraus. Seine Gewohnheit, ihre Gedanken zu lesen, war ärgerlich und seine Andeutung unpassend. Aber war die Art ihrer Bekanntschaft nicht ebenfalls unpassend?

Sie entledigte sich der Schuhe und Strümpfe und rieb sich die Füße, blies die Kerzen aus und schlüpfte unter die Bettdecke.

Schulter an Schulter lagen sie nebeneinander. Das einzige Geräusch bildete das Knacken und Zischen des Feuers.

Dane unterbrach die Stille. »Vermutlich bedeutet dies hier eine große Veränderung im Vergleich zu Ihrem geruhsamen Leben. Ich nehme doch an, dass Ihr Leben in Muße verläuft?«

»Ja, aber das heißt nicht, dass ich ein Nichtstuer bin.«

Seine Augenlider zuckten. »Das wollte ich damit nicht sagen.« Er machte eine Pause. »Was würden Sie jetzt tun, wenn Sie nicht hier wären?«

Sie überlegte. »Tja«, sagte sie nachdenklich, »wenn ich zu Hause in Bath wäre, würde ich jetzt wahrscheinlich einen Abendspaziergang übers Land machen. Wenn ich in London wäre, würde ich sicherlich auf einem Ball tanzen …« Sie schmunzelte. »Ich denke, in beiden Fällen würden mir die Füße wehtun.«

Er lachte. »Danke. Das erleichtert mein Gewissen

beträchtlich.« Es herrschte wieder Stille zwischen ihnen, doch war sie auf sonderbare Weise vertraut.

»Julianna?«

»Ja?«

»Warum sind Sie geblieben, Miss Julianna Clare?« Ein Schatten huschte über sein Gesicht. »Ich glaube nicht, dass Sie das vorhatten.«

Miss Julianna Clare. Schuldgefühle suchten sie heim und ihr Lächeln gefror. »Warum fragen Sie mich das?«

»Das sollte doch auf der Hand liegen. Weil ich es wissen möchte.« Er lehnte sich auf die Seite und stützte sich auf die gesunde Schulter.

»Dane!«, rief sie vorwurfsvoll. »Sie dürfen doch nicht …«

»Ich möchte Sie sehen, wenn Sie antworten.« Er achtete nicht auf den brennenden Schmerz in der Schulter und drehte ihr Kinn zu sich.

»Warum sind Sie geblieben?« Ruhig wiederholte er die Frage. »Sie brauchten nicht zu bleiben. Sie hätten mich verlassen können.«

Plötzlich schimmerten Tränen in den blauen Augen auf. »Nein«, sagte sie stockend. »Ich konnte es nicht. Ich schaute zurück und habe gesehen, wie Sie mich anblickten … Ich konnte Sie nicht in diesem Zustand zurücklassen. Ich habe es einfach nicht übers Herz gebracht! Und … es tut mir so leid, dass ich auf Sie geschossen habe. Sie wissen nicht, wie leid mir das tut!«

Beinahe hätte er aufgestöhnt. »Sie haben ein gutes Herz, Kätzchen.«

Sie schüttelte den Kopf. »Dane, ich …«

Mit dem Finger fuhr er ihr am Kinn entlang. »Psst«, befahl er. »*Pssst.*«

Ihre Blicke trafen sich.

Die Antwort, die sie auf der Zunge hatte, erstarb.

Er hatte es nicht geplant, bei Gott, aber er hatte es sich vorgestellt. Es geschah einfach. Dane wusste nicht, warum und es kümmerte ihn nicht. Sein Blick senkte sich langsam auf ihre Lippen. Er beugte sich zu ihr, sah, wie die blauen Augen sich weiteten, als sie seine Absicht erkannte.

Langsam schloss sich sein Mund über ihren Lippen.

Sie hielt ihn nicht zurück.

Nein, sie ließ es geschehen – und wenn die Welt um ihn herum zersprungen wäre, Dane hätte es nicht gekümmert. Nichts hätte ihn von diesem Kuss abgehalten. Ihre Wimpern flatterten, als sie die Augen schloss. Ihre Lippen öffneten sich für ihn. Er roch den Duft von Zitronen auf ihrer Haut ... Ein geflüstertes Seufzen erklang aus seinem Mund.

Er ließ sich Zeit und erforschte ihren Mund. Er schmeckte sie und spürte ihren heißen Atem, der sich beschleunigte und sich mit dem seinen mischte.

Der Schmerz in seiner Schulter war vergessen. Sie war so leicht und zart. Er hatte Angst, sich auf sie zu lehnen und fürchtete, sie könne sein Gewicht nicht tragen.

Ein Schauer durchlief ihn. Er wollte sie. Näher. So nahe, wie sich eine Frau und ein Mann sein konnten. Er wollte sich neben ihr ausstrecken, ihr die Kleider wegziehen, Zentimeter für Zentimeter ihren süßen, pfirsichfarbenen Leib erkunden und dann tief in sie eindringen, um sein Verlangen zu stillen. Auf der Haut fühlte er den feinen Musselin, der ihre Brüste bedeckte. Am liebsten hätte er ihr das Kleid vom Leibe gerissen.

Aber die Vernunft siegte. Dies war nicht der Zeitpunkt der Lust. Außerdem hatte er ihr das versprochen. Sie war unerfahren. Ungeübt. Das wusste er instinktiv und wollte sie nicht erschrecken.

Als sie langsam den Kopf hob, schlug sein Herz wie wild. Wie in Trance wanderten Juliannas Blicke zu ihm hinauf, suchten in seinem Gesicht, dabei atmete sie in kleinen Schüben, was ihn halb um den Verstand brachte. In ihren Augen entdeckte er das aufkommende Verlangen, das auch ihn gepackt hatte.

Sie öffnete ein klein wenig die Lippen.

Danes Finger legte sich auf ihren Mund. Er schüttelte den Kopf. Er verstand es selbst nicht, aber er wollte den Zauber dieses Augenblicks nicht stören.

Er brachte ein Lächeln zustande. »Schweig, Kätzchen. Kein Wort. Schlaf ... schlaf jetzt.«

Mit einer Fingerspitze schloss er ihr die Augen.

Sie schlief bis zum Morgen.

Achtes Kapitel

Zum zweiten Mal stand Julianna vor Dane auf. Er brauchte noch viel Schlaf, aber er war auf dem Weg der Besserung. Er hatte genügend Kraft geschöpft, um aufzustehen und einige Schritte zu gehen. Da sie wusste, wie lästig es ihm war, in seiner Bewegungsfreiheit eingeschränkt zu sein, fertigten sie auf ihren Vorschlag hin eine Schlinge für den Arm an, mit der er sehr gut zurechtzukommen schien.

Keiner erwähnte den Vorfall der vergangenen Nacht.

Julianna war von Herzen froh darüber. Sie konnte es immer noch nicht fassen. Ihr wurde heiß, wenn sie daran dachte. Und sie musste ständig daran denken!

Warum hatte er sie geküsst?

Und warum hatte sie es überhaupt zugelassen?

Sie wusste keine Antwort darauf. Sie wusste nur, dass Dane sie dazu brachte, ihn immer wieder anzusehen und dass sie dagegen machtlos war.

Warum?, schrie es in ihrem Innern.

Es war der reinste Wahnsinn. Nach Thomas' Verrat hatte sie sich monatelang zurückgezogen. Ein zweiter Skandal in der Familie war für sie wie für Sebastian undenkbar. Als sie in London wieder auf der Bildfläche erschienen war, hatten sich die jungen Herren der Gesellschaft sich um geschart, aber sie hatte jeden Versuch, ihr den Hof zu machen, abgeblockt. Sie hatte sich vorgenommen, sich nie mehr derartig verletzen zu lassen. Auf diese Weise vermisste sie nicht, was sie niemals haben würde.

Damit hatte sie sich sehr gut im Griff. Es war für sie tabu, sich vorzustellen, nackt neben einem Mann zu liegen, seinen Mund auf ihrer Haut zu spüren, die Berührung seiner Hand auf den Brüsten, dem Bauch und tiefer, zwischen den Schenkeln zu spüren …

Aber letzte Nacht hatte sie daran gedacht. Im Morgengrauen hatte sie davon geträumt. Sie hatte sich nackt mit Dane gesehen. Unter ihm. Und er war nackt wie sie. Köstlich nackt …

Es war ein wilder Traum. So brennend erotisch, dass sie über sich entsetzt war. Kein Wunder, dass sie heute Morgen fluchtartig aus dem Bett gesprungen war!

Wieso geriet sie derart in den Bann dieses … dieses Schurken?

Er hatte sich ein Hemd übergezogen, wofür sie unendlich dankbar war. Leider war es eng anliegend und zeigte deutlich seine muskulösen Schultern. Am Hals war es geöffnet und ließ ein Dreieck seiner behaarten Haut sehen, was ihr die Hitze in die Wangen trieb. Auch wenn der Rest dieses beeindruckenden Oberkörpers bedeckt war, verlor er nichts von seiner Anziehungskraft auf sie.

Sie folgte ihm mit den Blicken, als er aufstand und im Kamin Feuer machte. Auch sein Profil war schön, gestand sie sich fasziniert ein. Sie betrachtete den kühnen Schwung seiner schwarzen Brauen, seiner Nase – da war ein kleiner Höcker, den sie vorher nicht bemerkt hatte – und das kantige Kinn. Er brauchte eine Rasur, dachte sie nebenbei. Wangen und Kinn waren wieder von dunkeln Bartstoppeln überschattet. Verflixt, seine dominierende Männlichkeit verwirrte ihr die Sinne! Und der Puls beschleunigte sich wieder. Sie war entsetzt.

Es half nichts, dass sie ihn ertappte, wie er sie mehrmals anblickte. Er legte den Schürhaken an seinen Platz und drehte sich um.

Wieder diese Bernsteinaugen, die eindringlich auf sie gerichtet waren.

Julianna verlor die Fassung. »Warum starren Sie mich so an?«

Sein Gesicht hellte sich kurz auf. »Ich glaube, ich habe Sie schon einmal gesehen.«

»Das glaube ich nicht«, sagte sie kühl.

Er hob eine Braue. »Und wenn ich behaupte, dass Sie sich täuschen?«

Sie funkelte ihn an. »Und wo könnte das gewesen sein? Ich würde doch annehmen, dass wir nicht in den gleichen Kreisen verkehren. Oder hatte ich bereits die Ehre, von Ihnen ausgeraubt zu werden?«

Seine Braue blieb oben. »Ich habe Ihnen nichts geraubt, Kätzchen. Nichts als einen Kuss. Und der wurde mir, soviel ich weiß, freiwillig gewährt«, erklärte er schmunzelnd.

Daran mochte Julianna nicht erinnert werden. »Müssen Sie sich über mich lustig machen?«, fragte sie steif.

Dane wurde sofort ernst. »Ich mache mich nicht über Sie lustig, Julianna.« Er neigte den Kopf zur Seite und blickte sie forschend an. »Sagen Sie es mir«, fragte er plötzlich. »Sind Sie böse, dass ich Sie geküsst habe?«

Ihre Kehle wurde unerklärlich trocken. Heiße Röte stieg ihr in die Wangen. Sie wandte den Blick ab.

»Das geht Sie nichts an.« Verflixt! Ihre Stimme bebte.

»Und ob mich das etwas angeht! Wenn ich der Bösewicht bin, dann habe ich eine Antwort verdient.«

Julianna hatte nicht den Wunsch, länger darüber zu debattieren.

Sie versuchte an ihm vorbeizugehen. Er hielt sie auf. Wie eine zarte Klammer umspannten seine Finger ihr Handgelenk.

»Kätzchen, wollen Sie es mir nicht sagen?«

Julianna wich seinem Blick aus. Sie blickte auf das geöffnete Dreieck seines Hemdes. Auch hier rettete sie nichts. Höher blicken konnte sie nicht.

»Ja«, sagte sie unsicher. »Ich meine, nein.« Sie zappelte wie ein Fisch an der Angel. »Oh, was weiß ich!«

»Nun, das klärt die Sache. Vielleicht« – in seinen Augen leuchtete es auf – »erleichtert Ihnen ein zweiter Kuss die Entscheidung.«

Julianna schlug das Herz bis zum Halse. Er zog sie unerbittlich näher.

»Was zum Teufel soll das!«, hörte sie sich sagen.

»Es ist nur ein Kuss, Kätzchen. Wollen Sie einem Sterbenden den letzten Wunsch erfüllen?«

Juliannas Augen weiteten sich. »Sie sterben nicht!«

»Das könnte doch sein«, sagte er ernst. »Ich könnte eine Blutvergiftung bekommen. Das passiert recht oft, wie man hört.«

Mein Gott, er hatte Recht … Aber dann sah sie, wie seine Augen schelmisch aufblitzten.

Sie wurde stocksteif. »Sie sind ein Frauenheld, wie er im Buche steht, nicht wahr?«, tadelte sie ihn.

»Keineswegs«, verteidigte er sich im Brustton der Überzeugung.

»In der Kutsche saß eine Frau – eine Mrs Chadwick. Sie sagte, dass die Elster … dass Sie … dass Sie eine Vorliebe für Frauen haben.«

»Nur für diese eine, besondere Frau«, entgegnete er.

Das Herz machte einen Sprung, als sich sein Arm um ihre Taille legte, und sie konnte plötzlich weder schlucken noch atmen.

Aus Rücksicht auf seine Wunde legte sie die Fingerspitzen vorsichtig auf die Brust. »Dane …«

Seine Augen ließen sie nicht los. »Sei still, Kätzchen«, murmelte er, »ich möchte dich küssen.«

Diesem Ansinnen hätte eine kräftige Ohrfeige oder zumindest ein stichhaltiger Einwand folgen müssen. Ihr Verstand setzte aus, als sich sein Mund auf ihre Lippen senkte. Fest an seine Brust gedrückt, ließ sie es geschehen … sie wollte, dass es geschah. Es war wie vorhin, dachte sie benommen. Nein, viel besser!

Eine Flut von Gefühlen brach über sie herein. Sie spürte seine Kraft, die Hitze, die sein Körper ausstrahlte. Sein Mund schien mit ihren Lippen zu verschmelzen.

»Öffne den Mund für mich, Kätzchen …« Die Bitte war trotz ihrer Sanftheit drängend. »Ja, o Gott! Ja. *Ja*. So ist es gut.« Er ließ ein leises Lachen hören. »Du machst gut mit, Kätzchen.«

Ihre Lippen öffneten sich. Kein Zeichen des Verweigerns, der Abwehr. Auch nicht, als er sie kostete und mit der Zunge die dunklen Winkel ihres Mundes erkundete. Diese Berührung durchfuhr sie wie ein Feuerstoß, aber sie bewegte sich nicht und wollte es nicht. Sie war – Gott helfe ihr – neugierig.

Die Reisen in das Land der Sinne hatte sie stets anderen überlassen, und mit ihren Brüdern konnte sie natürlich nicht darüber sprechen. Sie wurde zur Lady erzogen und lebenslang eingehaltene Regeln ließen sich nicht so schnell abschütteln. Thomas war der einzige Mann gewesen, der sie geküsst hatte. Sein Kuss bestand in der keuschen Berührung der Lippen und hatte nichts mit einer heftigen, drängenden Verschmelzung zu tun. Es hatte keine Heimlichkeiten im Garten gegeben, keine zaghaften Erkundungen im Dunkeln. Und wenn sie sich fragte, wie es wäre, diese Dinge in Wirklichkeit zu erleben, dann waren ihre Vorstellungen ziemlich vage.

Bis auf den Traum in der letzten Nacht. Diese heißen, kühnen Phantasiegebilde!

Und jetzt geschah es endlich. Sie erlebte es. Sie selbst.

Und Gott sei ihr Zeuge, es war mehr als Neugier. Ihre Empfindungen waren durchaus nicht vage. Eine Woge reinsten Vergnügens erfasste sie. Die Bauchmuskeln zogen sich zusammen. Kleine, erregende Nadelstiche breiteten sich in ihrem Busen aus. Sie wollte Danes Hände auf sich spüren, und, Herr im Himmel, seine Zunge auf ihren Brustwarzen, die sie feucht umkreiste! So ähnlich war es in ihrem Traum gewesen … Sie kam sich herrlich wollüstig und verrucht vor. Mit siebenundzwanzig war sie kein naives Mädchen mehr.

Auch wenn sie unberührt und unerfahren war, so war sie doch nicht unwissend.

Sie war wie betäubt, als er endlich ihren Mund freigab. Sie hielt sich an seinem Hemd fest, zwinkerte und versuchte durchzuatmen.

»Oh, mein Gott!«, hörte sie sich sagen.

Er lachte heiser und schien ebenfalls außer Atem zu sein. »Du sprichst mir aus der Seele!«

Julianna wurde puterrot.

»Eine Entschuldigung gibt es nicht.« Er lächelte schelmisch. »Du bist bezaubernd, aber ich glaube, das weißt du.«

Sie hätte schreien mögen. Hatte Thomas ihr jemals so etwas gesagt? Nie hatte sie bei ihm so empfunden wie jetzt bei Dane. Danes Kuss hatte sie wie ein Feuer getroffen.

»Und jetzt, Kätzchen, wird mir schwindelig im Kopf. Ich fürchte, ich muss mich hinsetzen, bevor ich hinfalle.«

Am darauf folgenden Nachmittag saß Dane auf der Bettkante. Vorsichtig entfernte er die Schlinge. Als er sich mit den Oberkörper zur Seite neigte, fuhr ein schneidender Schmerz durch die Schulter. Die ganze Seite war steif und schmerzte bei der kleinsten Bewegung. Er musste sich immer wieder sagen, dass die Wunde Zeit zum Heilen brauchte.

Julianna kam in die Hütte und hielt eine mit Äpfeln gefüllte Schüssel in den Armen. Als sie das schmerzverzerrte Gesicht sah, blieb sie ruckartig stehen und blickte ihn vorwurfsvoll an. »Was zum Teufel fällt Ihnen ein?«

Dane lächelte dümmlich. »Anscheinend etwas, was Sie nicht für richtig halten.«

»Genau.« Sie bückte sich und hob einen Apfel auf, der zu Boden gefallen war und davonrollte.

Sein Lächeln wurde strahlend. Sie trug wieder das Musselinkleid vom Tag zuvor. Der Stoff war ziemlich dünn und das einfallende Sonnenlicht bot einen höchst verführerischen Anblick des runden kleinen Hinterteils.

Als sie sich aufrichtete, versuchte er die Schlinge wieder umzuhängen – mit wenig Erfolg. »Julianna? Ich glaube, Sie müssen mir ein bisschen helfen.«

Julianna stellte den Korb ab und kam ihm zu Hilfe. Das Tuch hatte sich verdreht und musste neu zusammengelegt werden. Der erste Versuch scheiterte. Julianna beugte sich vor, um die Schlinge anzupassen. Sie war aufmerksam dabei und stöhnte geplagt auf.

Dane hingegen hatte sich nicht zu beklagen. Im Gegenteil, er genoss die Situation. Da er saß, befand sich ihr Busen in Augenhöhe. Das Mieder stand ein wenig ab und Dane hatte einen ungetrübten Blick in die Mulde zwischen ihren, wie es den Anschein hatte, festen runden Brüsten.

Oh, ja, dachte er. Das war immer noch besser …

»Hmm!«

Widerstrebend hob er den Blick. Die blauen Augen blitzten ihn an.

»Ich glaube, das macht Ihnen Spaß!«

Er hob die Brauen. »Ja, ganz recht. Da bin ich ganz Ihrer Meinung.«

»Wahrscheinlich wird Ihnen auch diesmal keine Entschuldigung über die Lippen kommen, oder?«

»Meine teuerste Julianna, zu meiner Verteidigung kann ich nur sagen, dass ich ein Mann bin. Und Sie bieten einen Anblick, wie ich ihn noch nie gesehen habe.«

Sie warf ihren Zopf über die Schulter. »Glauben Sie, Sie können mir mit diesem Gerede den Kopf verdrehen, Sir?«

»Nun, meinen Kopf haben Sie mir jedenfalls verdreht.«

»Wie bitte?«

Er lächelte sie aufreizend an und blickte wieder auf ihre Brüste. »Ein Irrtum von mir, Sie als mager zu bezeichnen.«

Sie schnaubte. »Sie ... Sie!«

Er schmunzelte, als sich ihre Wangen wie das Morgenrot im Frühling färbten. »Oh, ich bitte Sie. Als mollig gehen Sie wohl kaum weg.«

»Eigentlich müsste ich jetzt verschwinden und Sie sich selbst überlassen!«.

»Ganz richtig«, stimmte er zu. Er hielt ihren Blick fest und sagte leise: »Aber wenn ich die Möglichkeit hätte, meine Krankenschwester auszuwählen, dann kämen nur Sie infrage, Kätzchen. Und ich habe es ernst gemeint. Sie sind wirklich ein höchst bezaubernder Anblick.« Langsam wanderte sein Blick über das Gesicht. Die leicht geöffneten Lippen waren rosafarben und feucht. »Wissen Sie, dass Ihre Augen die Farbe mit Ihrer jeweiligen Stimmung wechseln? Noch nie habe ich so viele verschiedene Blautöne gesehen.«

Wieder errötete sie – aber dieses Mal vor Freude, stellte er fest.

Juliannas Blick schweifte ab. Nervös spielte sie mit

den Händen. »Ich … ah, ich glaube, es ist Zeit, mich um Parzival zu kümmern.« Sie rannte hinaus.

Es stimmte. Julianna war nervös. Oh, nicht dass sie sich vor ihm fürchtete, was vielleicht angebracht gewesen wäre, sagte sie sich. Schließlich war sie allein mit einem fremden Mann. Sie wusste nichts über ihn. Nur, dass seine gegenwärtigen Lebensumstände verwerflich waren. Eine andere Frau hätte in diesen drei Tagen gewiss das Fürchten gelernt.

Sie erlebte etwas völlig Neues, das sie noch bei keinem Mann gespürt hatte, auch nicht bei Thomas. War Dane in ihrer Nähe, wurde sie sich seiner beinahe schmerzlich bewusst. Sie konnte keinen klaren Gedanken mehr fassen. Nie hätte sie zulassen sollen, dass er sie küsste. Vor allem hätte sie den Kuss nicht erwidern dürfen! Aber sie hatte es getan … und sie begriff es nicht.

Umso weniger verstand sie, warum sie noch hier war.

Draußen war es warm und hell. Die Sonne schien hell durch die Baumwipfel. Julianna brauchte einen Augenblick, um sich zu sammeln, was aber zwecklos war, da er ihr folgte.

Schweigend fütterte Julianna das Pferd; dieses Mal füllte Dane den Wassereimer am Brunnen und trug ihn zu Parzivals Stall.

»Er mag Sie«, bemerkte Dane, als Parzival sie mit der Schnauze an die Hand stupste.

Julianna blickte ihn an. »Das scheint Sie zu überraschen.«

»Er kann ein richtiges Biest sein«, räumte er ein und beobachtete sie eine Weile. »Ich möchte mich bedanken, weil Sie ihn so gut versorgt haben.«

Julianna blickte ihn scharf an. Sollte das ein Tadel sein? Aus seinem Gesichtsausdruck zu schließen wohl eher nicht.

Sie rieb die samtene Nase des Tiers. »Parzival«, sagte sie vor sich hin. »Ein edler Name für ein edles Tier. Haben Sie ihn so genannt?«

»Ja.«

»Warum gerade Parzival?«, fragte sie.

»Es heißt, dass Parzival so flink war, dass er mit seinem Speer einen Vogel im Flug traf. Ich fand, dass dieser Name zu ihm passt, denn er ist wirklich schnell wie der Wind.«

»Dann sind Sie sehr belesen, wenn Sie mit König Arthur und seiner Tafelrunde vertraut sind. Aber für einen Straßenräuber doch höchst seltsam, auf diesen Namen zu kommen, finden Sie nicht?«

Danes Lächeln verschwand. Er schwieg.

»Ehrlich gesagt, frage ich mich, wo Sie Ihre Bildung erworben haben.«

Immer noch schweigend, wandte er sich um und ging zur Hütte zurück.

Julianna folgte ihm auf den Fersen. »Haben Sie mich gehört, Sir?«

»Mein Gehör ist in Ordnung, Teuerste.« Der Ton war kühl und der Ausdruck ebenso, als er sie anblickte.

»Warum antworten Sie nicht?«

»Sie sind erstaunlich hartnäckig.«

»Was manchmal sehr lästig ist, meinten meine Brüder.«

»Brüder? Sie haben noch einen?«

»Ich habe zwei. Sebastian und Justin. Aber wir sprechen nicht über mich, Dane. Die Rede ist von Ihnen.«

Er lehnte am groben Holztisch und sah sie nachdenklich an. »Worauf wollen Sie hinaus, Julianna? Mit dieser Frage bezwecken Sie doch etwas.«

Sie holte tief Luft und blickte ihn offen an. »Nur dieses, Sir.« Sie nahm seine freie Hand, drehte die Handfläche nach oben und strich mit ihren Fingern darüber. »Ich glaube nicht, dass Sie niederer Herkunft sind. Das ist nicht die Hand eines Arbeiters. Sie sind weder ungehobelt noch unkultiviert. Daraus muss ich schließen, dass Sie alles andere als gewöhnlich sind. Vielleicht sind Sie sogar ein Gentleman.«

Sie war noch nicht am Ende. Sie zeigte auf seine Stiefel. »Sie sind aus dem feinsten Leder gearbeitet, würde ich sagen.«

»Dann waren meine Bemühungen nicht vergebens gewesen.«

»Sehr richtig«, sagte sie kampflustig. »Trotzdem bin ich der Meinung, Sie sind ein gebildeter Räuber.«

»Aber natürlich. Wäre ich nicht intelligent«, gab er zurück, »hätte man mich schon längst erwischt. Was soll ich sonst noch dazu sagen? Straßenräuber kann ein sehr einträglicher Beruf sein.« Er wies auf die beiden prall gefüllten Säcke in der Ecke. »Da steckt viel Geld drin.«

»Ja, das habe ich gesehen.« Um Himmels willen, er prahlte damit!

Er sah sie prüfend an. »Ah, ja. Das hatte ich ganz vergessen. Sie schnüffeln gern in fremden Sachen herum.«

Julianna starrte ihn an. Bei Gott, ein schlechtes Gewissen hatte sie nicht!

Aber in der nächsten Sekunde änderte sich alles. Er

ging zum Kaminsims und nahm eine seiner Pistolen in die Hand. Sie konnte nicht wegsehen, als die sehnigen Finger fast zärtlich über den glatten Lauf glitten.

Ihr Magen hob und senkte sich merkwürdig. »Was machen Sie da?«

»Ich mache Ihnen einen Vorschlag, Kätzchen. Möchten Sie schießen lernen?«

Julianna riss die Augen auf. Er beobachtete sie genau. »Was?«

»Sollten Sie das nächste Mal auf mein Herz zielen, dann verfehlen Sie es nicht.«

Gekränkt und wütend fuhr sie ihn an. »Müssen Sie mich verspotten? Wie können Sie nur so etwas Furchtbares sagen!«

»War nicht so gemeint. Ich bringe Ihnen das Schießen bei.« Er senkte bedeutungsvoll den Blick. Die Mundwinkel verzogen sich zu einem kleinen Lächeln. »Es sei denn«, schlug er vor, »Ihnen fällt etwas Besseres ein.« Seine Blicke verweilten auf den wohlgeformten Busen unter ihrem Kleid, bevor sie sich kreuzten.

Sie hielt den Atem an. Plötzlich glühte sie innerlich. »Ich nehme es zurück!«, fauchte sie ihn wütend an. »Ein Gentleman sind Sie auf keinen Fall!«

Neuntes Kapitel

Der scharfe Pistolenknall hallte durch die Lichtung
»Kätzchen« – er lachte –, »du bist furchtbar schlecht.«

Julianna murmelte etwas Unverständliches und blickte gequält auf das Blatt Papier, das er an einen Baumstamm genagelt hatte. Mit der Waffe in der Hand war ihr nicht ganz wohl zumute, obwohl sie die Pistole nicht mehr als Fremdkörper empfand. Nachdem sie einige Übungsschüsse abgegeben hatte, erschrak sie auch nicht mehr und kniff die Augen zu – wahrscheinlich, weil Dane sie anspornte.

Seine Nähe war verwirrend. Störend. Er kam ihr absichtlich nahe, berührte wie zufällig ihren bloßen Arm, legte seine Finger länger als notwendig auf die ihren. Davon war sie fest überzeugt. Wieder trat er dicht an sie heran, als er ihr half, das Ziel anzuvisieren.

»Fertig?«, fragte er.

Sie nickte, obwohl sie Mühe hatte, den Verstand zusammenzuhalten. Ihre Aufmerksamkeit nahm ständig ab, wenn er in der Nähe war. Kein Wunder, dass sie sich nur schwer konzentrieren konnte!

Der nächste Schuss ging weit am Eichenstamm vorbei.

Er stöhnte übertrieben auf. »Ich fürchte langsam, es ist hoffnungslos. Vielleicht brauchst du eine Brille.«

Julianna warf ihm einen eisigen Blick zu.

»Wenn ich das Ziel treffe …«, flötete sie süß, während er die Pistole entsicherte. »… würdest du mir dann eine Frage beantworten?«

»Ja.«

»Und wenn ich zweimal treffe, beantwortest du mir dann zwei?«

Er lächelte und gab ihr die Waffe zurück. »Ja. Ehrenwort.«

»Und drei?«, wagte sie sich vor. »Beantwortest du drei Fragen?«

Er lachte glucksend. »Ja«, erklärte er. »Obwohl dies an ein Wunder grenzen würde.«

Oh, was war er von sich überzeugt! Beinahe anmaßend! Er traute es ihr nicht zu. Ein Grund mehr, dass sie ihn eines Besseren belehrte.

Mit einem Kopfnicken wies er sie an fortzufahren.

Julianna visierte das Ziel an … und traf ins Schwarze.

Er legte den Kopf zur Seite. Eine schwarze Braue hob sich erstaunt. »Beeindruckend. Aber gelingt es dir ein zweites Mal?«

Julianna feuerte wieder. Es war einfacher, das Ziel ins Auge zu fassen und nicht ihn!

»Reines Glück.« Mehr sagte sie nicht, als der zweite Schuss der Spur des ersten folgte. Ein dritter Schuss traf, der vierte aber verfehlte sein Ziel.

Julianna war fest entschlossen, auf ihrer Abmachung zu bestehen. »Du hebst nicht nur hochmütig die Brauen, sondern benimmst dich auch so«, stellte sie fest und gab ihm die Waffe zurück. »Anscheinend bist du es gewohnt, Befehle zu erteilen. Daher erhebt sich die Frage, ob du während des Krieges gedient hast.« Sie ließ ihn nicht aus den Augen. »Ja oder nein?«

In seinen Augen flackerte es. Schließlich nickte er.

»Ich hab's gewusst! Du warst ein Held?«

Er schien zu zögern. »Manche sagen das«, gab er widerwillig zu, »obwohl ich es Treue gegenüber meinem Land und meinen Kameraden nenne.«

Die verschiedensten Gedanken gingen Julianna durch den Kopf. Wieso, fragte sie sich, gibt sich ein Mann wie er mit Straßenraub zufrieden?

»Ich habe dir von meiner Familie, meinen Brüdern erzählt. Sogar, dass meine Mutter durchgebrannt ist. Was ist mit dir? Du sagtest, du seist unverheiratet. Hast du eine Familie?«

Sie hielt den Atem an.

Eine Ewigkeit lang dachte sie, er würde die Antwort verweigern. Endlich sagte er mürrisch: »Meine Eltern sind tot. Aber ich habe zwei ältere Schwestern.«

»Ah«, sagte sie leichthin. »Und was halten deine Schwestern davon, dass ihr Bruder die Elster ist?«

Danes Gesichtsausdruck verfinsterte sich.

Julianna schluckte. »Sie wissen es nicht, habe ich Recht?«

»Das sind vier, Kätzchen. Mehr als dir zustehen.« Langsam ging er auf die Hütte zu.

»Warte! Wohnst du das ganze Jahr über in dieser Hütte?«

Er blieb stehen und drehte sich um. »Wieso willst du das wissen? Vermutlich, um die Behörden hierher zu führen, wenn du gehst!«

»Wie könnte ich das, wenn ich nicht weiß, wo wir sind?«

»Ja, ganz richtig.« Er blickte sie ungeduldig an. »Kommst du jetzt?«, fragte er knapp.

»Ja. Aber ich möchte wissen …«

Er herrschte sie streng an. »Keine Fragen mehr, Julianna.«

Julianna. Die Gelegenheiten, bei denen er sie mit ihrem Vornamen anredete, waren selten. Dann war ihm ernst damit, folgerte sie.

In ihrem Kopf schwirrten die Gedanken wild durcheinander, als sie ihm in die Hütte folgte. Bei diesem Mann stimmte irgendetwas nicht. Alles deutete darauf hin, dass er weder ohne Prinzipien, ohne Moral noch Überzeugung lebte.

Doch gleichzeitig warnte sie ihr gesunder Menschenverstand, dass er nicht das war, was er zu sein vorgab. Er hatte Geheimnisse …

Da war sie sich plötzlich sehr sicher.

Nigel Roxbury war erfreut. Er war außergewöhnlich froh, dass die Elster in letzter Zeit nicht mehr zugeschlagen hatte. Vielleicht hatte man diesen Narren auf frischer Tat ertappt und die Nachricht war noch nicht nach London gedrungen. Herr im Himmel, darum betete er!

Er war außer sich gewesen, als ein Teil seiner Lieferungen gestohlen worden war. Und das ging auf das Konto dieses elenden Wegelagerers, der Elster. Roxbury lehnte sich in seinem Sessel zurück und rückte die Klappe über seinem Auge zurecht. Sein Plan war genial. Schließlich konnte er wohl kaum die Königliche Münzanstalt bestehlen, und Boswells Können war unübertroffen! Die Währung sah täuschend echt aus.

Höchstwahrscheinlich war die Elster auf den Schwindel hereingefallen und hielt das Geld für echt! Dieser Narr.

War das Geld erst einmal hergestellt, konnte er mit der Verteilung beginnen. Das war das Schöne daran – durch seine Position wusste er darüber Bescheid. Keiner war zu Schaden gekommen und die Früchte seiner Arbeit ermöglichten ihm, alles zu kaufen, was er sich sonst nicht leisten konnte – wie sein hübsches Spielzeug aus dem Sande Ägyptens. Falschgeld im Austausch gegen Gold …

Natürlich hatte es da die schmutzige Affäre mit Boswells Frau gegeben … Es erstaunte ihn immer noch, dass die Boswell die Dreistigkeit besaß und versuchte ihn hereinzulegen! Schade um die beiden.

Und jetzt hatte er auch ihren Anteil eingesteckt.

Es klopfte. Er konnte seine Zufriedenheit nicht verbergen, als er die Tür öffnete und seinen Besuch einließ.

»*Madame,* ich habe Sie erwartet. Was haben Sie für mich?« Er griff in die Schachtel, die sie im Arm hielt und holte einen Krug heraus, der einst die Organe eines Verstorbenen barg; er war mit dem Kopf eines Falken verschlossen. Er drehte das Gefäß nach unten und schüttelte es. Seine Augen blitzten auf, als sie angewidert ein Taschentuch an den Mund presste.

»Ein weiteres herrliches Stück«, lobte Roxbury und stellte es auf das Tischchen hinter seinem Schreibtisch.

Sie schwieg und betrachtete ihn durch ihren Seidenschleier.

»Um Himmels willen, Sie brauchen sich nicht vor mir zu verstecken.«

Sie schüttelte den Kopf und schlug den Schleier

zurück. »Ihnen fehlt der Charme Ihres Bruders«, bemerkte sie. »Ich muss zugeben, ich frage mich nur, wie Sie mich gefunden haben.«

»Ich habe Sie nicht gesucht, meine Teuerste. Stellen Sie sich meine Überraschung vor, als ich die Skizze von Ihnen in der Pariser Zeitung sah. Wirklich erstaunlich. Ein Glück, dass mich meine Erinnerung nicht im Stich gelassen hat! Und dass Sie Ihre gesellschaftlichen Vorlieben nach dem Tode Ihres Mannes beibehielten!«

Sie streckte die Hand aus. »Sind unsere Geschäfte abgeschlossen?«

Er holte einen kleinen Beutel aus seinem Schreibtisch und ließ ihn in ihre Hand fallen. »Für heute Abend ja«, murmelte er heiter. »Angenehme Träume, *Madame.*«

Eine Woche nach dem verhängnisvollen Schuss zog Julianna die Fäden aus Danes Schulter. Zwischen den beiden – Dane und Julianna – nahm die Spannung ständig zu.

Es war unmöglich, nachts neben ihr zu liegen und nicht für ihre Schönheit empfänglich zu sein. Ihre Stimme war lieblicher als die Sonne, die durch dunkle Wolken schien. Rein, hell und melodisch. Wenn es nach ihm ginge, würde er Phillip und Nigel zum Teufel schicken. Zur Hölle mit allen! Er wollte Julianna lieben und sich Zeit lassen, tief in sie zu dringen und ihr Stöhnen zu hören – stundenlang, eine Nacht lang, um sein Verlangen nach ihr zu stillen.

Aber eine innere Stimme warnte ihn, dass es mit dem einen Mal bei der bezaubernden Julianna nicht getan wäre. Es würde sein Begehren schüren, ihren weichen Leib immer wieder unter sich zu spüren.

Gott im Himmel, so ein Wahnsinn! Er hatte eine Aufgabe zu erfüllen. Er musste einen Feind zu Fall bringen.

Der tägliche Umgang mit der bezaubernden Julianna war kein Kinderspiel. Sie war gewitzt und intelligent, mitfühlend und sanftmütig. Sie hatte Tränen in den Augen, als sie die Kugel aus seiner Wunde entfernte. Er mochte ihre Hände auf seinem Körper. Aber zu seinem Ärger entging ihr nichts.

Er musste aufpassen, was er sagte. Das stand fest. Und er konnte es nicht riskieren, dass sie die Wahrheit herausfand.

Es war ein Fehler, sie in die Hütte gebracht zu haben. Er war ein Narr. Aber hätte er sie zurücklassen können, ohne zu wissen, ob sie verletzt war?

Ihre Anwesenheit komplizierte die Dinge – auf eine Art, die er nicht voraussehen konnte. Sie wühlte ihn innerlich und äußerlich auf. Und bald würde er wieder bei Kräften sein. Was dann?

Er wusste es nicht. Bei Gott, er wusste es nicht.

Julianna erging es nicht viel besser. Dane übte eine Anziehungskraft auf sie aus, wie sie es noch nie erlebt hatte. Eines Tages litt sie besonders darunter, als sie ihn immer wieder ansehen musste. Es war wie verhext, aber sie konnte nicht anders. Er saß vor dem Feuer, Maximilian im Schoß. Fasziniert schaute sie zu, wie er mit seinen Fingern durch das seidige Fell strich. Wie wäre es, wenn er *ihr* mit der sehnigen Hand den Rücken entlangstrich? Wahrscheinlich würde sie wie Maximilian zufrieden schnurren …

Auch wenn er noch so gut aussehend war, er war ein Wegelagerer, auf den der Henker mit der Schlinge wartete. Aber das störte sie nicht, als er sie küsste.

Er machte keine Anstalten, sie ein zweites Mal zu küssen, und … oh, auch wenn es sinnlos war, sie wünschte es sich. Sie wollte es mit jeder Faser ihres Herzens. Als sie seine Lippen berührten, zählte nichts mehr auf der Welt. Einige Male ertappte sie ihn, wie er sie beobachtete, als ob er über etwas nachgrübelte, das ihm zu schaffen machte. Was ging in ihm vor? Wenn sie das nur wüsste! Aber sie wollte nicht fragen, nicht nach der barschen Abfuhr, die er ihr erteilt hatte, als sie ihm die vierte Frage stellte.

An einem Spätnachmittag hielt sie die Tür weit für ihn auf, als er eine Ladung Brennholz auf dem gesunden Arm hereintrug. Er murmelte ein knappes Dankeschön im Vorbeigehen, ohne aber ihren Blick zu erwidern. Julianna vermutete, dass er ihr absichtlich ausgewichen war. Aber es war wohl schwierig, das Holz mit einem Arm zu tragen, denn das oberste Scheit löste sich und fiel zu Boden.

Julianna sprang sofort hinzu. »Ich hole es …«

»Lass es!« Sein Ton war messerscharf. Er legte das Holz neben dem Kamin ab, riss sich die Schlinge vom Arm und schleuderte sie von sich.

Julianna schüttelte missbilligend den Kopf. »Dane«, schalt sie, »ich glaube nicht, dass du …«

»Ich glaube, ich kann selbst entscheiden, was für mich gut ist, Julianna.«

Julianna unterdrückte eine wütende Bemerkung. Sie kochte innerlich. Du lieber Himmel, war dieser Mann schlecht gelaunt! Sie schenkte ihm keine Beachtung, drehte ihm den Rücken zu, strich die Bettdecke glatt und hörte ihn hinter sich im Schrank rumoren.

Als sie sich umdrehte, warf Dane sich gerade einige Leinentücher über die Schulter.

»Gehst du weg?«, fragte sie, als er zur Tür ging.

»Ich werde im Fluss baden.« Es war mehr ein Knurren. Er zögerte und lehnte sich mit der gesunden Schulter an den Türrahmen. Ein Mundwinkel zog sich zu einem trägen Lächeln nach oben, während er sie von Kopf bis Fuß betrachtete. »Vielleicht lockt dich das auch, Kätzchen und du kommst mit?«

Wie gern hätte sie ihm jetzt eine schallende Ohrfeige verpasst! »Bilde dir nur nichts ein!«, sagte sie schnippisch. »Nichts wäre mir mehr willkommen als ein Bad. Aber du kommst als Begleiter leider nicht in die engere Wahl!«

Erschrocken lauschte sie ihren eigenen Worten. Sie bekam kaum Luft. Was zum Teufel war in sie gefahren? Großer Gott, hatte sie das soeben tatsächlich gesagt? Sie war über ihre Kühnheit entsetzt.

Und Dane war belustigt. »Kätzchen! Ich gebe zu, ich bin erstaunt, aber zu gern würde ich wissen, wer die erste Wahl wäre. Was für ein glücklicher Mann!«

Julianna warf ihm einen vernichtenden Blick zu, aber sein Lächeln wurde breiter. Anscheinend hatte sie seine gute Laune wiederhergestellt. Es sah ihm ähnlich, sie mit ihrer eigenen törichten Bemerkung aufzuziehen. »Eine knappe Viertelstunde, Kätzchen, und der Fluss gehört dir. Du brauchst nur dem Pfad zwischen den Eichen zu folgen. Du kannst es nicht verfehlen.«

Noch lange nachdem er sie allein gelassen hatte, brannte ihr das Gesicht. Sie blickte auf seine Taschenuhr, die er auf den Tisch gelegt hatte. Zwanzig Minuten waren vergangen. Wo blieb er?, fragte sie sich ungeduldig.

Fünfzehn Minuten später marschierte sie um den Tisch herum. Panik erfasste sie. Er müsste schon längst zurück sein. Was war los? Vielleicht hatte er seine Kräfte überschätzt. Vielleicht hatte er das Bewusstsein verloren? Oder hatte sich verletzt?

Hastig raffte sie ein Leinentuch, frische Anziehsachen und einen Riegel Seife zusammen und stürzte zur Tür hinaus.

Hoch oben in den Baumwipfeln sangen die Vögel. Es war ein wunderschöner, warmer Tag, aber sie bemerkte es nicht, als sie den Pfad entlangeilte. Hinter einer Biegung sah sie den Fluss zwischen den Baumstämmen hindurchschimmern. Dahinter lag eine mit bunten Blumen gesprenkelte Wiese. Julianna hob den Rock und stieg über eine knorrige Wurzel. Beim Anblick aufeinandergelegter Kleidungsstücke blieb ihr das Herz stehen. Dann schaute sie auf das Wasser, auf dem sich etwas bewegte.

Ohne sich ihrer Anwesenheit bewusst zu sein, ließ sich Dane träge auf dem Rücken treiben. Sie verharrte steif wie ein Stock. Die Kehle zog sich ihr zusammen. Er war nackt. *Nackt.* Ihre Gedanken spielten verrückt, dann siegte der Verstand. *Dumme Gans!*, schalt sie sich. *Wie soll er denn sonst baden?*

Es platschte, dann stand er auf den Beinen, schüttelte das Wasser aus den Haaren und ging auf das Ufer zu. Beim Aufblicken entdeckte er sie.

Zu spät, um wegzulaufen, um sich zu verstecken. Sie war gefangen, wie ein Hase in der Falle.

»Eine unerwartete Freude, Kätzchen. Hast du es dir doch überlegt und leistet mir Gesellschaft?«

Julianna konnte sich nicht von der Stelle rühren, auch wenn es um ihr Leben gegangen wäre. Der Puls raste. Das Herz pochte in den Ohren.

Die Kehle war ausgetrocknet. »Du warst so lange weg. Ich dachte, irgendetwas stimmt da nicht. Ich dachte, dir sei etwas passiert.« Um Gottes willen, sie wollte sich nicht kindisch aufführen, weder verlegen noch scheu wirken, noch wollte sie ihn mit offenem Mund anstarren. Vor allen Dingen hatte sie nicht die Absicht, sich bloßzustellen. Nein, sie würde nicht zeigen, dass er der erste nackte Mann war, den sie in ihrem Leben erblickt hatte – abgesehen davon würde sich ihr dieser Anblick wie ein Mal in das Gedächtnis brennen.

Das Wasser war ruhig und klar. Sie wünschte, sie wäre an einer seichteren Stelle stehen geblieben. Ein kühner Gedanke, aber das kümmerte sie nicht. Dann hätte sie Gelegenheit gehabt, seine Gestalt in aller Ruhe näher in Augenschein zu nehmen und ihre Neugier zu befriedigen. Aber im Augenblick blieb ihr nichts anderes übrig, als mit dem vorlieb zu nehmen, was sich ihr bot.

Er war beeindruckend männlich. Die glatte Haut glänzte vor Nässe. Ein roter hässlicher Streifen verlief über die Schulter und ihr Herz zog sich schuldbewusst zusammen. Am liebsten hätte sie die Narbe berührt und den Schmerz mit den Lippen weggeküsst.

Die Blicke wanderten tiefer. Die Wassertropfen in seinen Brusthaaren glitzerten in der Sonne. Unwillkürlich durchfuhr sie ein seltsamer Schauer. Der Bauch war fest und von harten Muskeln geformt. Weiter unten umspülte das Wasser seine Hüften und verbarg sein ... »Kätzchen«, sagte er leise.

Beim Klang ihres Namens wanderten die Blicke langsam nach oben, als lösten sie sich nur widerwillig von dieser Stelle. Er hatte sie die ganze Zeit beobachtet.

Ihre Blicke kreuzten sich und hielten sich fest. »Kätzchen«, wiederholte er leise, »willst du es dir nicht doch überlegen?«

Ihre Wangen brannten. Stumm schüttelte sie den Kopf.

»Wie du möchtest.« Unbefangen stieg er langsam aus dem Fluss.

Julianna hielt den Atem an und drehte ihm hastig den Rücken zu. Wenn er keine Scheu hatte, sich nackt zu zeigen, warum sollte es ihr dann etwas ausmachen? Oh, gerne hätte sie der Versuchung nachgegeben! Vor ihrem geistigen Auge sah sie immer noch seine beeindruckende Männlichkeit. Es war nicht sehr verwunderlich, dass der neugewonnene Mut sie verließ. Nein, sie war nicht so kühn, wie sie es sich wünschte.

Wenige Schritte hinter ihr hörte sie das Rascheln von Kleidungsstücken. Trotzdem zuckte sie zusammen, als er ihr die Hand auf die Schulter legte. »Du bist wieder in Sicherheit«, sagte er und lächelte schelmisch.

Als sie sich ihm zuwandte, lächelte er sie unwiderstehlich an.

»Schade, dass du mein Angebot nicht angenommen hast, Kätzchen. Ich wage die Behauptung, dass wir beide gut zusammenpassen würden.«

Oh, dieser unerträgliche Kerl! Seine Selbstgefälligkeit provozierte sie.

»Ich bin nicht gekommen, um dich zu sehen!«, meinte sie spitz. »Ich wollte … ich wollte ein Bad nehmen.« Und jetzt schien sie keine Wahl zu haben.

»In diesem Fall bleibe ich gerne da und schrubbe dir den Rücken.«

Julianna blitzte ihn an und bedachte ihn mit einem hochmütigen Blick.

»Nein?« Breitbeinig stand er in den Stiefeln vor ihr und rührte sich nicht von der Stelle. Dieser Schuft!

»Nein«, antwortete sie etwas tonlos. »Und du wirst mir nicht nachschauen, wenn du glaubst, ich merke es nicht.«

»Kätzchen, es kränkt mich, wenn du so schlecht von mir denkst«, sagte er leichthin. Er hob eine Braue und drückte ihr ein Stück Seife in die Hand. »Falls du es dir aber anders überlegen solltest,brauchst du mich nur zu rufen.«

»Auf gar keinen Fall«, fauchte sie.

»Aber ein Mann darf doch hoffen, oder?«

Oh, er brachte sie in Harnisch … und sein Charme entwaffnete sie! Julianna schaute ihm nach, als er auf den Wald zuging. Sogar ein Narr wäre so gescheit und verließe sich nicht auf das Wort eines Wegelagerers. Warum sollte er zu seinem Wort stehen? *Warum eigentlich?*, fragte sie eine innere Stimme. *Weil du weißt, dass er sein Wort halten wird*, antwortete eine andere. *Was er auch war, er war ein Gentleman …* Ach, aber es ergab keinen Sinn! Warum musste sie ihn ausgerechnet von dieser Warte sehen?

Seltsam, ihr Herz wogte auf und ab wie bei Sturm auf hoher See.

Rasch entkleidete sie sich und watete ins Wasser.

Es war eiskalt. Sie japste nach Luft. Sie tauchte kurz unter und wusch sich rasch. Dann hielt sie den Kopf ins Wasser, um das Haar auszuspülen. Auch wenn es sie fröstelte, das Gefühl wieder sauber zu sein war ungemein wohltuend.

Mit dem langen Leinentuch trocknete sie sich eilig ab und zitterte ein wenig, als sie in ihr Kleid schlüpfte. Dann setzte sie sich auf einen flachen Stein, zog das Haar über die Schulter, drückte es aus und fuhr mit einem Kamm durch die nassen Strähnen. Als sie sich die Strümpfe anzog, hörte sie ein Geräusch hinter sich und wirbelte herum.

Verflixt! Hatte sie sich in Dane getäuscht? Mit zusammengepressten Lippen suchte sie den Wald ab. Über ihr flog ein Vogel auf und schwang sich in den strahlend blauen Himmel. Langsam schwebte ein Blatt zu Boden.

Da war nichts.

Wie töricht zu denken, jemand beobachte sie. Sie überwand das Unbehagen, sammelte ihre Kleidung und die nassen Tücher auf und machte sich auf den Rückweg. Sie erreichte die Hütte und überquerte die Lichtung. Maximilian saß am Fuße einer mächtigen Eiche. Er stand auf, schlängelte sich zwischen ihre Beine und rieb sich an ihrem Knöchel. Sie hatte gerade die nassen Tücher zum Trocknen aufgehängt, als Maximilian laut jaulend auf die Hütte zusprang.

Sie blickte dem Tier überrascht nach. »Maximilian!«, sagte sie lachend. »Was ist denn in dich gefahren?«

Als sie aufsah, merkte sie, dass sie nicht allein waren. Ein riesiger Hund stand auf der anderen Seite der Lichtung.

Ihr Lächeln gefror. Die Nackenhaare stellten sich warnend auf. Sie hatte sich nie vor Tieren gefürchtet. Auf Thurston Hall hatte sie es mit den verschiedensten Tieren zu tun. Aber dieses hier war verdreckt und räudig. Das lange Fell war voller Kletten. Ein kalter Schauer durchfuhr sie.

Ein dumpfes Knurren war zu hören. Der Hund fletschte die Zähne. Speichel lief ihm aus dem Maul. Er duckte die Hinterläufe, als wollte er zum Sprung ansetzen.

Julianna ging bereits auf die Hütte zu. Sie beschleunigte den Schritt, fürchtete aber sich zu plötzlich zu bewegen. Die Tür stand offen. Sie maß die Entfernung ab. Würde sie es schaffen, bevor …

Der Hund setzte zum Sprung an.

Ihr Schuh verfing sich in einer heraussstehenden Wurzel. Sie stürzte. Instinktiv versuchte sie sofort aufzustehen. Der Rocksaum blieb an der Wurzel hängen. Heftig zog sie daran, merkte, dass der Stoff zerriss. Aber sie hing trotzdem fest und konnte nicht weiterlaufen

Ein erstickter Schrei löste sich von ihren Lippen. »Dane!«, hörte sie sich rufen. *»Dane!«*

Es geschah alles wie hinter Nebelschleiern. Dane erschien in der Tür. Aus den Augenwinkeln sah sie, wie der Hund auf sie zustürzte.

Eine ohrenbetäubende Explosion erfüllte die Luft.

Mitten im Sprung ging das Tier zu Boden, nur wenige Zentimeter von ihrem Gesicht entfernt.

»Julianna! Um Gottes willen, hoffentlich ist dir nichts passiert?«

Julianna blinzelte und versuchte etwas zu erkennen.

Im Kopf drehte sich alles, als sie aufstand. Langsam beugte sie den Kopf und blickte zu Boden. Der Hund lag ihr zu Füßen, die Läufe zur Seite ausgestreckt. Die Augen waren noch offen, die Zähne entblößt. Dickflüssiges Blut ergoss sich in eine Lache.

Ihr Magen krampfte sich zusammen.

»Julianna!«

Langsam wanderte ihr Blick zu Dane zurück. Entsetzt rief sie ihm zu: »Du hast ihn getötet!« Und wieder: »Du hast ihn getötet.«

Dane streckte die Hand nach ihr aus. »Kätzchen ...«

Das Wort löste etwas in ihr aus. Die Augen sprühten Funken. Sie wich zurück.

»Julianna! Was zum Teufel soll das!« Hände packten sie bei den Schultern.

Julianna drehte sich zu ihm. Mit den Fäusten schlug sie auf seine Brust ein. »Du musstest ihn nicht töten!«, schrie sie immer wieder. »Das war nicht nötig!«

»Julianna! Er war tollwütig. Er hätte dich angefallen! Mein Gott, wenn er dich gebissen hätte ... ich musste es tun!«

Sie ließ sich nicht beruhigen und ging wie eine Wilde auf ihn los.

Mit einem gotteslästerlichen Fluch hielt Dane sie bei den Handgelenken fest. »Kätzchen!«

»Sag das nicht!«, schrie sie außer sich. »Sag das nie wieder zu mir!«

Er schloss die Arme um sie und hielt sie fest. »Julianna!« Seine Stimme war messerscharf. »Hör auf!« Sie hörte ihn nicht. »*Julianna*!«

Benommen ließ sie den Kopf sinken. Er blickte sie forschend an.

»Was ist los? Was zum Teufel ist in dich gefahren?«

So schnell wie der Ausbruch gekommen war, verschwand er auch wieder. Das Feuer war aus ihr gewichen.

Sie kniff die Augen zusammen. Dann sank sie an seine Brust. »Oh, Gott«, wisperte sie.

Und sie fing zu weinen an.

Zehntes Kapitel

Sobald würde Dane den Schreckensschrei nicht vergessen, der ihn aus der Hütte stürzen ließ, auch nicht den Anblick, der sich seinen Augen bot. Allmächtiger, wenn er nicht so geistesgegenwärtig gewesen wäre, die Pistole zu ergreifen ... Einige Wochen vor Waterloo war einer seiner Männer von einem tollwütigen Hund gebissen worden. Er starb unter unerträglichen Schmerzen. Die Vorstellung, dass Julianna das gleiche Ende erlitten hätte ... Nicht auszudenken!

Mit einem grimmigen Gesichtsausdruck hob er sie auf und trug sie in die Hütte, ohne auf die schmerzende Schulter zu achten.

Er schloss die Tür mit dem Stiefelabsatz. Er verstand nicht, warum sie so heftig reagiert hatte. Verwirrt fragte er sich, warum sie auf ihn eingeschlagen hatte. Auch war ihm ihr Ausbruch, der an Hysterie grenzte, unverständlich. Was zum Teufel war nur in sie gefahren?

Ihr Gesicht war kalkweiß gewesen und als er ihr in die tiefblauen Augen schaute, schien ihm, als befände sie sich in einer anderen Zeit, an einem anderen Ort, an dem sie etwas Schreckliches erlebt hatte.

Kätzchen, hatte er gesagt. Aber was war schon dabei? Er hatte sich an diesen Namen gewöhnt, so dass er ihm wie selbstverständlich über die Lippen kam. Aber dann erinnerte er sich, dass sie ihn bereits einmal zornig angefahren hatte. Warum, fragte er sich. *Warum?*

Alle Kraft schien aus ihr gewichen zu sein. Dane saß im Sessel vor dem Feuer und hielt sie im Arm. Sie hatte das Gesicht an seinen Hals geschmiegt und schluchzte herzzerreißend. Dane war verzweifelt. Er wusste nicht wie ihm geschah. Ein bisher verborgener Winkel seiner Seele hatte sich gerührt.

Er ließ sie weinen, bis sie völlig erschöpft war. Tröstend strich er ihr mit der Hand über den Rücken.

Mit der anderen schob er ihr eine feuchte Locke hinters Ohr. »Julianna?«, fragte er leise. »Woran hast du gedacht? Was ist geschehen?« Er zögerte und blickte sie fragend an.

Julianna zitterte. Sie zitterte, als ob sie in einen Schneesturm am Nordpol geraten wäre. Dane nahm ihre Hände. Sie waren eiskalt. Er rieb sie und versuchte sie zu wärmen.

»Erzähl es mir, Kleines.«

Sie blickte ihn aus tränennassen Augen an. »Er hat sie umgebracht«, sagte sie hölzern.

»Wer?«, fragte er vorsichtig. »Was?«

Sie schluckte hart. »Mein Vater«, schluchzte sie. »Er hat meine Kätzchen umgebracht.« Sie zögerte, als fiele es ihr schwer weiterzusprechen. »Er hat sie ertränkt, Dane. Er hat sie *ertränkt!«*

»Was ist geschehen?«, fragte Dane ruhig.

»Ich war ungefähr acht oder so. Ich ... wir lebten in Thurston Hall auf dem Land. Meine Brüder waren in der Schule. Die Stallkatze brachte Junge zur Welt. Sie waren so niedlich. So süß. Zwei waren schneeweiß, eine getigert wie die Mutter. Ich fragte meinen Vater, ob ich eine für mich behalten könnte. Ich … ich war ziemlich allein, weißt du. Aber er sagte, er möchte diese Viecher nicht in seinem Haus haben, sie seien schmutzig und voller Ungeziefer und gehörten in den Stall zu den Mäusen. Ich hörte nicht auf ihn. Sie waren so niedlich. Als sie alt genug waren, um sie der Mutter wegzunehmen, habe ich sie heimlich zu mir genommen. Ich hatte so viel Freude an ihnen. Sie brachten mich ständig zum Lachen, wenn eine dem Schwanz der anderen nachjagte. Sie hießen Alfred, Rebecca und Irwin. Ich habe Mutter und Kind mit ihnen gespielt. Sie waren meine Babys. Ich habe ihnen vorgesungen und habe sie gescholten … sie schliefen sogar bei mir im Bett.« Ein Lächeln huschte über ihr Lippen.

Leider verschwand es zu schnell.

Sie fuhr fort. »Aber mein Vater … eines Tages entdeckte er sie in meinem Zimmer. Er war wütend. Er tobte und brüllte. Ich war unfolgsam gewesen. Und er war nicht der Mann, der dies durchgehen ließ, bei keinem seiner Kinder. Ich musste also bestraft werden.«

»Großer Gott! Und zur Strafe hat er deine Kätzchen ertränkt?«

Sie nickte.

Dane fluchte innerlich. Jetzt verstand er, warum sie nicht *Kätzchen* genannt werden wollte.

Aber damit war es noch nicht geschehen.

Er hörte ihr schweigend zu, als sie weitersprach. »Er steckte sie in einen Sack und packte meine Hand. Auf dem Weg zum Fluss habe ich nur geschrien.« Sie stockte. »Er … hat mich gezwungen zuzusehen. *Zuzuhören.«* Große Tränen rollten ihr die Wangen herunter.

Sie hielt sich mit den Händen die Ohren zu, rollte sich zusammen und schmiegte sich an ihn.

Ihm stand das Herz still. »Oh, Gott«, flüsterte er und spürte, wie er blass wurde … und ihren Schmerz wie einen Messerstich nachempfand.

Danes Lippen pressten sich zu einer schmalen Linie zusammen. Innerlich kochte er. Eine grenzenlose, dumpfe Wut erfasste ihn. Zur Hölle mit diesem Kerl, der ihr Vater gewesen war! Hätte der Elende jetzt vor ihm gestanden, so hätte er ihn mit Vergnügen erwürgt. Wie konnte ein Mensch seinem Kind so etwas antun?

»Wahrscheinlich hältst du alles für albern«, kam es gedämpft von seiner Schulter.

Er strich ihr über den Rücken, in beruhigender Gleichmäßigkeit. »Nein, um Gottes willen, nein.« Arme, mitfühlende Julianna, die sich stets um die Tiere gekümmert hatte … und dann das. Er konnte ihre Verzweiflung verstehen und dass es sie jetzt noch schmerzte. Nach dieser Schilderung war ihre Kindheit so ganz anders als die seine verlaufen.

Eines gab ihm zu denken. Wenn er sie näher betrachtete, erstaunte es ihn mehr denn je, dass sie keinen Ehemann gefunden hatte – dass sie unverheiratet war. Nicht nur allein ihrer Schönheit wegen. Sie besaß ein liebenswertes Naturell, das sie von innen her durchdrang. Sie war zur Frau bestimmt, zur Mutter, die ihre Kinder in den Armen hielt, so wie sie es mit ihren Kätzchen getan hatte.

Er hätte es wissen sollen. Hinter ihrer Weichheit verbarg sich Stärke und unter dem Mantel zarter Schönheit dunkle Winkel; Geheimnisse hinter ihrem heiteren Lächeln.

»Das Blut war es«, sagte sie plötzlich. »Als meine Kätzchen ertranken, war kein Blut zu sehen …« Die schlanken Finger zupften an seinem Hemd. Sie hob den Kopf und schaute ihn mit den großen Augen traurig an. »Dane … der Hund … würdest du …«

»Ich begrabe ihn«, nahm er ihr das Wort aus dem Mund, damit sie es nicht aussprechen musste.

»Danke.« Sie flüsterte vor Dankbarkeit.

Ernst blickte er sie an. Plötzlich wandte sie den Blick ab.

Er zog die Stirn in Falten. »Was hast du?«

»Ich habe es wieder getan. Ich weiß nicht, warum ich dir das erzähle«, bekannte sie leise. »Das haben nicht einmal meine Brüder erfahren.«

»Warum nicht?« Es interessierte ihn brennend, denn so wie sie von ihnen gesprochen hatte, standen sie sich sehr nahe.

»Es hätte das Geschehene nicht wieder gutgemacht. Sie hätten nichts tun können. Aber vor allem konnte ich es nicht ertragen, wieder daran zu denken.«

»Verständlich.« Danes Lippen wurden schmal. »Julianna, verzeih meine Offenheit, aber deinen Vater hätte ich nicht gemocht.«

»Ich glaube, so erging es fast jedem«, sagte sie nach einer kleinen Pause. »Er war hart, unversöhnlich und streng.« Sie schien zu zögern. Als sie weitersprach, war ihre Stimme kaum zu hören. »Ich war vierzehn, als er starb. Und – ich weinte, als meine Kätzchen umkamen, aber nicht über seinen Tod. Möge Gott mir verzeihen, aber ich habe nicht um ihn getrauert. Um ehrlich zu sein, ich war beinahe erleichtert. Ich hatte das Gefühl, als ob wir endlich glücklich sein könnten, Sebastian,

Justin und ich.« Ein Schatten legte sich ihr über die Augen. »Findest du das nicht schrecklich?«

»Nein«, erklärte er finster. »Nicht unter diesen Umständen.«

Sie biss sich auf die Lippe. »Auch das habe ich keinem anderen erzählt.«

Dane war nicht wohl in seiner Haut. Einerseits gefiel es ihm, dass sie ihn ins Vertrauen zog, aber andererseits hatte er ein schlechtes Gewissen. Ihr Vertrauen war unverdient, denn schließlich war er ihr gegenüber nicht offen gewesen …

Aber er konnte ihr nicht die Wahrheit sagen. Zu viel stand auf dem Spiel. Er durfte es nicht riskieren, sie in seine Pläne einzuweihen.

Seine Gedanken schweiften ab. »Jeder verbirgt etwas, Julianna. Auch bei mir gibt es etwas, das ich noch keiner Menschenseele erzählt habe.«

»Wirklich? Und was?«

Er nickte. Es kostete ihn einige Überwindung, weiterzusprechen. »Ich habe Angst«, sagte er schließlich.

»Du? Wovor?«

»Vor dem Sterben.« Er stieß den angehaltenen Atem aus. »Vorher nicht. Erst nach Waterloo. Solange man jung ist, bekümmert es einen nicht. Wie bei dir gibt es etwas in meinem Leben, an das ich nicht denken möchte. Es war … es war eine Schlacht, wie ich sie noch nie erlebt hatte. Salven aus Musketen und Kanonen pfiffen uns um die Ohren. Der dicke, beißende Rauch drohte uns zu ersticken. Man konnte die Hand nicht vor den Augen sehen. Ich dachte, es würde nie ein Ende nehmen! Die Männer um mich herum fielen. Wie Baumstämme, die von einer unsichtbaren Hand gefällt wurden. Und als es vorbei war, lagen Tausende von Toten um mich herum und ich war am Leben. Und alles, was ich empfand, war die unendliche Erleichterung, dass sie es waren und nicht ich. Ich wurde als Held gefeiert. Aber in Wahrheit hatte ich mich entsetzlich gefürchtet. Aus diesem Grunde kam ich mir wie ein Feigling vor und ich ...« Er schüttelte den Kopf. »Ich schämte mich.«

»Schämen? Wieso?«

»Weil ich froh war, so froh, dass ich lebte. Dass es nicht mich getroffen hatte. Dass ein anderer gefallen war und nicht ich.« Er zögerte. »Und das erscheint mir nicht richtig.«

»Es ist doch nicht Falsches dabei, so zu empfinden. Nur würde dies nicht jeder so offen zugeben.«

»Vielleicht. Vielleicht nicht. So oder so, aber seit diesem Tag ...« Er zwang sich weiterzusprechen. »Seitdem ist es mir unerträglich, an das Sterben und den Tod zu denken.«

Er schwieg eine Weile, dann neigte er ihr den Kopf zu und blickte sie an. »Möchtest du noch weitere Geheimnisse mit mir teilen?«

Er war überrascht, als sie ihn erstaunt ansah. Mühsam versuchte sie gleichmäßig zu atmen. Die Lippen öffneten sich.

Mit dem Daumen wischte er ihr über die feuchte Wange. »He, das war nur ein Scherz!«

»Dane ...«

Er legte die Arme um sie. »Du brauchst nichts mehr zu sagen, Kleines, Ehrenwort.« Er ließ die Arme über den Rücken gleiten und zog sie fest an sich. Es schien, als wollte sie sich für immer an ihm festhalten. Die feuchten, warmen Tränen an seinem Hemd raubten ihm die Sinne.

Und dann geschah es.

Langsam hob er ihren Kopf.

Ihre Blicke trafen sich und ließen sich wie bei einer innigen Umarmung nicht mehr los. Die Nähe ihrer Körper schürte das Feuer. Irgendwann legte sie die Arme um seinen Nacken. Sie war so leicht, dass sie ihm auf seinem Schoß fast schwerelos erschien. Aber er spürte die weichen reifen Brüste an seinen Oberkörper. Ein schlankes Bein lag zwischen seinen muskulösen Schenkeln und presste sich an sein Glied. Heftig wallte sein Blut auf – er konnte nicht an sich halten.

Er wurde hart.

Sie schluckte.

Eine erregende Stille umfing sie.

Er blickte sie an und erkannte, dass auch sie ihren Gefühlen ohnmächtig ausgeliefert war. Ein Blitz des Erkennens durchfuhr ihn. Ihre Blicke versanken in den seinen. Hingebungsvoll schlangen sich ihre Arme um seinen Nacken. Alles in ihm war ein einziges Verlangen.

Mit einem rau klingenden Laut sog er die Luft ein. Mein Gott, sie roch nach Limonen, frisch und leicht. Ein Duft, der ihr eigen war. Während er sie in den Armen hielt, empfand er Freude und Schmerz zugleich. Mit den Blicken folgte er den feinen Konturen ihres Gesichtes, der zarten Wölbung ihrer Wangen, dem zierlichen, doch eigenwillig geformten Kinn.

Eine Stimme in seinem Inneren forderte ihn auf, sie freizugeben, während sein Körper anderes vorhatte. Er scheute sich, sie zu berühren. Er durfte sich selbst nicht trauen. Aber das Licht der Nachmittagssonne beschien ihr Haar und ließ es honigfarben glänzen, und der bebende Mund glänzte feucht und erwartungsvoll nur eine Handbreit unter dem seinen.

Die Hände umfassten ihre Taille. Er wusste nicht, ob er sie von sich schieben oder näher an sich heranziehen wollte.

Sie nahm ihm die Entscheidung ab.

In den blauen Augen schimmerten noch die Tränen. Er konnte nicht wegblicken, als ihre Fingerspitzen sich auf seine Lippen legten. »Dane«, wisperte sie. *»Dane.«* Das heiße Sehnen, das in den geflüsterten Worten mitschwang, brachte seine letzte Barriere zum Einstürzen.

Der Augenblick war da, die Zeit reif. Unzählige verschiedene Gefühle rangen in seinem Inneren …

Jetzt gab es kein Zurück mehr.

Er umfing ihre Lippen mit seinem Mund und erlag seinem Begehren, das sich seit Tagen aufgebaut hatte. Das Wissen um ihr eigenes Verlangen setzte ihn wie Zunder in Brand.

Mit einer schwungvollen, kräftigen Bewegung stand er auf und trug sie zum Bett.

Er ließ sich neben ihr nieder. Ihre Blicke ließen ihn nicht los, als sie ihm mit den Fingern über die Wangen strich. »Entschuldige. Hab ich dir wehgetan?«

Ein kleines Lächeln lag auf seinen Lippen. »Ein so federleichtes Wesen wie du? Ich denke nicht.« Er ergriff ihre Hand und drückte einen Kuss auf die Innenfläche.

Sie streckte die Fingerspitzen zu einer kleinen Liebkosung aus und sah ihn an, als wolle sie seine Reaktion erkunden.

Das Lächeln schwand. Die Augen verdunkelten sich.

Langsam senkte er den Kopf. Sein Kuss war lang und ohne Hast. Zitternd schlossen sich ihre Augenlider. Ihre Lippen öffneten sich. Mit einem atemlosen kleinen, lustvollen Geräusch bot sie ihm den Mund. Mit der Zungenspitze berührte sie ihn. Ihre Antwort war süß und ungeduldig. Sie schmeckte köstlich, und er stellte sich die rosafarbene Zungenspitze auf seiner nackten Haut vor. Wie sie sich über seine Brust wagte, seinen Nabel umkreiste, den Bauch hinunterstrich, bis zu seinem ...

Diese Vorstellung erschütterte ihn bis ins Mark, als ob eine Faust seinen Magen rammte und die Luft aus seinen Lungen trieb. Allmächtiger Gott, er durfte nicht daran denken! Sein Mund schien sie zu verschlingen mit einem fast animalisch wilden Kuss. Ihre Hände glitten unter sein Hemd, die Rippen entlang, schoben sich vorwärts, tasteten sich über die nackte Haut seines Rückens. Sie bog sich ihm entgegen, mit ihrem ganzen köstlichen Körper. Ein heftiger Schauer durchfuhr ihn, dass er am liebsten aufgestöhnt hätte.

Ungeduldig kämpften seine Finger mit dem Band, das ihr Kleid am Hals festhielt. Er steckte die Finger unter den Stoff, riss ihn beiseite und entblößte eine zarte Schulter ... eine Brust.

Vollkommenheit. Die reinste Vollkommenheit. Die Haut schimmerte blass in der Farbe eines Pfirsichs. Die Brüste waren klein, aber köstlich gerundet, die Brustwarzen groß und von der blassen Röte des Morgens.

Er neigte den Kopf, blies über eine Brustspitze und sah zu, wie sie fest wurde. Mit der feuchten Zunge umkreiste er die eine, dann die andere und spürte wie Knospen in seinem Mund aufgingen und hart wurden.

»Dane ... oh, Dane.« Er ergötzte sich an dem kleinen Aufschrei, bei dem sich ihre Fingernägel in seinen Rücken gruben. Dann tastete sich eine Hand zum Ansatz seines Haares im Nacken vor, als ob sie ihn festhalten wolle.

Sie war unerfahren. Sicherlich Jungfrau. Oh, Gott, er brannte darauf, es herauszufinden ... aber es lag ihm nicht, Frauen die Unschuld zu nehmen, auch wenn Julianna seine Beherrschung auf die härteste Probe stellte!

Er war sich ziemlich sicher, dass sie noch nie ein Mann so wie er geküsst und berührt hatte. Aber irgendetwas zwang ihn, es selbst herauszufinden. Er musste es wissen.

Sein Mund kehrte zu ihren Lippen zurück. »Bist du noch Jungfrau?«, murmelte er fragend.

Unter ihm wurde es sehr still.

»Julianna, Liebes ... sag es mir. Du hast das noch nie gemacht?«

»Ich ... ich bin geküsst worden. Ja«, schrie sie, als er eine Braue hob.

»Du bist also Jungfrau?«

Sie barg das Gesicht an seiner Schulter. »Warum fragst du?«

Dane gab einen kehligen Laut von sich. Mit den Knöcheln fuhr er unter das Kinn und hob es hoch, damit sie ihn anblickte.

Die Antwort ließ auf sich warten.

Er lehnte die Stirn an die ihre. »Julianna«, sagte er leise. »Du bist es noch, ja?«

Ihre Blicke aus den blauen Augen kehrten wieder zu ihm zurück. Die Wangen waren flammend rot. »Ja«, antwortete sie schwach. »Ja!« Wie ein stummer Schrei kam es ihr über die Lippen. Sie senkte den Kopf, damit er die Tränen nicht sah, die die Augen in glühende Saphire verwandelten.

Ihre Verletzbarkeit drang ihm mitten ins Herz.

»Psst, Julianna. Psst. Ist ja gut. Deswegen braucht man sich nicht zu schämen.«

»Ich schäme mich nicht!«, schrie sie.

Erst jetzt merkte er, dass er ihren Po umspannt hielt und sie zwischen seine Schenkel zog.

Er war immer noch hart und erigiert und presste sich pulsierend an ihren Unterleib … Am liebsten hätte er sie jetzt auf den Rücken gedreht und der Natur ihren Lauf gelassen.

Er wollte sie. Der übermächtige Drang sie zu besitzen brachte sein Blut zum Kochen. Jede noch so verborgene Stelle der hellen Haut wollte er küssen, ihre faszinierende Unschuld für sich allein beanspruchen. Ihn verlangte danach, ihr Stöhnen zu hören, wenn er tief in sie drang und sie sich feucht und warm um ihn schloss, während sie beide dem Höhepunkt zustrebten.

Dane hätte sie verführen können. Sie mit Süße und Wärme zur Hingabe überredet, bis sie nach ihm fieberte. Und sie hätte ihn nicht aufgehalten. Sein Instinkt sagte ihm, dass sie ihm alles erlaubt hätte, was er sich wünschte.

Und irgendwie schmälerte diese Erkenntnis sein Begehren, was sonst nichts auf der Welt fertig gebracht hätte.

Er lehnte sich in das Kissen, verzog angestrengt das Gesicht und lockerte seine Umarmung.

Julianna atmete tief ein. »Dane …« Eine stumme Frage stand zwischen ihnen.

Er stieß die angehaltene Luft aus und bettete ihren Kopf an seiner Schulter. Sein Kinn ruhte auf dem glänzenden kastanienbraunem Haar, als er versuchte, dem Aufruhr in seinem Leib Herr zu werden.

»Ich möchte dich eine Weile nur in den Armen halten«, sagte er ruhig. »Nur in den Armen halten.«

Elftes Kapitel

Die letzten Strahlen des Abendlichtes fielen durch die Fenster, als Julianna erwachte. Sie merkte, dass sie allein war und blieb noch liegen. Sie erinnerte sich dunkel, dass Dane das Bett bereits vor einiger Zeit verlassen hatte.

Sie schob die Decke zurück – sie wusste nicht mehr, dass er sie zugedeckt hatte – und schwang die Füße auf den Boden. Beim Anblick ihres nackten Busens schreckte sie auf. Sie wollte das Kleid über die Schultern ziehen, hielt aber inne, als sie am Rocksaum das Blut des erschossenen Hundes bemerkte. Ihr hob sich der Magen, aber sie unterdrückte die aufkommende Übelkeit.

Sie streifte das Kleid ab und stand in ihrem Linnenhemdchen vor der Waschschüssel. Die Augenlider waren geschwollen und die Augen rot vom Weinen; sie tauchte ein Tuch in das Wasser und drückte es auf die Augen. Die Kühle war wohltuend erfrischend und nur widerstrebend legte sie das Tuch beiseite.

All das erinnerte sie unweigerlich an ihren peinlichen Ausbruch. Ihr war elend, als sie daran dachte. Verunsicherung und Bedauern kämpften in ihrer Brust. Sie dachte an alles, was sie Dane anvertraut hatte. Eine unerklärliche Schwäche, die nicht zu ihr passte. Stets war sie stolz auf ihre Unabhängigkeit gewesen. Sie war keinesfalls ein weinerlicher, verweichlichter Mensch.

Dane hatte jetzt zweifellos einen falschen Eindruck von ihr bekommen. Sie hatte sich völlig gehen lassen. Was mochte er von ihr gedacht haben? Hielt er sie für schwach? Für kindisch? Für eine Heulsuse?

Und doch war er unerhört verständnisvoll gewesen. Ja, er hatte sogar versucht, sie zu trösten. Und ... mein Gott, wie wohl hatte es ihr getan, sich an ihn zu schmiegen. Seine Wärme zu spüren, sich sicher und geborgen zu fühlen.

Ein brennender Schmerz fuhr ihr durchs Herz. Wie herrlich müsste es sein, Nacht für Nacht neben einem Mann zu liegen, seine starken Arme um sich zu spüren, seine Wärme, seine Zärtlichkeit mit dem Wissen, dass es für immer war? Die schmerzliche Erkenntnis, dass sie dies niemals erfahren würde, lastete schwer auf ihrer Seele.

Und sie spürte diese Leere, sie ging ihr bis ins Mark!

Danes Arme waren warm gewesen. Stark und zärtlich und die Umarmung wie ein Hafen, in dem sie Schutz und Geborgenheit fand.

Und als er sie küsste ... ah, die kühlen Lippen von Thomas waren nichts im Vergleich zu dem gewesen, was Dane in ihr ausgelöst hatte. Und als seine Finger über ihre nackte Haut strichen, ihren Busen ...

Der Himmel sei ihr gnädig, aber sie würde es niemals bedauern.

Noch würde sie es so bald vergessen, ja, sie fürchtete beinahe, dass sie es nie mehr aus ihren Gedanken verbannen konnte.

Sie stand immer noch vor der Waschschüssel, als die

Tür aufging. Danes Hemd war mit Erde beschmutzt. Sie wusste, was es bedeutete.

Sie blickte ihn ernst an. »Ist es erledigt?«

Er nickte.

Sie schluckte. »Danke.«

Mit einem Flackern in den Augen betrachtete er sie von oben bis unten, und sie errötete. Das Kleid hing über der Stuhllehne. Ein plötzliches Schamgefühl ließ sie rasch danach greifen. Sich das Kleid vor die Brust haltend, drehte sie ihm den Rücken zu.

Sie konnte sich nicht bewegen.

Sein Anblick im rötlichen Schein der untergehenden Sonne schnürte ihr die Kehle zu. Er war so schön, dass es ihr den Atem nahm. Am Hals stand das Hemd offen und gab den Blick auf das feine Gekringel seiner Brusthaare frei. Wieder spürte sie seine Haut unter den Fingerspitzen. Warm und glatt. Sie riss sich aus ihren Phantasien und zwang sich, ihm stattdessen ins Gesicht zu sehen. Das machte die Sache auch nicht besser. Auf seinen Lippen war kein Lächeln zu sehen. Wieder spürte sie seinen heißen, schmelzenden Kuss auf den Lippen; die feuchte Zunge auf ihren Brustwarzen. Sie konnte nicht verhindern, dass ihr die Hitze ins Gesicht stieg. Zu ihrem Verdruss ließ er sie nicht aus den Augen und sah sie unerbittlich lange an.

Beunruhigt drehte sie sich zum Feuer um. Das Herz schlug ihr bis zum Halse, als er hinter ihr auf sie zuging. Zu nahe, oh, viel zu nahe …

Dann zog er sie an sich. Seine Unterarme glitten über ihre Brust.

»Du brauchst dich nicht vor mir zu verstecken, Julianna.«

Julianna biss sich auf die Unterlippe. Selten war sie um Worte verlegen, aber diesmal blieb sie stumm.

Sie spürte seinen Atem an ihrem Ohr.

»Du bist verärgert«, sagte er nach einer Weile.

»Nein«, brachte sie hervor und schüttelte den Kopf.

»Warum siehst du mich dann nicht an?«

In seinem Ton lag ein leichter Vorwurf. Die sehnigen Finger legten sich ihr auf die Schulter. Ohne die Hände von ihr zu lassen, drehte er sie zu sich herum.

Julianna befeuchtete die Lippen und riss sich zusammen. »Ich ärgere mich nicht«, betonte sie. »Wieso sollte ich denn verärgert sein?«

Als Antwort hob er nur eine Braue. Die Blicke schweiften zu ihren Brüsten.

Sie wählte ihre Worte sorgfältig. »Eine solche Situation ist neu für mich. Ehrlich gesagt, ich bin verunsichert und weiß nicht, wie ich mich verhalten soll.«

Seine Augen leuchteten kurz auf. »Die Liebe«, bemerkte er gelassen, »ist doch wohl etwas sehr Sicheres.«

Er schien belustigt. Das reizte sie. »Halt mich nicht zum Narren!«

Dane seufzte. »Du meine Güte, musst du dir das Kleid unbedingt ständig vorhalten? Im Gegensatz zu deiner vorgefassten Meinung besitze ich doch noch ein Quäntchen Selbstbeherrschung.«

»Ja, ich würde sagen, das ist offensichtlich!«

Seine Augen wurden schmal. »Was zum Teufel soll das heißen?«

Zu spät. Julianna bedauerte ihre Voreiligkeit.

Er starrte sie an. »Warte«, sagte er langsam. »Du denkst doch nicht, dass ich dich nicht willst?«

Wirre Gedanken schossen ihr in den Kopf. Sie konnte keinen klaren Gedanken fassen. »Ich sagte dir doch«, flüsterte sie, »ich weiß nicht, was ich denken soll.«

Er blickte sie scharf an. Die Gesichtsmuskeln spannten sich und ein merkwürdiger Ausdruck trat in seine Augen. Sie war überrascht, als er ihr mit einer plötzlichen Bewegung das Kleid aus den Händen riss und zur Seite warf. Dann betrachtete er sie in aller Ruhe vom Kopf bis zu den Zehenspitzen. Sie war nur mit einem dünnen Hemdchen bekleidet und errötete, bedeckte sich aber nicht.

Mit gespreizten Fingern fuhr er ihr durchs Haar. »Weißt du, was ich will?«, fragte er leise.

Julianna blickte ihn offen an. Seine Augen waren wunderschön, wie zwei goldschimmernde Kristalle beherrschten sie das bronzefarbene Gesicht. Sie spiegelten Licht und Schatten wider ... und die Flammen der Begierde.

Diese Augen schienen sie zu bannen, während ihr Herz wie wild schlug. Sie schüttelte den Kopf.

»All diese Nächte hast du neben mir geschlafen, Julianna. Und ich war wach und habe mir vorgestellt, wie du nackt aussiehst. Wie sich deine warmen Schenkel unter mir anfühlen. Ich möchte mir dir schlafen. Hier. Jetzt. Ich möchte dich berühren, dich warm und feucht an meinen Fingern spüren. Dich küssen. Dich mit meiner Zunge schmecken. Überall, Julianna. *Überall.*«

Anfangs erschrak sie, aber dann verschwamm jeder klare Gedanke. Seine Worte waren heiß. Sengend heiß. Sie glaubte beinahe, was er meinte ... Aber nein. Das konnte nicht sein.

Er blickte ihr eindringlich in die Augen, so als wollte er ihr Innerstes ergründen. »Erschreckt dich das, mein Liebes?«

Wieder war ihre Kehle wie zugeschnürt. Einen Augenblick lang brachte sie kein Wort hervor. Oh, lieber Gott, er hat …

Mit der Zunge befeuchtete sie die Lippen. »Du hast es ernst gemeint?«, fragte sie schwach.

»Vielleicht.« Er packte sie bei der Hand. »Ich glühe innerlich«, flüsterte er. »Überall. Aber besonders hier.« Er führte ihre Finger hinunter … hinunter …, bis sie auf seiner schwellenden Männlichkeit lagen. »Ich brenne für dich, Julianna. Mein Körper brennt. Mein *Herz* brennt.«

Julianna riss die Augen auf. Er sprach mit feierlichem Ernst. Und dieses Mal schien ihr Herz wirklich zu schlagen aufzuhören. Sie konnte ihn fühlen, seine pulsierende Stärke. »Mein Herz auch«, hauchte sie.

Dane stieß den Atem aus. Ihre Augen glänzten wie tiefblaue Saphire. Krampfhaft schloss er die Augen, zog ihre Hand weg und stieß einen kräftigen Fluch aus. Es war verdammt schwer, sie halb nackt zu sehen und den Körper, der durch den dünnen Stoff hindurchschimmerte.

»Mein Gott, Julianna, das darfst du nicht sagen.«

Ihr Herz machte einen kleinen Sprung. »Warum nicht?«, fragte sie leise.

Sein Lachen klang brüchig. »Du machst es mir nicht leicht. Ich versuche das Anständige zu tun.«

Ihr brannte die Kehle.

»Nur ein anständiger Mann hätte die vielen Nächte neben mir liegen können, ohne mich …« Ihre Stimme brach ab. Ihr Blick drückte das aus, was sie nicht über die Lippen brachte.

Seine Blicke hielten sie fest. »Julianna«, sagte er knirschend. »Mein Gott!«

Sein Mund senkte sich auf ihre Lippen, heiß und voller Verlangen. Als er sie küsste, schien sie den Boden unter ihren Füßen zu verlieren. Dieser Mann verstand sie. Er schien genau zu wissen, wonach sie sich sehnte, was sie brauchte. Sie wollte festgehalten und behütet werden. Und *begehrt* werden.

Es schien bedeutungslos zu sein, wer sie war, und wer *er* war, kümmerte sie nicht.

Alles was zählte, war das Verlangen, das sie bei seinem Kuss spürte, bei seiner leidenschaftlichen Umarmung. Mühelos hob er sie in seine Arme und trug sie zum Bett. Sie dachte nicht daran, sich zu wehren. In diesem Augenblick wollte sie begehrt werden. Sie brauchte sein Verlangen.

Ungeduldig entledigte er sich seiner Kleidung, schleuderte Stiefel und Hosen von sich und legte sich neben sie. Hinter seinen breiten Schultern verschwand der Schein des flackernden Feuers. Ohne seine Kleider erschien er ihr noch mächtiger.

Julianna konnte nicht an sich halten. Zögernd legte sie die Hände auf seine Brust. Seine *nackte* Brust. Sie fühlte Wärme und Kraft. Seine Haut war heiß. Flammend. So wie er es gesagt hatte …

Ich brenne für dich. Mein Körper brennt. Mein Herz brennt.

Eine merkwürdige Trockenheit machte sich in ihrer Kehle breit. Ihre Lippen berührten sich, verschmolzen miteinander. Der Kuss war tief und drängend und brachte ihren Körper zum Glühen. Das Herz raste. Sie konnte nur noch stoßweise atmen. Eine sehnige, dunkle Hand glitt unter das Hemd, umfasste ihr Hinterteil. Ihr stockte der Atem, als er sie fest an seine Schenkel zog … zwischen sie zog. Ein kurzer Blick auf seine Erektion drohte ihr die Sinne zu rauben und ihre Blicke gingen in Windeseile wieder zu seinem Gesicht hinauf. Sie fürchtete sich, ihn anzusehen, aber sie fühlte ihn. Ein quälendes Sehnen packte sie bei der stählernen Härte, die sie zwischen seinen Schenkeln spürte … Fest und groß und voller Männlichkeit.

Ein kleiner Seufzer entwich ihrer Kehle.

Dane hob den Kopf. Er versenkte die Finger in ihrem Haar und blickte sie forschend an. »Hast du Angst?« Seine Stimme klang heiser.

Sie schüttelte den Kopf. Ihre Augen waren feucht. »Nicht vor dir«, gestand sie.

In seinen Augen leuchtete es auf. »Ich möchte dich sehen«, flüsterte er und strich mit seinen Lippen über ihren Mund. »Alles möchte ich von dir sehen, alles, Liebes.«

Sie wusste, was er vorhatte. Das war ihre Reise, ihre Reise in die Welt der Leidenschaft, und er würde sie führen. Aber dieser erste Schritt musste ihr gehören.

Sie setzte sich auf. Mit heftig pochendem Herzen griff sie nach dem Saum ihres Hemdes. Der feine Stoff raschelte leise, als sie ihren Körper entblößte.

Und vielleicht auch ihre Seele.

Sie verhielt sich vollkommen still, als sie seine Blicke auf sich spürte, die jede Stelle ihres Körpers verlangend einsogen und ihren Puls zum Rasen brachten. Unter seinem unnachgiebigen Blick wurden ihre

Brüste schwer. In den Adern brannte das Blut. Wie benommen machte sie diese Feststellung, als ihr Herz in Flammen aufging.

Es gab einige Gründe, warum dies nicht geschehen sollte, aber seltsamerweise zählte nicht ein einziger davon. Sie bot sich ihm an. In einem weit abgelegenen Winkel ihres Ichs war sie über ihre Kühnheit erstaunt. Aber es beunruhigte sie nicht. Sie war nicht in London. Sie waren allein. Außer ihnen beiden gab es hier niemanden. Sie waren nur füreinander da. Brauchten keinem Rechenschaft abzulegen. Keinen Klatsch zu fürchten. Keiner würde hinter vorgehaltener Hand tuscheln, ihr mitleidig nachschauen, was sie immer gehasst hatte. Sie brauchte keinem zu gefallen, nur sich selbst.

Nein. Die Regeln der Gesellschaft hatten hier keine Gültigkeit. Hier galten ihre eigenen. Ihrer beider Regeln. Mit Dane hier war es anders. Sie war anders. Sie bebte vor unerfülltem Verlangen. Sie wollte erfahren, was sie sonst niemals erfahren würde. Durch ihn würde sie sich entdecken, ja sie hatte bereits das Gefühl, als würde sie sich nicht mehr wiedererkennen.

Und sie wollte alles wagen, sich auf das Abenteuer einlassen, sich ihrem Verlangen hingeben und all das sein, was sie sich nie gestattet hätte.

Und so ließ sie sich nicht einmal Zeit zum Nachdenken. Plötzlich erschien ihr das Denken überflüssig, hier in dieser Hütte. Hier mit Dane. Denn wenn er sie berührte – wenn er sie küsste! –, verschwanden Zeit und Raum und die Welt im Nichts. Sie empfand so vieles, was sie vorher nie empfunden hatte! Sie war lebendig wie nie zuvor. Frei wie nie zuvor.

Dane hatte sich ebenfalls aufgesetzt. Mit der Fingerspitze fuhr er auf nervenzerreißende Art um den Ansatz ihrer Brustwarze; ein Schauer durchfuhr sie, als er mit den Händen über ihre Brüste strich und mit den Knospen spielte.

»Meine schöne, meine süße Julianna. Du bist vollkommen«, flüsterte er mit tiefer, weicher Stimme.

Der Anblick der sehnigen, maskulinen Hände auf ihren Brüsten tat sein Übriges und wirkte beinahe hypnotisierend.

Plötzlich veränderte er seine Lage. Sie konnte nicht wegschauen, als er sich nach vorn beugte und ihre Knospe in den Mund nahm. Sanft umkreiste er sie mit der Zungenspitze und sog daran wie ein Säugling, der nach Milch verlangte. Ein unerträglich süßes Gefühl ... Benommen stöhnte sie auf und suchte an seinen festen Schultern Halt. Ihr Körper wurde schwach und weich wie Wachs. Sie schmolz dahin, stellte sie benommen fest, innen wie außen.

Er riss sie in die Arme, als sie hinabglitt und presste sie an sich. Die Augen waren weich und feucht, blau wie der sonnenbeschienene Himmel nach einem morgendlichen Regen. Ein Ausdruck, der das Feuer in ihm schürte. Sein Gesicht verzog sich, schmerz- und lustvoll zugleich. Mit zusammengebissenen Zähnen stürzte er sich in den reißenden Wirbel zwischen Himmel und dunklem Höllenschlund. Die Nacktheit des glatten, geschmeidigen Körpers erregte ihn bis an die Grenze des Erträglichen.

Er hätte sie in Frieden lassen sollen. Sie niemals berühren, nur festhalten sollen. Aber wenn es um die bezaubernde Julianna ging, verlor er beinahe seine Selbstbeherrschung – aber nur beinahe.

Er wollte sie. Er begehrte sie so sehr, dass er zitterte. Nicht im Fieber, sondern vor Verlangen. Wie ein unerfahrener Jüngling. Ein Knabe. Brennend schrie sein Körper nach Erfüllung. Besonders der Teil von ihm, den er nicht verbergen konnte, den es qualvoll zu ihr drängte, der nach ihrer zarten Hand verlangte, die sein heißes Fleisch umfasste und es streichelnd erforschte. Erotische Visionen erstanden vor seinem geistigen Auge. Julianna über ihm. Rittlings. Julianna unter ihm mit weit gespreizten Schenkeln, um in aufzunehmen, wenn er in sie drang. Die Vorstellung trieb ihm Schweißperlen auf die Stirn. Der Puls raste im Gleichklang mit seiner pochenden Männlichkeit. Wenn sie ihn jetzt berührte, Allmächtiger, wenn sie ihn jetzt berührte, dann würde er sich sofort ergießen!

Er konnte das drängende Verlangen, das von Körper und Geist Besitz ergriffen hatte, nicht mehr eindämmen. Noch konnte er ihm nachgeben. Das ist ein Grund, sich zurückzuziehen, warnte ihn eine innere Stimme. Er konnte sie nicht haben, auch wenn er alles darum gegeben hätte, tief in sie einzudringen. Tapfer kämpfte er gegen die Versuchung an. Nichts und niemand sollten sie verletzen, auch er nicht. Bei Gott, welche Freuden könnte er ihr bereiten! Freuden, ohne sie zu brechen.

Wie ein Verzweifelter schloss er seinen Mund über ihren Lippen. Der Kuss war wild, beinahe unbeherrscht, aber sie verstand ihn. Begierig öffnete sie die Lippen. Mit einem leichten Stöhnen rieb sie ihre Zunge an der seinen, im lustvollen, herausfordernden Rhythmus. Das Geräusch und ihr williges Entgegenkommen trieben ihn an den Rand der Beherrschung.

Ein Schauder durchfuhr ihn. Die Finger strichen ihr über den Bauch und wanderten unbarmherzig nach unten. Mit angehaltenem Atem verharrte seine Hand besitzergreifend auf ihrem Bauch, während die Fingerspitzen ihr kastanienbraunes Dreieck berührten. Mit kühner Unbeirrbarkeit nahm er von ihr Besitz, um sie zu befriedigen.

Sie fuhr zusammen, als er den ersten, tastenden Versuch unternahm und in ihre fleischige, feuchte Enge eindrang, aber sie wehrte ihn nicht ab. Beim zweiten Versuch erkundete er sie mit unbeirrbarer Genauigkeit. Er suchte den in der Tiefe versteckten kleinen Hügel, der so empfindlich war, dass sie beinahe aufgeschrien hätte.

»Deine süßen, weichen Löckchen«, flüsterte er an ihrem Mundwinkel. »Öffne die Beine, ja, so ist es gut. Öffne dich für mich, mein Lieb, für mich. Oh, Julianna, bezaubernde Julianna. Du bist so feucht und bereit.«

Mit den Fingerspitzen liebkoste und reizte er sie, spielte an der Pforte zu ihrem Leib, wagte sich in den warmen, weichen Tunnel vor, der zu köstlicher Fülle anschwoll. Die Zeichen ihrer Leidenschaft benetzten seine Finger. Ihr bebender Körper ließ ihn die Welt um sich vergessen. Und dann wagte er noch mehr.

Sein Mittelfinger glitt in sie hinein.

Erschrocken öffnete sie den Mund.

»Psst. Nur mein Finger. Weiter nichts.«

Langsam, in kleinen Schüben, drang er tiefer ein. Seine Finger wurden fest umschlossen, während sich ihre Nägel in seine Schulter gruben.

»Noch einer«, flüsterte er.

Und es war geschehen.

Sie schnappte nach Luft. Ein Laut des Begehrens. Sie drängte sich ihm entgegen. Ihr Fleisch war fest. Nass. Ihre Bereitschaft trieb ihn an den Rand der Selbstbeherrschung. Vorsichtig streichelte er sie, ging zu einem gleichmäßigen Rhythmus über und drang tiefer vor. Hoch und tief. Während sein Daumen mit dem zarten Hügel spielte und ihr lustvolle Folterqualen bereitete.

Es war aufwühlend. Sengend. Beinahe erschreckend, als sich ein Sturm in ihr aufbaute, der sich entladen wollte. Er gewann an Heftigkeit, bis sie meinte, innerlich zu zerreißen. Sie merkte, wie sie sich wand und aufbäumte, als ob sie verzweifelt nach etwas suchte. Nur nach was … nach *was*? Gepeinigt riss sie ihren Mund von ihm los.

Sein heißes Geflüster streifte ihre Wange. »Es ist alles gut, Liebes. So soll es sein. Lass es einfach geschehen. Kämpfe nicht dagegen an.«

Es ging nicht. Sie konnte es nicht. Und dann geschah es … Sie schloss die Augen. Ihr Körper zog sich krampfartig zusammen, als die Wogen der Lust über ihr zusammenschlugen.

Benommen öffnete sie die Augen. Sie waren feucht und rauchig. Danes Mund lag in der Mulde zwischen Hals und Schulter. Ein federleichter Kuss landete auf der Knospe ihrer Brüste. Und dann glitt sein Körper ab … Sein Mund hinterließ einen flammenden Pfad quer über ihrem Bauch.

Die Finger wanderten ihre Beine entlang, stellten sie auf, bis ihre Knie nach oben zeigten. Ein warmer Atem strich über das kastanienbraune Vlies. Mit dem Daumen fuhr er über das gekräuselte Haar, das noch feucht war vom lustvollen Spiel seiner Finger.

Ein neues, unbekanntes Gefühl durchströmte sie. Sein Versprechen hallte in ihr wider. *Ich möchte dich berühren ... dich küssen. Dich mit meiner Zunge schmecken. Überall ...* Überall.

Der Verstand setzte aus. Sie riss die Augen auf. Der ganze Körper stand in Flammen.

Oh, nein, dachte sie vage. *Nein.*

»Dane ...«, kam es halb erstickt über ihre Lippen. »Das kannst du nicht ... ich... das kann doch nicht richtig sein!«

Langsam hob er den Kopf und richtete ein dunkles, brennendes Augenpaar auf sie. »Vertraust du mir, Julianna?« Seine Stimme klang sonderbar kehlig.

Das sollte sie nicht, dachte sie verzweifelt. Und doch tat sie es. Ihr Instinkt sagte ihr, dass er kein Mann ohne Prinzipien war. Ohne Moral. Ohne Überzeugung und Verantwortung. Und die Empfindungen, die sie erlebte ... konnten weder falsch noch beschämend sein.

»Du weißt, dass ich dir vertraue«, sagte sie leise.

»Dann lass es geschehen ...« Er drehte den Kopf und küsste die Innenseite eines ihrer schlanken, weißen Schenkels.

Sie atmete flach. »Dane«, wisperte sie hilflos. »Das darfst du nicht. Oh, Gott, das kannst du nicht tun. Nein ... nicht da. Nicht *da.*«

Die Worte gingen in ein Stöhnen über. Die Hände zitterten. Das Herz klopfte heftig und unregelmäßig. Sie konnte es immer noch nicht fassen, dass er ...

Er tat es.

Der Verstand versagte den Dienst. Die Sinne stoben in alle Richtungen davon. Die Kehle schnürte sich zu.

Mit den breiten, mächtigen Schultern schob er die zitternden Beine weit auseinander.

Ein weißglühender Feuerstoß durchfuhr sie bei der ersten intimen Berührung – ein Kuss von ungeheuerer Kühnheit, der ihr den Verstand raubte. Die Schenkel wurden schwach, die Knie fielen zur Seite. Sie lag offen vor ihm da. Sie lieferte sich ihm hilflos aus, seinen Gedanken, seinem Willen.

Seine Zunge liebkoste sie, wanderte in die Spalte unter dem Vlies, bewegte sich auf und ab und schickte heiße Schauer durch ihren Körper. Oh, Gott, sie schmolz dahin. Sie schmolz völlig dahin. Zerging an seinem Mund.

Seine Zunge verursachte ihr erotische Wonnen. Ein göttlich sinnliches Werkzeug. Es zog sich zurück, drang vor, umkreiste gekonnt die empfindliche Mitte des Hügels und bereitete ihr ungeahnte Lust.

Keuchend stieß sie den Atem aus. Mit leidenschaftlicher Wildheit hob sie ihm die Hüften entgegen.

»Bitte«, stöhnte sie. »Oh, bitte.« Sie flehte, versuchte die unbeschreibliche Lust auszudehnen. Sie war nahe daran. Quälend nahe.

Ihre atemlosen Schreie brachten auch Dane an den Rand des Erträglichen. Er kostete jeden Atemstoß aus, jedes verzweifeltes Aufstöhnen. Halb um den Verstand gebracht, legte er seine Zunge voll auf die Spalte und das geschwollene Innere. Dann kam es, alles, was er gesucht hatte … alles, was sie gewünscht hatte. Ein Laut, halb Aufschluchzen, halb Stöhnen, dann in reinster Glückseligkeit, entrang sich ihrer Kehle.

Ihre Erfüllung riss ihn mit. Er barg den Kopf an ihr und erlebte bebend seine Erlösung.

Zwölftes Kapitel

Julianna zitterte immer noch, als er den Arm um sie legte und sie beide zudeckte. Lange, gesegnete Momente verstrichen, bevor sie zu sprechen in der Lage war.

»Mein Gott«, sagte sie schwach. »Das war sehr … sehr …«

Er drehte sich zu ihr und lachte tief und kehlig, als er den Kopf auf einen Ellbogen stützte. »Es war sehr … nun, was?«

Lebhafte Bilder zogen an ihr vorbei. Die Hand auf ihrem Bauch, sehnig und dunkel. Sie glitt über ihre Schenkel. Sie öffnete sie. Für seine Finger. Seinen Mund.

Später würde sie sich fragen, woher sie den Mut genommen hatte. Jetzt brauchte sie jedes Quäntchen davon. »Danc« – ihre Stimme war nur noch ein leiser Hauch –, »warum hast du …« Ihre Blicke wichen ihm aus. Sie zögerte.

»Was? Raus damit, Liebes.«

»Oh!«, rief sie, hob den Kopf und blickte ihn an. »Du hast nicht … *wir* haben nicht …«

Er spielte mit einer kastanienbraunen Locke auf ihrer Brust. »Dein ständiges Erröten wird allmählich interessant.«

Was für eine himmelschreiende Unverschämtheit! Aber im Augenblick war ihr die Antwort wichtiger. »Dane! Du weißt sehr gut, was ich meine!«

Seine Brauen hoben sich. Er ließ ein glucksendes Lachen hören. »Nach dem, was sich soeben zwischen uns abgespielt hat«, erklärte er beinahe gelassen, »dürftest du keine Hemmungen haben, darüber zu sprechen.«

»Also schön! Warum hast du nicht mit mir geschlafen?«

Das Lächeln verschwand. Er blickte sie lange und eindringlich an. »Oh, das habe ich doch«, sagte er ruhig. Er neigte den Kopf zur Seite. »Bei einem Mann und einer Frau gibt es mehrere Möglichkeiten, sich zu lieben, Kleines.«

»Ja, ja, aber ...«

»Ah.« Er nickte wissend. »Du hast die Güte, mir mitzuteilen, dass du weißt, wie und warum und *wo* sich all die wichtigen männlichen und weiblichen Körperteile verbinden sollten, hm?«

»Ja. Genau das! Und mir ist bewusst, dass ...«

Er warf ihr einen abwägenden Blick zu. »Hat es dir nicht gefallen?«

Ihre Wangen wurden flammend rot. »Das weißt du ganz genau«, brachte sie mühsam hervor. »Aber was ist mit dir? Du hast keine ... Erfüllung gefunden.«

Er hob eine Braue. »Meinst du?«, murmelte er.

Sie riss die Augen auf und versteckte das Gesicht an seiner Schulter. Julianna begriff, dass das, was er getan hatte, in gewisser Weise intimer gewesen war, als wenn er in ihr gewesen wäre. Und doch ...

»Dane«, fuhr sie mit halb erstickter Stimme fort, »ich

dachte, du würdest mich auf die ... auf die herkömmliche Weise lieben.«

Ein Lächeln erhellte seine Augen. »Auf herkömmliche Weise?«, wiederholte er belustigt. »Du lieber Himmel, du hast noch viel zu lernen.«

»Mach dich nicht über mich lustig! Du hast nicht ... und du hättest ...« Ihre Verlegenheit wuchs. »... Du hättest gekonnt, und ich weiß, dass du dir dessen bewusst warst!«

Seine Augenlider zuckten. Er legte die Finger auf ihre erhitzten Wangen. »Ich wollte es. Ich wollte es um mehr als alles auf der Welt.« Voller Reue blickte er an sich herunter. »Der Beweis dafür war offensichtlich. Gott weiß, dass ich es nicht verbergen konnte, oder?« Er fuhr die Linie ihres Kinns entlang. »Du hast mich in Versuchung geführt, Julianna. Du hast mich über die Grenzen des Erträglichen versucht. Du versuchst mich immer noch.«

Sie war völlig verwirrt. »Warum hast du dann ...«

Mit dem Daumen und Zeigefinger drehte er ihr Gesicht zu sich. Sein Ausdruck war ernst. »Hör mir zu, Liebes. Ich habe dich gern. Ich habe dich lieber, als es für uns beide gut ist. Und aus diesem Grunde werde ich mir nicht nehmen, was deinem Ehemann zustehen würde.«

Sie blickte ihn erstaunt an. »Was?«

»Du verstehst mich nicht?«

Ihre Blicke ließen nicht von ihm ab. Sie schüttelte den Kopf.

Leise fuhr er fort: »Du, meine bezaubernde Julianna, bist die geborene Lady. Und ich bin nicht skrupellos. Deine Jungfräulichkeit steht mir nicht zu. Und so sehr ich auch in Versuchung gerate, so sehr dich mein Körper begehrt, so selbstsüchtig bin ich nicht, um mir das zu nehmen.« Er schwieg einen Augenblick. »Du solltest deine Jungfräulichkeit in der Hochzeitsnacht schenken … dem Mann, der dein Ehemann wird.«

Julianna hielt den Atem an. Sie wandte sich absichtlich von ihm ab. »Du bist es, der nicht versteht.« Sie sprach nicht weiter und versuchte den plötzlichen Stich in ihrem Herzen zu ignorieren. »Ich werde niemals heiraten. Niemals.«

Dane machte ein abwehrendes Geräusch. »Natürlich wirst du das …«

»Nein«, sagte sie tonlos. »Bestimmt nicht.«

Er blickte sie aus schmalen Augenschlitzen an. »Du bildest dir etwas ein. Du bist jung. Warum zum Teufel solltest du an so etwas glauben? Geschweige denn es aussprechen?«

Ein Lächeln huschte über ihre Lippen, doch schien es von tiefer Traurigkeit zu sein.

»Bald bin ich achtundzwanzig. In den Augen der Gesellschaft bin ich so etwas wie ein Ladenhüter. Ich habe mich damit abgefunden, nie zu heiraten. Keine Kinder zu bekommen.«

»Julianna«, wollte er sie schelten.

Sie unterbrach ihn. »Nicht aus einer Laune heraus, sondern aus freien Stücken.« Ihre Blicke schweiften ins Leere.

Dane glaubte ihr nicht. Bevor sie ihr Gesicht abwandte, verrieten sie ihre Augen.

»In Wirklichkeit willst du das nicht«, sagte er prompt.

»Ich tue das, was sein muss.«

Er zog die Stirn in Falten und sah verwundert zu, wie sie die Bettdecke bis über die Schultern zog. Warum war sie so hart mit sich?, fragte er sich. So überzeugt? Welcher verrückte Gedanke treibt sie dazu, das Leben einer alleinstehenden Frau zu wählen?

Sie konnte gerade bis zu seinem Kinn schauen. »Erinnerst du dich, als du mich fragtest, warum ich nicht verheiratet bin?«

Er nickte.

Als sie endlich weitersprach, war ihre Stimme so leise, dass er sie nur mit Mühe verstehen konnte. »Ich war es beinahe – vor langer Zeit.«

»Wann?«

»Vor vier Jahren.«

»Du hast die Verlobung aufgelöst?«

Ein Ausdruck, den man als schmerzlich bezeichnen könnte, flog über ihr Gesicht. »Nein«, sagte sie mit seltsam leerer Stimme. »Das hat er getan. Oder genauer gesagt, er ist nicht erschienen.«

Dane schaute sie prüfend an. »Wie bitte?«

Sie zuckte mit den Schultern. Der Versuch eines Lächelns misslang ihr kläglich. Er spürte, wie sehr sie darunter litt und nahm ihre Hand, die sich bleich und zart in die seine fügte. »Was ist geschehen?«

»Ich hatte Thomas fast drei Jahre lang gekannt. Er hatte mich mehrmals gebeten, ihn zu heiraten, aber ich wollte noch warten. Nach der gescheiterten Ehe meiner Eltern wollte ich, dass wir beide sicher waren, das Richtige zu tun. Mir war es sehr ernst damit. Ich wollte, dass alles vollkommen war. Es war immer mein Traum gewesen, in St.George am Hanover Square zu heiraten. Und auf dem Weg zur Kirche hüpfte mein

Herz vor Freude. Es war der glücklichste Tag meines Lebens, Dane, und ich war so überzeugt, dass dies erst der Anfang sei … Das Letzte, womit ich gerechnet hatte, war, dass Thomas nicht erschien. Aber ich wartete und wartete. Die Hochzeitsgäste drehten sich langsam einer nach dem anderen um und tuschelten …«

Danes Herz flog ihr zu, als er merkte, wie sehr sie unter der Erinnerung litt.

»Ich zweifelte immer noch nicht an Thomas. Ich war überzeugt, ein Unfall hätte ihn aufgehalten. Aber als dann sein Bruder kam, erfuhr ich die Wahrheit. Thomas war mit einer anderen Frau nach Gretna Green durchgebrannt. Am Abend davor, mit Clarice Grey.«

Dane stieß eine wütende Bemerkung aus. »Ein Schwindler!«

Julianna schüttelte den Kopf. »Er ist ein guter Mensch. Ehrlich. Er ist herzlich und mitfühlend. Vielleicht fiel es mir deswegen schwerer, ihn zu verstehen, sein Tun zu akzeptieren. Als sie zurückkehrten, besuchte mich Thomas, um mir alles zu erklären. Clarice war am Vortag zu ihm gekommen. Sie war schwanger von ihm, verstehst du. Sie kannten sich von Kindheit an. Es war ein Augenblick der Schwäche, sagte er, bei beiden. Er konnte sie nicht im Stich lassen, und so brannten sie durch. Wir … wir haben beide geweint, Dane, weil er wusste, wie weh er mir getan hatte. Ich kam mir wie eine Närrin vor, die ihm geglaubt, ihm vertraut hatte. Ich dachte, ich würde ihn so gut kennen. Aber dann hatte ich das Gefühl, als sei er ein Fremder für mich.

Ich war so beschämt. Es war alles so peinlich. Ich hasste das Geflüster, die verstohlenen Blicke, die mir folgten, wo auch immer ich auftauchte. Mir kam vor, als wüsste ganz London Bescheid. Ich wollte mich vor der Welt verstecken und floh auf den Kontinent. Ich blieb Monate fort. Ich war so feige …«

»Du bist kein Feigling, Julianna. Ich glaube, die meisten Frauen wären nicht so nachgiebig gewesen.«

»Das Vergeben war einfach. Das Verstehen nicht. Immer wieder habe ich nach einem Grund gesucht … Vielleicht habe ich zu lange gewartet. Vielleicht hätte ich gleich in die Ehe einwilligen sollen. Vielleicht wurde er ungeduldig. Vielleicht war ich nicht hübsch genug.«

Dane gab einen ärgerlichen Ton von sich. »Das ist doch Unsinn! Eigentlich solltest du ihn hassen, aber das tust du nicht, oder?«

»Eine Zeit lang, ja«, räumte sie ein. »Aber Clarice war … *ist* die Mutter seines Kindes. Es war richtig von ihm, sie zu heiraten. Er war ihnen verpflichtet. War für sie verantwortlich. Er hat sich ehrenhaft verhalten. Ich respektiere seine Entscheidung mehr, als wenn er mich in dem Wissen geheiratet hätte, dass eine andere Frau ein Kind von ihm erwartete.«

Das sagte sie so großmütig dahin. Aber Dane traute ihr nicht so recht und spürte die tiefe Wunde, die noch nicht verheilt war.

»Du trauerst ihm nicht nach? Wünschst du dir nicht, dass ihr beide geheiratet hättet?« Er wusste nicht, warum ihm das so wichtig war.

Sie zögerte und wich seinem Blick aus.

Ein sonderbares Gefühl ergriff ihn. »Du liebst ihn noch, nicht wahr? Du liebst Thomas noch?«

Sie blickte ihm wieder in die Augen. Die Lippen öffneten sich. »Nein. *Nein!* Aber mir fehlt, was ich niemals haben werde. Ich hätte ihn niemals heiraten können, wenn ich wusste, dass er mich betrog und ich hätte ihn niemals heiraten können, wenn ich wusste, dass er Clarice verlassen hatte. Ich könnte nicht mit einem Mann leben, der mich belogen hat. Dann bleibe ich lieber allein.«

Er ließ nicht locker. »Und was dann? Was denkst du dir dabei?«

Sie holte tief Luft. »Ein Jahr später«, vertraute sie ihm mit leiser Stimme an, »ging ich im Park spazieren. Thomas und Clarice waren da. Zum ersten Mal sah ich sein Kind. Es ist ein Junge. Und ich nahm ihn auf den Arm, sein Kind … *ihr* Kind. Ich …«, ihre Stimme brach kurz ab, »ich hätte es nicht tun sollen.«

Er spielte mit ihren Fingerspitzen. »Wieso nicht?«, fragte er leise.

Sie schloss die Augen. Als sie ihn wieder anblickte, glänzten sie dunkel und feucht. »Ich hatte nicht damit gerechnet, dass es so schmerzen würde. Es war furchtbar, Dane. Es tat so weh, dass ich am liebsten laut geschrien hätte. Ich werde niemals vergessen, wie ich den Kleinen in meinen Armen hielt. Aber eines ging mir dabei durch den Kopf.«

Er konnte ihren Schmerz beinahe körperlich fühlen. »Sag es mir, Liebes.«

»Dass es mein Kind hätte sein können. Dass es eigentlich mein Kind war. Aber dass ich Thomas nicht wollte.« Tränen traten ihr in die schönen blauen Augen. »Ich hatte nur das Gefühl, dass meine Arme so leer waren, dass sie immer leer sein würden.«

»Du bist eine wunderschöne Frau, Julianna. Es ist nicht zu spät. Du kannst immer noch Kinder bekommen …«

»Nein. *Nein.* Ich heirate nicht, wenn ich nicht geliebt werde, und ich heirate nur einen Mann, den ich liebe! Ich … ich bin zufrieden mit meinem Leben. Ich habe meine Familie, wenn ich Anschluss brauche. Ich habe mein Zuhause in London und ein nettes Häuschen auf dem Lande. Mein Auskommen ist gesichert. Eine Frau braucht keinen Ehemann, um glücklich zu sein. Und ich möchte nicht ein Kind haben, nur um nicht kinderlos zu sein. Ich verzichte lieber auf Kinder, bevor ich einen Mann heirate, dem ich nicht vertrauen kann. Und ich bin nicht sicher, ob ich überhaupt jemals wieder einem Mann vertrauen könnte! Ein Ehemann sollte treu und aufrichtig sein. Aber wie soll ich das wissen? Wie?«

Die letzten Worte klangen mehr wie ein Angstschrei.

Dann fiel es ihm wie Schuppen von den Augen. Sie sagte, sie sei mit ihrem Leben zufrieden. Aber war sie das? Er bewunderte ihre Kraft, ihre Selbstständigkeit, ihren Mut und vor allem, wie sie weitergelebt hatte, trotz der Schande und des Verlustes. Aber sie verweigerte sich der Liebe. Diese Erfahrung hatte ihr Vertrauen in die Welt erschüttert, den Glauben an sich selbst, ob es ihr bewusst war oder nicht.

Und er hatte Recht behalten. Die bezaubernde, süße Julianna, deren Reinheit und Liebenswürdigkeit ihn innerlich plagten. Sie machte einen hilflosen, unglücklichen Eindruck. Sie war dazu bestimmt, einen Mann und Kinder zu haben, sich über die Kleinen zu freuen, wenn sie ihr auf den Schoß kletterten oder zu ihren Füßen herumtollten. Mein Gott, er sah es beinahe bildlich vor sich! Sie hatte so viel zu geben und doch hatte sie sich ausgeklammert.

Jeder Mann würde sich glücklich schätzen, sie zur Frau zu haben, stellte er plötzlich fest. Sie war standhaft und zuverlässig, heiter und bestimmend, von Natur aus liebevoll und großzügig.

Ich weiß nicht, ob ich je wieder einem Mann vertrauen kann, sagte sie.

Aber ihm hatte sie vertraut. Sie hatte *ihm* vertraut.

Ein jäher Besitzerinstinkt packte ihn. Doch sofort hatte er das Gefühl, als schnüre ihm jemand die Kehle zu. Er konnte weder atmen noch einen Gedanken fassen. Eine unerwünschte Stimme wurde in seinem Inneren laut. Sie würde ihm nicht vertrauen, wenn sie erfuhr, dass auch er sie getäuscht hatte.

Er schloss die Arme um sie und drückte sie an seine Brust. Mit einem kehligen, kleinen Seufzer zog sie den Kopf ein und schmiegte das Gesicht an ihn. Danes Lippen streiften die kastanienbraunen Locken. Zärtlich strich er mit der Hand ihren Rücken entlang und starrte vor sich hin, während die Schatten langsam über die Holzbalken der Decke krochen.

Juliannas Körper wurde schlaff, und Dane zog sie näher an sich. Ein bitteres Gefühl beschlich ihn. Er hätte sie niemals berühren dürfen, hätte ihr widerstehen müssen! Er hatte sich völlig falsch verhalten. Er hätte es niemals wagen sollen, sich in sie zu verlieben.

Aber es war bereits zu spät.

Als Julianna am nächsten Morgen erwachte, war Dane bereits aufgestanden und saß vollkommen angekleidet am Tisch. Bei seinem Anblick bekam sie ein flaues Gefühl im Magen. Die aufgekrempelten Ärmel entblößten die dunkel behaarten Unterarme. Juliannas Kehle war trocken geworden und sie schluckte mehrmals, als ihre Augen über seinen kräftigen, braunen Nacken wanderten.

Mein Gott, was war er für ein gutaussehender Mann! Ein paar Sonnenstrahlen tanzten um sein Profil. Er war frisch rasiert, aber sie musste an das angenehm raue Kinn und die stoppeligen Wangen denken, die über ihren Bauch gestrichen waren. Der Gedanke daran schickte flammende Hitze durch ihren Körper und erinnerte sie daran, dass sie nackt war.

Wahrscheinlich hatte er ihren Blick gespürt, denn er schaute auf und lächelte sie so verschmitzt an, dass ihr Herz einen Sprung machte. »Guten Morgen«, sagte er freundlich.

»Guten Morgen.«

Ihre Blicke kreuzten sich und ließen einander nicht los. Schließlich gelang es Julianna wegzuschauen. Sie hob ihre am Boden liegende Unterwäsche auf. Mit geröteten Wangen drehte sie ihm den Rücken zu und schlüpfte in ihre Kleidungsstücke Im Hinblick auf ihre freizügigen Intimitäten war jede Scheu fehl am Platz. Aber sie genierte sich. Sie stand vom Bett auf und warf sich ebenso hastig das Kleid über. Dann bürstete sie ihr Haar.

Als sie sich umwandte, begegnete sie seinem Blick, der nachdenklich auf ihr ruhte. Worüber mochte er nachdenken, rätselte sie. Sie hatte keine Ahnung. Er blickte sie lange eindringlich an, dass sie sich allmählich unbehaglich fühlte; ihr fiel auf, dass er ungewöhnlich ernst war.

Sie legte eine Hand auf die Brust. »Warum siehst du mich so an?«

Er sagte nichts.

»Dane?« Sie schaute ihn fragend an.

Was war der Grund? Seine Augen blickten traurig, vielleicht sogar resigniert.

Er schob den Stuhl geräuschvoll vom Tisch und kam auf sie zu. Die Augen senkten sich, blickten auf ihren Mund und die Geschehnisse der Nacht durchströmten sie.

Nur mit Mühe beruhigte sie den rasenden Puls. »Du bist zeitig aufgestanden. Was hast du gemacht?«, fragte sie neugierig und schaute über seine Schulter zum Tisch. Ein Haufen Tücher lag darauf und obenauf ein metallener Stab.

Ihr Lächeln gefror.

Er hatte seine Pistolen gereinigt; sie lagen neben den Putzlumpen.

Er beugte sich zu ihr und küsste sie leicht auf den Mund. »Nichts, was dich beunruhigen sollte, Liebes.«

Er hatte gesehen, worauf ihr Blick gerichtet war. Mit einer schnellen Bewegung war er beim Tisch und hatte, bevor sie wegsehen konnte, die Waffen in einem ledernen Beutel verstaut.

Ein unheimliches Gefühl ergriff sie. Sie fröstelte plötzlich.

Die Lippen öffneten sich. Wie ein eisiger Windhauch durchfuhr sie die Erkenntnis: »Du bist heute Nacht unterwegs?«

Er zog die Schultern in die Höhe. Sein Körper spannte sich.

»Stimmt es? Die Elster reitet wieder?«

Er sagte nichts.

Sie lachte gekünstelt. »Ich muss zugeben, eine lächerliche Frage.« Mit einer ausholenden Handbewegung wies sie auf die prallen Säcke, die immer noch in einer Ecke der Hütte standen. »Sicherlich hast du noch mehr davon versteckt. Reicht es dir immer noch nicht?«

Seine Augenlider zuckten, aber der Gesichtsausdruck blieb ungerührt und er schwieg beharrlich.

»Muss ich meine Frage wiederholen, Sir?«

Langsam hob sich eine Braue. Der Mund verzog sich zu einem spöttischen Lächeln. »Sir? Ich bitte dich! Schließlich sind wir beide über diese Nettigkeiten hinaus, mein Liebes.«

Julianna brauste auf. Diese Aussage gefiel ihr nicht. »Du weichst meiner Frage aus, Dane!«

»Also schön. Wie es scheint, ist es noch nicht genug.« Sein Ton war kühl und gelassen, als er fortfuhr. »Kann ein Mann jemals reich genug sein?«

Er war die Ruhe selbst. Über seinen Mund fuhr ein kaum wahrnehmbares Lächeln. Plötzlich packte sie die Wut. »Warum stiehlst du, Dane? Warum? Aus Habsucht?«

Beinahe schelmisch antwortete er: »Und wenn ich dir sage, dass ich es aus Not tue?«

Er blickte sie wie ein völlig gewissenloser Mensch an. Oh, aber das passte doch nicht! Wie war es möglich, dass sie ihn so falsch eingeschätzt hatte! Hatte sie ihr Verlangen ihm gegenüber blind gemacht?

»Mach mir nichts vor!«, schrie sie aufgebracht.

Wieder huschte ein Schatten über sein Gesicht. »Es ist wie bei der Jagd«, sagte er plötzlich. »Der Kitzel. Die Aufregung. Das Schicksal herauszufordern. Sich dem Unberechenbaren zu stellen und zu siegen …«

»Es ist gefährlich!«

In den blauen Augen blitzte es auf. Jetzt lachte er auch noch, dieser Schurke! »Nur wenn ich gefasst werde.«

»Es ist ein Spiel.« Julianna wurde übel. Sie schüttelte den Kopf und sah ihn an. »Dane«, sagte sie mit bebender Stimme, »würdest du aufhören, wenn ich dich darum bäte?«

Sein Lächeln erlosch. »Wie bitte?«

»Wärst du bereit, deine Raubzüge aufzugeben? Kein Wegelagerer zu sein …« Sie fuhr sich mit der Zunge über die Lippen und fürchtete, den Gedanken auszusprechen. »… meinetwegen?«

Sie hielt den Atem an, wie ihr schien für eine Ewigkeit. Ein Schatten des Bedauerns huschte über sein Gesicht, aber dann hörte sie seine Antwort.

»Du weißt nicht, was du verlangst.«

»Doch. Du kannst dich ändern, Dane. Du bist ein anständiger Mensch. Das weiß ich, das fühle ich.«

Aber jetzt legte sich ihr ein stählernes Band um die Brust. »Macht es dir nichts aus, dass du dabei zu Tode kommen könntest?«, fragte sie flüsternd.

Plötzlich stand er vor ihr, so nahe, dass sie seinen warmen Atem spürte. »Würde es dir etwas ausmachen?«

»Ja. *Ja!*« Heiße Tränen rannen ihr über die Wangen.

»Verlange es nicht von mir.« Sein Ton war abweisend. »Es gibt Dinge, die du nicht weißt …«

»Dann sage es mir.«

»Julianna, unter anderen Umständen. Zu einem anderen Zeitpunkt, an einem anderen Ort … und wenn ich nicht die Elster wäre …«

»Aber du bist es«, flüsterte sie.

Wie sehr wünschte er sich, es nicht zu sein! Wie in zwei Hälften geteilt, blickte Dane sie an. Der Plan war in Angriff genommen. Er konnte nicht aufhören.

»Bitte, Dane. Geh nicht zurück. Tu es nicht. Hör auf. Bitte hör auf!«

Seine Kinnmuskeln spannten sich. »Ich kann es nicht, Julianna. *Es geht nicht.* Ich kann nicht haben, was ich will. Nicht jetzt. Ich kann nicht ändern, was ich bin ...«

»Aber du kannst das, was du jetzt tust, ändern. Aber du willst es nicht.«

Sein Schweigen wurde unerträglich.

Julianna gab einen erstickten Schrei von sich.

Er legte ihr seine Hände auf die Schultern, als sie an ihm vorbei wollte. »Nicht!« Ihre Stimme war scharf. »Bitte, fass mich nicht an!«

Sein Mund verzog sich. »Willst du wieder auf mich schießen, wenn ich gehe?«

Sie schnappte nach Luft. Dass er das erwähnen konnte, traf sie mitten ins Herz. »Oh!«, schrie sie. »Wie kannst du so grausam sein, Dane, und du weißt es!«

Eine Ewigkeit lang ließen sie sich nicht aus den Augen. Trotzig hielt sie den Kopf hoch. Sie hoffte, ihre Stimme würde den Schmerz nicht verraten. »Ich möchte gehen«, sagte sie leise.

Seine Augen funkelten, als er sie fester bei der Schulter packte. »Julianna ...«

»Es ist Zeit. Wir beide wissen es. Du bist wiederhergestellt. Meine Anwesenheit ist nicht mehr erforderlich.«

Seine Hände sanken herab. Er sagte durch die fast

geschlossenen Lippen: »Pack deine Sachen zusammen!«

Eine Stunde später hatten sie den Wald verlassen und folgten dem Pfad längs eines Flusslaufes. Während sie vor ihm auf Parzivals Rücken saß, waren ihre Nerven zum Zerreißen gespannt. Sie spürte seinen muskulösen Arm, den er ihr um die Hüfte gelegt hatte. Er hatte wenig zu sagen, und Julianna wusste nicht, *was* sie sagen sollte. Verzweifelt sehnte sie sich nach der Nähe und Kameradschaft der letzten Tage.

Als sie an einem Efeu bewachsenen Tor vorbeiritten, das den Eingang zu einem kleinen Anwesen sicherte, blickte Julianna zurück auf die mit Säulen geschmückte Backsteinfassade des Hauses am Ende der Auffahrt. Ein breiter, anmutiger Portikus befand sich vor den schweren Doppeltüren. Inmitten der kreisförmigen Auffahrt glitzerte das Wasser eines kleinen Teichs in der Sonne. Rabatten mit goldgelben Narzissen umrandeten ihn.

Endlich hatte Julianna einen Grund gefunden, das lähmende Schweigen zwischen ihnen zu brechen. »Wie schön«, wagte sie zu sagen. »Ich würde gern wissen, wer hier wohnt.«

»Keine Ahnung.« Danes Antwort war knapp.

Der Unterton seiner Stimme ließ sie aufhorchen. Weitere Fragen lagen ihr auf der Zunge, aber der strenge Zug um seinen Mund riet ihr zu schweigen.

Parzivals Hufe klapperten über eine Brücke. Eine Reihe von kleinen Häusern säumte den Weg zu einem Gasthof. Ein buntes, blühendes Durcheinander von Blumen quoll aus den Kästen unter den Fenstern und passte so gar nicht zu ihrer gedrückten Stimmung.

Dane ließ Parzival anhalten und half ihr beim Absitzen. Der Hof war leer bis auf einen langbeinigen Hund, der ihnen entgegensprang, als er sie schwungvoll herunterhob. Unwillkürlich wich Julianna ängstlich zurück. Der Griff um ihre Hüfte wurde eine Spur fester.

»Keine Angst. Er tut dir nichts.«

»Danke«, sagte sie hastig und wäre in der Eile, von ihm freizukommen, beinahe gestürzt. Sie bückte sich und tätschelte das Tier am Kopf. Er beschnüffelte ihre Röcke. Zweifellos roch er Maximilian. Maximilian ... oh, er fehlte ihr bereits!

Sie sah nicht, dass sich Danes Gesicht verdüsterte. Er stellte ihren Koffer neben sie. »Ich besorge dir eine Fahrkarte.«

Julianna blickte auf, als er wieder zurückkam. »Es dauert nicht lange. Pünktlich wie ein Uhrwerk hat man mir gesagt.«

Das Herz wurde ihr plötzlich schwer. »Du brauchst nicht zu warten.« Wie durch ein Wunder blieb ihre Stimme gelassen.

»Unsinn. Ich warte, bis du einsteigst.«

»Und wenn dich jemand erkennt?«

Die Andeutung eines Lächelns lag auf seinen Lippen. »Ich trage eine Maske. Schon vergessen?«

»Ich möchte nicht, dass du hier wartest«, sagte sie steif.

Das Lächeln verschwand. Die Luft war plötzlich wie elektrisch aufgeladen.

Er senkte den Kopf und blickte sie durchdringend an. »Wie du möchtest.«

Ihm so nahe gegenüberzustehen war die reinste Marter. Ihr war, als erdrücke sie ein schwerer Mahlstein. Sie wollte die Arme um ihn schlingen, ihn niemals gehen lassen. Nicht in dieser Welt. Nicht in diesem Leben.

Ihre Empfindungen verrieten sie. Ihr Herz verriet sie. Das Schicksal hatte sie zusammengeführt. Aber noch etwas anderes hieß sie bleiben. So sehr sie an ihrer Familie hing, sie fühlte sich Dane näher als irgendeinem anderen Menschen auf der Welt. Es war nicht nur die körperliche Intimität. Es war mehr. So viel mehr. Die köstlichen Tage, die sie gemeinsam verbracht hatten, allein in der Hütte, ließen das Leben so einfach erscheinen.

Bis jetzt hatte sie nach außen hin ein sorgenfreies, vergnügtes Leben geführt. Aber im Inneren war es leer. Etwas hatte in ihrem Leben gefehlt, und jetzt wusste sie, was es war … er. Dieser Mann. Nur widerstrebend wollte sie in dieses eintönige, freudlose Dasein zurückkehren. Aber er ließ ihr keine Wahl.

Mit ihm konnte sie wohl kaum ein Leben in Gesetzlosigkeit beginnen. Sie konnte nicht aus ihrer Haut … und er auch nicht.

Wenn sie nur bleiben könnte. Wenn er sie nur aufhalten würde …

Die Situation war unmöglich.

Das Schweigen wurde plötzlich unerträglich. Sie zwang sich zur Gleichgültigkeit. Es war die einzige Möglichkeit, ihn mit Gelassenheit anzusehen.

Oh, Gott! Warum blieb er noch? Warum ging er nicht?

Er blickte sie weiterhin eindringlich an. »Julianna«,

sagte er. »Du darfst nicht über unsere Begegnung sprechen. Du darfst niemandem sagen, was geschehen ist. Wo ich bin. Wenn du das tust …« Der Rest blieb ungesagt.

Das war also der Grund … Sie war betäubt und wich seinem Blick aus. »Niemand wird etwas erfahren«, versprach sie kaum hörbar.

Er blieb regungslos wie eine Statue stehen.

Sie schluckte schwer. »Bitte, geh jetzt.«

»Ohne Abschied zu nehmen?«

Er trat an sie heran. In ihrer Kehle saß ein dicker Kloß und sie drohte in Tränen auszubrechen. Verwirrt blickte sie weg.

»Julianna«, sagte er.

Dann blitzte sie ihn an. »Geh!«, schrie sie unbeherrscht. »Geh jetzt und lass mich in Frieden!«

Sie hätte schwören können, das Zusammenklappen seiner Kiefer gehört zu haben. Mit einem gemurmelten Fluch machte er auf dem Absatz kehrt und marschierte zu Parzival.

Mutlos ließ sie den Kopf hängen und wartete auf das Stakkato der Hufschläge.

Stattdessen vernahm sie das Echo von Stiefelabsätzen auf dem Kopfsteinpflaster. Es kam immer näher.

Sie riss die Augen weit auf. Ihr blieb keine Möglichkeit, sich zu widersetzen, etwas zu unternehmen. Sie konnte nur noch einen schwachen, erstickten Laut von sich geben. Kräftige Arme schlangen sich ihr um den Rücken und dann wurde sie eng an seinen Körper gepresst.

Sein Mund senkte sich herab. Er küsste sie ungestüm – feurig und wild! – und hob sie hoch. Julianna hing an ihm und konnte nichts anderes tun, als sich an ihm festzuhalten.

Der Puls schlug immer noch wild an Schläfen und Hals, als er fortritt.

Und da wusste sie es. Sie wusste, was für eine Närrin sie war! Sie glaubte fast, sie hätte sich in einen Helden verliebt … aber es war ein Wegelagerer!

Dreizehntes Kapitel

Es regnete, besser gesagt, es nieselte, wie es für den Londoner Frühling so typisch war. Dichte, graue Nebelschwaden hüllten die Schornsteine ein. Ein plötzlicher Windstoß trieb einen Schwall Regentropfen klatschend gegen die Fensterscheiben.

Julianna saß im Salon ihres Londoner Stadthauses. Normalerweise machte sie es sich an solchen Tagen im Sessel bequem und schaute in das lodernde Kaminfeuer, neben sich eine dampfende Tasse Tee ihrer Lieblingsmischung. Der Raum war gemütlich, doch von erlesener Eleganz. Beim Einrichten hatte sie sich große Mühe gegeben. Wochenlang war sie durch die Läden gestreift, um die passenden Stücke zu finden. Die Holztäfelung und Türrahmen waren elfenbeinweiß gestrichen, die Wände mit blauem Damast bespannt. Ein goldfarben gerahmter Spiegel hing über der seidenbezogenen Couch. Aber heute stand der Tee kalt und unberührt neben ihr. Das regnerische Wetter spiegelte ihre Stimmung wider.

Vielleicht sollte sie umräumen. Neu streichen lassen. Irgendetwas, das sie von Dane ablenkte.

Vor zwei Wochen hatte sie ihn verlassen. Sie wollte ihm weder nachtrauern und noch daran denken, wie eine gemeinsame Zukunft ausgesehen hätte.

Es war sinnlos.

Sie hatte die unterbrochene Reise nach Bath fortgesetzt. Ihr Eintreffen in ihrem Haus kam unerwartet. Sie war dankbar, dass ihre Zofe Peggy in London geblieben war. Die Vorfreude auf Landleben und Landluft war ihr vergangen, wie auch auf einen ausgedehnten Aufenthalt in Bath. Von Unruhe getrieben, kehrte sie nach London zurück.

Nach ihrer Rückkehr beschäftigte sie sich mit den üblichen alltäglichen Aufgaben und gesellschaftlichen Verpflichtungen. Die Nächte aber, die sie allein in ihrem Bett verbrachte, waren entsetzlich.

Nachdem er in ihr Leben getreten war, hatte sich die Welt verändert. Etwas wurde zum Leben erweckt, das lange geschlafen hatte. All ihre Hoffnungen und Träume waren an dem Tag verflogen, an dem Thomas sie verlassen hatte.

Warum hatte er sie geküsst? Sie berührt? Ihr wohl gehütetes Herz auseinandergerissen? Ihre Hoffnungen und Pläne zunichte gemacht? Nie mehr wollte sie ihr Herz an einem Mann verlieren und sie hatte es seitdem verschlossen. Durch die Zeit mit Dane aber hatte sie wieder neuen Mut bekommen. Jahrelang hatte sie sich eingeredet, sie sei glücklich. Bisher war sie der Meinung gewesen, die gewonnene Selbsterkenntnis hätte ihr gezeigt, was sie wollte und brauchte, und dass es möglich war, das eine ohne das andere zu haben.

Aber jetzt quälte sie der Zweifel, ob sie jemals wieder glücklich sein könnte. Wie sollte sie auch? Jedenfalls nicht jetzt. Nicht nach dem Erlebten, nicht nach Dane. Damals, nach Thomas' Hochzeit mit Clarice, hatte es nicht so geschmerzt wie nun. Ihr war jetzt, als hätte man ein Stück aus ihrem Herzen gerissen.

Plötzliche Geräusche an der Haustür rissen sie aus ihren Gedanken. Sie ging zur Eingangsdiele. Der Boden hier war schachbrettartig, mit polierten schwarzen und weißen Quadraten. Sie sah, wie ihre Brüder die Regentropfen abschüttelten und hereinstapften. Mrs MacArthur, die Haushälterin, die seit mehr als drei Jahren bei ihr beschäftigt war, hielt ihnen die Tür auf.

»Jules!«, rief Justin ihr zu. »Wir sind auf dem Heimweg von Whites und kommen mal kurz vorbei.«

»Und ich dachte schon, ihr sucht Unterschlupf vor dem Regen.«

Sebastian tätschelte ihr beschwichtigend die Wange. »Hallo, Jules.«

Mrs MacArthur strich sich die Schürze glatt. »Ich mache Ihnen einen Tee, meine Herrn«, sagte sie fröhlich.

»Nun«, bemerkte Julianna trocken, »... dann bleibt ihr, wie es scheint, zum Tee.«

Die Brüder folgten ihr in den Salon. Sebastian setzte sich auf die Couch, während Justin seine mächtige Gestalt in einem zierlichen weißen Sessel gegenüber verstaute.

Justin knöpfte das Jackett auf. »Wo zum Teufel hast du gesteckt? Arabella kam neulich vorbei und da hieß es, du würdest ein paar Tage auf dem Land verbringen. Aber du warst länger weg.«

»Ja, wir haben uns ewig nicht mehr gesehen.« Sebastian sah sie neugierig an.

»Ich habe mich entschlossen, etwas länger zu bleiben. Ich bin jetzt seit einer Woche wieder hier und habe einige meiner Verabredungen gestrichen.« Im Grunde genommen war es nur eine halbe Lüge, aber sie hatte trotzdem ein schlechtes Gewissen. Was würden sie sagen, wenn sie erführen, dass sie in Gesellschaft der Elster gewesen war! Allmächtiger! Eine Ungeheuerlichkeit – die keiner glauben würde. Sie würden entweder an ihrem Verstand zweifeln oder es für einen guten Scherz halten. Abgesehen davon, hatte sie Dane ein Versprechen gegeben.

Ein Versprechen, das sie halten würde.

Mrs MacAthur kam in den Salon und stellte ein Tablett vor ihnen ab. Zum Dank bedachte Justin die Haushälterin mit einem umwerfend strahlenden Lächeln, worauf sich deren Wangen röteten. Sie wusste, dass ihr das Lächeln erst an zweiter Stelle galt, aber es war genau jenes Lächeln, das so viele Frauen für ihn eingenommen hatte – jahrelang. Nur seine Frau machte eine Ausnahme, am Anfang jedenfalls; Juliannas Schwägerin Arabella hatte den flotten jungen Mann vor den Kopf gestoßen, weil sie sich nicht von seinem Charme beeindrucken ließ.

»Jedes Mal, wenn du hier gewesen bist«, sagte Julianna schmunzelnd, »tänzelt Mrs MacArthur noch tagelang strahlend durchs Haus. Vielleicht sollte ich Arabella stecken, dass du wieder eine neue Eroberung gemacht hast?«

»Oh, in meinem Leben gibt es nur eine Frau. Oder besser – zwei«, fügte er hinzu und grinste zufrieden. Julianna wusste, dass er dabei an seine kleine Tochter dachte.

»Und was ist mit mir?« Sebastian zog die Stirn in Falten. »Bin ich ein Waldschrat?«

Julianna zog die Nase kraus und sah ihren gutaussehenden Bruder schelmisch an. »Ich kenne eine Frau, die von dir hingerissen ist.« Sie wartete einen Augenblick ab. »Wie geht es den Zwillingen?«

»Brabbeln ständig. Krabbeln überall herum. Devon und ich sind am Abend fix und fertig.« Er verzog verdrossen das Gesicht und verdrehte die Augen, was ihm keiner abnahm, denn alle wussten, dass er seine Kinder und seine Frau abgöttisch liebte.

Sie plauderten noch eine Weile. Mrs MacArthur servierte Teegebäck und winzige Fruchttörtchen. Sebastian fiel auf, dass Julianna ihren Teller nicht angerührt hatte.

Mit einem Klicken stellte er die Tasse ab. »Was bedrückt dich, Jules?«, fragte er ruhig.

Julianna blieb nach außen hin gelassen. In den letzten Tagen war sie ständig bemüht gewesen, die wenige Kraft, die ihr geblieben war, nicht zu vergeuden. In der vergangenen Nacht aber hatte sie die Schlacht verloren. Ständig sah sie Bilder von Dane vor sich. Die bernsteinfarbenen Augen ließen sie nicht los. Seine Wärme umgab sie... wie sehnte sie sich danach! Nach *ihm.* Mein Gott, würde sie ihn nie vergessen? Den Geruch und Geschmack seiner Haut? Eine kurze Zeit lang hatten sich die leeren Winkel ihres Herzens ... ihres Lebens! ... gefüllt. Das machte die Leere noch unerträglicher.

Etwas war in ihr zerbrochen. Sie hatte das Gesicht ins Kissen gedrückt und bitterlich geweint. Schlaf hatte sie erst im Morgengrauen gefunden. Als sie aufwachte, hatte sie dunkle Ringe unter den Augen.

»Nichts«, leugnete sie schnell. »Wieso kommst du

darauf?« Sie trank einen Schluck Tee und verbrannte sich die Zunge.

Er hob die Brauen. Die Augen wanderten vielsagend vom unberührten Teller zu ihrem Gesicht. »Das ist dein Lieblingsgebäck. Das hast du nie stehen lassen.«

»Ich habe spät zu Mittag gegessen«, log sie.

Sebastian blickte sie prüfend an. Sie versuchte ihren Kummer zu verbergen, aber die Brüder kannten sie zu gut.

»Du siehst müde aus, Julianna.«

Sie senkte die Lider, aber Justins Argusaugen waren ihr zuvorgekommen. »Du hast dich sehr verändert«, stellte er unverblümt fest. »Und du bist schmaler geworden.«

»Ja«, stimmte Sebastian zu. »Und du hast deine Frische verloren. Den hellen Klang deiner Stimme.« Eine steile Falte bildete sich auf seiner Stirn. »Warst du krank? Oder so was Ähnliches?«

Ein tonnenschwerer Stein legte sich auf Juliannas Brust. Am liebsten hätte sie sich ihren Brüdern in die Arme geworfen, Schutz und Trost bei ihnen gesucht. Aber es gelang ihr, sich zusammenzunehmen und den Kopf zu schütteln.

»Ganz und gar nicht«, gab sie kurz angebunden zurück. »Das muss die Beleuchtung sein. Es ist so ein grauer Tag.«

Justin ergriff wieder das Wort. »Wenn ich es nicht besser wüsste«, sagte er langsam, »würde ich meinen …« Er hielt inne. Die grünen Augen musterten sie eingehend.

»Mir geht es bestens«, erklärte Julianna und wurde langsam ärgerlich.

»Dann beweise es«, forderte er sie heraus. »Begleite uns zu dem Ball der Farthingales heute Abend. Du hast sicherlich auch eine Einladung bekommen.«

»Im Gegensatz zu dir, kann ich einer Herausforderung widerstehen.« Auch die Ehe hatte sein aufbrausendes Temperament nicht gezügelt! »Ehrlich gesagt, hatte ich mich auf einen ruhigen Abend zu Hause gefreut.«

»Einen Abend nicht zu Hause zu verbringen wird dir nicht schaden. Vielleicht wäre jetzt ein kleines Nickerchen angebracht und du bist heute Abend wieder taufrisch.«

Sebastian blies jetzt ins gleiche Horn. Julianna stieß die Luft aus und blickte von einem zum anderen. »Ihr werdet mich so lange traktieren, bis ich Ja sage, oder?«

»Das würden wir niemals tun!«

Dann fragte sie zuckersüß: »Darf ich euch, meine lieben Brüder, zur Tür bringen?«

Keiner von ihnen machte Anstalten zu gehen.

Sie presste die Lippen zusammen. Sie hatte sich noch nie gegen ihre Brüder durchsetzen können und letztendlich immer das getan, was sie wollten.

»Also gut. Wir treffen uns dort.«

»Wunderbar.«

»Devon wird sich wirklich freuen, dich wiederzusehen.«

Julianna erhob sich unmissverständlich.

Sie folgten ihr. Sebastian hielt den Mund an Justins Ohr. »Ich gratuliere dir zu deiner Überredungskunst!«, flüsterte er und die grauen Augen blitzten schalkhaft auf.

Justin schlug die Hacken zusammen. »Und ich danke dir für deine großartige Unterstützung.«

Julianna murmelte vor sich hin. Lausejungen!

Um zehn Uhr abends stand Julianna am Rand des Ballsaals der Farthingales. Ihr gegenüber führte Justin Arabellas Hand zu einem Kuss an die Lippen und sah seine Frau wie ein Bernhardiner mit treuherzigen Augen an. Ab und zu war sie überrascht, mit welcher Bewunderung er sie hofierte und wie hingebungsvoll er als Vater war. Früher waren sie und der Rest der Londoner Gesellschaft überzeugt, ihr Bruder Justin sei die Quintessenz eines Frauenhelden – und damit der geborene Junggeselle.

Ihre Blicke wanderten zu Sebastian, der mit ihrer Schwägerin Devon einen Walzer tanzte. Sie schauten sich in die Augen, als ob es nur sie beide auf der Welt gäbe. Erst heute Abend hatten sie verkündet, dass im Herbst eine neue Ausgabe der Familie Sterling erscheinen würde.

Julianna hatte das Paar herzlich umarmt und teilte aufrichtig ihre Freude. Aber jetzt hatte es ihrem Herzen doch einen Stich versetzt. Julianna neidete ihnen nicht ihr Glück, keinem ihrer Brüder. Gott wusste, dass sie es verdient hatten! Aber war es schlecht, neidisch zu sein? Sich zu wünschen, was Sebastian mit Devon teilte? Was Justin mit Arabella verband?

Sie seufzte. Sie hatte ihre Pflicht getan. Sie war auf dem Ball erschienen und hatte sich der Gesellschaft gezeigt. Jetzt konnte sie nach Hause gehen.

Aber dann ließ sie ein Geflüster aufhorchen. Eine Gruppe von Frauen stand in Juliannas Nähe.

»... die Elster!«

Julianna wandte den Kopf. Die Musiker hatten den letzte Takt gespielt und legten ihre Instrumente beiseite. Vorsichtig wich sie zurück und verbarg sich hinter einer riesigen Vase, die mit frischen Blumen dekoriert war.

»Er soll blendend aussehen. Ein Gentleman. Das heißt, soweit dies bei einem Wegelagerer möglich ist.«

In der Stimme der Frau schwang beinahe Bewunderung mit. Julianna konnte sie nicht erkennen. Sie hielt den Atem an und lauschte angespannt.

Die andere protestierte. »Von wegen blendend aussehend! Er ist ein skrupelloser Schurke! Kennst du Loretta? Sie wurde von diesem Straßenräuber überfallen, das ist kaum drei Wochen her! Er hat ihr nicht nur die Geldbörse geraubt, sondern auch einen Kuss und mit ihr herumgeschmust. Vor den Augen ihres Mannes, stell dir das nur vor!«

Julianna sah rot. Oh, wie gerne wäre sie jetzt hervorgetreten und hätte dieser Behauptung widersprochen! Sie bezweifelte die Aussage der Frau. Am liebsten hätte sie jetzt erklärt, dass er vor drei Wochen bei ihr war und keinesfalls fähig war, für seinen Lebensunterhalt zu stehlen. Nicht nur das. Es sah Dane nicht ähnlich, so etwas zu tun, wenn der Ehemann zusah. Ein Kuss, vielleicht ... *vielleicht*. Aber schmusen? Niemals! Außerdem hatte sie in der Hütte nicht eine Geldbörse gesehen – nur diese prall mit Geld gefüllten Säcke.

»Ich wette, dass er nicht mehr blendend aussieht, wenn er den Hals in der Schlinge hat.«

Julianna merkte, wie ihr das Blut aus dem Gesicht wich.

»Wie bitte?«

»Hast du heute Morgen nicht die Tageszeitung gelesen? Die Belohnung, die man jetzt für seine Ergreifung ausgesetzt hat, wurde nahezu verdoppelt. Er wird sicherlich irgendwann gefasst werden. Der Glückliche, der diesen Räuber fängt und den Behörden ausliefert, wird dann um eine beträchtliche Summe reicher sein.«

»Ha!«, machte die Erste, »wenn sein Hals nicht vorher schon am Galgen hängt.«

Julianna zitterte vor Angst. Sie zuckte zusammen, als sie jemand am Arm berührte.

Es war die verwitwete Duchess of Carrington, eine gebieterische Erscheinung in Rot. Die winzige Herzogin hatte die Unverschämtheit besessen, Juliannas Kleidersaum mit der Spitze ihres Gehstocks anzuheben. Das Kleid war aus schimmernder, bernsteinfarbener Seide gefertigt und fiel von der Brust in duftigen, weichen Falten herab, die die Knöchel anmutig umspielten und die schlanke Gestalt betonten. Juliannas Zofe hatte ein Perlenband durch die hochgesteckten Locken gezogen. Schneeweiße Handschuhe reichten über die Ellbogen bis fast hinauf zu den zierlichen Puffärmeln.

»Diese Farbe steht Ihnen ausgezeichnet, meine Liebe. Bringt das Kastanienbraun Ihres Haares zur Geltung. Und die eingeflochtenen Perlen – bezaubernd.«

Julianna hörte kaum zu. »Oh, guten Abend, Euer Gnaden. Und vielen Dank.« Nie im Traum wäre sie unhöflich gewesen. Eine Herzoginwitwe überging man nicht. Außerdem gehörte die Duchess praktisch zur Familie. »Ah, Euer Gnaden, darf ich Sie bitten …«

»Ich habe gesehen, wie Sie vorhin Ihre Brüder beobachtet haben. Ohne dass man es Ihnen angesehen hat, habe ich Ihre Einsamkeit gespürt.«

Es fehlte nicht viel und Julianna hätte nach Luft geschnappt. »Euer Gnaden, ich bin wirklich nicht einsam!«

Die Duchess nickte weise. »Kind, wenn man in meinem Alter ist, sieht man viele Dinge.« Sie machte eine bedeutungsvolle Pause. »Sie wissen, dass ich es als meine Aufgabe betrachte, ein Paar zusammenzubringen – und ich habe tatsächlich viele erfolgreiche Ehen gestiftet. Schließlich habe ich auch vorhergesehen, dass Justin der perfekte Mann für Arabella ist – ausgerechnet hier, in diesem Ballsaal! Und dann natürlich Sebastian und Devon.« Ihr Mündchen wurde spitz. »Meine Liebe, ich hatte mich jetzt einige Zeit von der Gesellschaft zurückgezogen, aber ich würde mich glücklich schätzen, wenn Sie mir erlauben, einen passenden Ehemann für Sie auszusuchen.«

Julianna hätte beinahe laut aufgestöhnt. Die Duchess tat nichts lieber, als Paare zu verkuppeln. Julianna war es bisher gelungen, die alte Dame in diesem Punkt zu entmutigen.

»Euer Gnaden«, begann sie.

Die Duchess schob die gichtigen Finger in Juliannas Armbeuge. »Glauben Sie mir, liebe Julianna. In diesen Dingen habe ich viel Erfahrung. Also«, sagte sie energisch, »es fragt sich nur wer. Wie Sie wissen, mag ich Sie besonders gern. Der infrage kommende Mann muss also etwas Besonderes sein und hervorragend zu Ihnen passen. Er muss eine hochgestellte Persönlichkeit sein, einen guten Ruf, einen untadeligen Charakter haben. Darunter heiße ich nichts gut.« Sie zwinkerte ihr zu. »Und gutaussehend. Ah, ja, er muss gut aussehen. Oh, da weiß ich jemanden für Sie!«

»Euer Gnaden«, sagte Julianna bestimmt.

»Also, wo zum Teufel steckt er? Ich habe ihn doch vorhin gesehen. Da ist er!« Der herzogliche Stock schnellte in die Höhe und beschrieb einen schwungvollen Kreis. Julianna hätte beinahe einen warnenden Schrei ausgestoßen, denn er sauste knapp am Arm eines vorbeischlendernden Earls vorbei. Die alte Dame rührte das nicht.

»Granville«, rief sie. »Kommen Sie einen Augenblick her!«

Verflixt! Zu spät, um sich unauffällig zurückzuziehen. Aus dem Augenwinkel sah Julianna, dass der Herr stehen geblieben war. Vielleicht ließ sich das Ganze mit einem Lachen abtun …

Die Blicke schweiften ab, eilten aber ruckartig zurück. Der Mann drehte sich … drehte sich um.

Der Herzschlag setzte aus. Die Schulterpartie kam ihr irgendwie bekannt vor, auch die Haltung.

War sie verrückt geworden? Oh, Gott, jetzt sah sie ihn. Nicht nur im Traum. In Fleisch und Blut.

Neben ihr streckte die Duchess die Hand aus. Er beugte sich darüber. Richtete sich auf...

Die Herzoginwitwe gurrte wie eine Taube. »Darf ich Ihnen Lady Julianna Sterling vorstellen. Julianna, darf ich Sie mit Viscount Granville bekannt machen.«

Langsam hob Julianna den Kopf. Sie sah sich einem beeindruckend breiten Brustkorb gegenüber. Ihr Blick kletterte unaufhaltsam nach oben und erfasste ein kantiges, fein gemeißeltes Kinn. Beinahe verzweifelt blickte sie ihm ins Gesicht.

Gott steh mir bei, er war es wirklich. Er war *hier*. Es war Dane.

Vierzehntes Kapitel

Die Frage, wer von den beiden überraschter war ... Dane oder Julianna ..., ließ sich unmöglich beantworten.

Viscount ... *Viscount*.

Die Worte schienen buchstäblich in der Luft zu schweben. Ihre Zunge hatte sich in einen tauben Knoten verwandelt und sie war nicht in der Lage, etwas von sich zu geben.

Seine Erscheinung im Abendanzug war makellos. Schwarzer Rock, eine mit Seide bestickte dunkelgraue Weste, tadellos gebügelte Hosen, blitzblanke Stiefel. Das schneeweiße Halstuch betonte das sonnengebräunte Gesicht. Das wellige, lange Haar war kürzer geschnitten. Trotz seiner formellen Kleidung hatte er nichts von seiner kraftvollen, männlichen Ausstrahlung verloren, so dass sie Mühe hatte, genügend Luft in die Lungen zu bekommen.

Trotzdem empfand sie eine beinahe perverse Befriedigung, als sie seine Verblüffung sah. Julianna fing sich als Erste und reichte ihm die weiß behandschuhten Fingerspitzen.

»Mylord. Wie war doch Ihr Name? Viscount ...?« Eine bedeutungsvolle Pause folgte. »Granville?«

»Genau, Mylady. Ich bin entzückt.«

Zähneknirschend fielen Julianna die verschiedensten Bezeichnungen ein, die sie ihm an den Kopf hätte werfen können – es war keine darunter, die sich hier gehörte. »Ganz meinerseits, Mylord.«

Kräftige Finger legten sich ihr um die Hand, dann verneigte er sich tief. Als er sich aufrichtete, blickte er ihr in die Augen. »Sie müssen mir verzeihen, aber ich habe Ihren Namen ebenfalls nicht ganz verstanden.«

Ihm verzeihen? Nein! Niemals. Dieser Schuft, dieser Weiberheld machte sich doch nur über sie lustig!

Sie hielt diesem verführerischen Lächeln stand. »Sterling, Mylord. Julianna *Clare* Sterling.«

Der Druck auf ihrer Hand nahm zu. Sie versuchte sie zurückzuziehen, aber er ließ es nicht zu.

Und jetzt war der Triumph bei ihm.

»Sagen Sie ...« Ein belangloses Lächeln lag auf seinen Lippen. »... sind Sie zufällig mit Sebastian Sterling, Marquess of Thurston, verwandt?«

»Sogar sehr nahe, Sir, das ist mein Bruder.«

»Ausgezeichnet!«

Seine Augen sagten jedoch etwas anderes. Die Musikanten hatten wieder ihre Plätze eingenommen. »Würden Sie mir einen Tanz schenken, Mylady?« Er ließ ihr nicht die Möglichkeit, seine Aufforderung abzulehnen. Geschickt hatte er ihre Finger in seine Armbeuge manövriert und sie mit seiner Hand bedeckt. Er verbeugte sich kurz vor der Herzoginwitwe. »Euer Gnaden, Sie entschuldigen uns?«

»Gewiss, meine Lieben! Aber gewiss doch!«

Die Herzogin strahlte, als er Julianna über den glänzenden Boden des Ballsaals wirbelte.

Nur der Schock hielt Julianna aufrecht auf den Füßen. Ihr Stolz hinderte sie, laut aufzuschreien und sein Arm, sich loszureißen oder zu stürzen.

Sie wusste, dass irgendetwas nicht stimmte. Seine Manieren, sein Redestil, seine Bildung. Ein Teil von ihr war darüber hocherfreut.

Der andere am Boden zerschmettert.

Warum war er hier? Wie konnte er es wagen, entdeckt zu werden! Wenn jemand erriet, dass er die Elster war...

Wer war er? Wer war er wirklich? Wer war der wirkliche Dane? Der tollkühne Wegelagerer? Der elegante Adlige?

Er wandte leicht den Kopf und streifte mit dem Kinn ihre Schläfe. Ihr Körper versteifte sich.

Sein Arm legte sich fester um sie. »Locker sein«, murmelte er. »Ganz locker.«

Das wollte sie ja. Und wie sie das wollte! Sein Duft, der ihr so vertraut war wie ihr eigener, machte sie schwindelig. Wie wohl fühlte sie sich in seiner Nähe! In der Geborgenheit seines kraftvollen Körpers, der sich im Dunkel der Nacht nahtlos an sie geschmiegt hatte. An all das dachte sie und mehr ...

Aber genau genommen war er ein Fremder ... oder nicht?

Sie wusste es nicht. Bei Gott, sie wusste es nicht!

Sie neigte den Kopf zur Seite und sah, dass er sie mit einem verschmitzten Lächeln beobachtete. »Warum lächelst du so? Warum schaust du mich so an?«

»Ich glaube, das weißt du, Liebes.«

Julianna bekam einen steifen Rücken. »Wer bist du? *Wer bist du?*«

Er schüttelte den Kopf. »Nicht jetzt«, murmelte er.

»Nicht hier.« Obwohl er leise sprach, klang seine Stimme stahlhart.

»Sag es mir. Sag es mir jetzt.«

Ein Backenmuskel bewegte sich. »Julianna …«

»Ich mache dir eine Szene.«

Die Kiefermuskeln spannten sich und die Augen funkelten sie drohend an, aber sie ließ sich nicht einschüchtern. Mit zusammengepressten Lippen schwang er sie herum, zur Terrasse hinaus und steuerte auf einen verwunschenen Pfad im Park zu.

Schließlich blieb er zwischen zwei steinernen Statuen stehen. Ein zarter Fliederduft schwebte über ihnen, aber Julianna achtete nicht darauf. Schweigend, mit starrem Gesicht stand er im Mondlicht vor ihr.

»Du elender Schuft«, stieß sie aufgewühlt hervor.

Seine Augenlider zuckten. »Wohl kaum«, sagte er kühl.

Ihr drohte das Herz entzweizubrechen. Sie war einer Ohnmacht nahe.

»Mach dich nicht über mich lustig! *Spiel* nicht mit mir.«

Sein Lächeln verschwand.

»Dane. *Dane.* Nicht einmal dein Name …«

»Das ist er.«

»Und du bist Viscount Granville? Das musst du sein, denn die Duchess scheint dich gut zu kennen.«

»Das bin ich.«

»Mehr hast du nicht zu sagen?«

Er blickte sie wortlos an.

»Sag mir die Wahrheit, Dane, oder ich mache …«

»Nicht so laut! Verdammt, Julianna, du bist außer dir.«

»Ich bin nicht außer mir. Ich bin wütend. Du hast mich getäuscht«, beschuldigte sie ihn.

Immer noch dieses furchtbare Schweigen. Julianna verlor die Beherrschung. Ihre Hand schoss hervor und landete brennend auf seiner Wange.

Er stand einfach da. Es flammte in ihr auf. Sie hätte es wieder getan, aber dieses Mal umspannten kräftige Finger ihr Handgelenk.

Dane war ebenfalls aufgebracht. »Muss ich dich daran erinnern, dass du mich ebenfalls getäuscht hast, Miss Julianna *Clare*? Wusste ich doch, dass ich dir vorher schon einmal begegnet war... Mein Gott, die Schwester einer Marquess. Hätte ich das gewusst, dann hätte ich dich sofort nach London zurückgebracht. Glaube mir, ich hätte dich niemals angefasst.«

»Ich hatte Angst, Dane! Ich ahnte ja nicht, was du tun würdest, wenn du wusstest, wer ich war. Und dann später schien es bedeutungslos zu sein. Ich dachte nicht, dass wir uns wiedersehen würden. Übrigens war es nicht so, als ob du ... als ob wir ...«

Sein Blick ließ sie innehalten. »Glaube mir, Liebes, wenn deine Brüder wüssten, was ich getan habe, würden sie mit Freuden zusehen, wie ich in einer Zelle in Newgate verfaule.«

»Oh!«, rief sie erbittert. »Hätte es wirklich eine Rolle gespielt, wer mein Bruder ist? Du wirst auch ohne seine Zutun in Newgate enden.«

Er blickte sie nachdenklich an und lächelte. »Nicht, wenn ich es verhindern kann.«

Diese Überheblichkeit! »Lass mich los, Dane.«

»Erst wenn du mir versichert hast, dass du schweigst.«

»Da gibt es wohl nur eine Möglichkeit.«

Er grollte. »Ich hätte meiner Eingebung folgen sollen. Ich wusste, dass es besser wäre, heute Abend nicht hierher zu kommen!«

Julianna hielt den Atem an und senkte den Blick. Mein Gott, dachte sie aufgebracht, fiel es ihm so leicht, ihr Herz vom Himmel in den Höllenschlund zu schleudern?

Er ließ ihr Handgelenk los. »Du lieber Himmel«, murmelte er. »Das tut mir leid. Ich hätte es nicht sagen sollen.« Er schien zu zögern. »Julianna, bitte. Bitte, vertraue mir.«

Vertrauen. Ihm vertrauen! Innerlich schrie sie auf. War das nur ein Spiel? Waren es nur Schmeicheleien? War der Gentleman gespielt? Oder der Straßenräuber? Das Herz zog sich ihr zusammen. Hatte er auch den zärtlichen Liebhaber gespielt?

Was auch die Wahrheit sein mochte, sie würde sie erfahren, aber sie würde ihm nicht blind vertrauen.

Julianna hob den Kopf. »Es wäre vielleicht ratsamer, *mir* zu vertrauen«, sagte sie seelenruhig

»Wie meinst du das?«

»Wir müssen uns unterhalten, Mylord.«

Er presste die Lippen aufeinander, auch entging ihr der wachsame Ausdruck seiner Augen nicht. »Meinst du?«

»Du bist Meister darin, im Dunkel der Nacht zu verschwinden, Dane. Aber nicht heute Abend. Nicht jetzt, denn ich werde schreien. Ich schreie auf der Stelle lauthals los und verkünde jedem – jedem! –, wer die Elster in Wirklichkeit ist.«

Seine Augen verengten sich. »Wieso bist du dir so

sicher, dass ich es nicht abstreiten und für eine Lüge erklären würde?«

Julianna reckte sich. »Das würdest du nicht tun.«

Dane war sprachlos. Auch wenn er in seinem Leben niemals so wütend gewesen war, blickte er voller Bewunderung in die unnachgiebig aufblitzenden blauen Augen.

»Bist du allein gekommen?«

»Ja.«

Er verzog den Mund. »Dann darf ich dich nach Hause begleiten.«

Mit gesenktem Kopf und geschlossenen Augen lehnte sie in den weichen, burgunderroten Samtpolstern seiner Kutsche. Ein wilder Aufruhr tobte in ihrer Brust. Es war so viel geschehen, dass sie noch immer benommen war. Sie konnte noch nicht alles begreifen. Und glauben. Vielleicht hatte sie es sich ja nur eingebildet. Vielleicht hatten sie ihre Träume und Sehnsüchte zum Narren gehalten?

Nein. Er war noch da und schien zu ihrem Kummer die Ruhe selbst zu sein.

Mit über der Brust verschränkten Armen betrachtete er sie. »Hast du dich wieder einigermaßen erholt?«

»Wie bitte?«

»Ich dachte schon, du würdest ohnmächtig werden, oder deiner Hysterie erliegen.«

»Du warst ebenso überrascht wie ich«, gab sie ziemlich leise zurück. »Und ich bin überzeugt, du versuchst mich zu reizen.«

Sein Lächeln war beinahe lasziv. »Ja, vielleicht.«

Die Kutsche holperte um eine Ecke. Plötzlich änderte sich alles. Die Kutschenlampe schwankte hin und her und beleuchtete sein Profil.

Seine Blicke lagen auf ihrem Mund.

»Julianna.« Seine Stimme hatte einen eigentümlichen Ton angenommen. Sie erzitterte. »Komm her.«

Julianna atmete tief ein. »Nein. *Nein!*« Weder die Ablehnung noch der Ton waren so bestimmt, wie sie es hätten sein sollen. Krampfhaft hielt sie die Hände im Schoß gefaltet. Nur so konnte sie verhindern, dass sie die Arme um ihn schlang.

»Dann komme ich zu dir.« Mit einer einzigen Bewegung saß er dicht neben ihr.

Er machte keine Anstalten, sie zu berühren, aber sie spürte den prüfenden Blick auf ihrem Gesicht. Sie konnte nicht anders und hob den Blick. Auf seinen Lippen lag ein Lächeln, das traurig und zärtlich zugleich war.

»Nicht.« Die Kehle war ihr wie zugeschnürt. Es war hoffnungslos, den Aufruhr ihrer Gefühle zu verbergen. »Sieh mich nicht so an.«

»Kätzchen«, sagte er. *»Kätzchen.«*

Ihre Augen füllten sich mit Tränen.

»Verzeih ... ich soll dich nicht so nennen, ich weiß. Aber ich konnte nicht anders.«

Plötzlich lagen ihre Hände in den seinen. Ungeduldig streifte er ihr die Handschuhe ab und verflocht seine Finger mit den ihren, die beinahe doppelt so groß und lang waren und sich dunkel von ihrer weißen Haut abhoben.

»Deine Hände sind eiskalt«, schalt er. Mit dem Mund berührte er die Innenfläche. »Es wird alles gut werden«, flüsterte er. »Alles wird gut.«

Ein leiser, erstickter Laut entrang sich ihrer Kehle. »Ich dachte, ich würde dich nie wiedersehen. Ich dachte, ich würde dich nie mehr sehen!«

Plötzlich schluchzte sie auf und konnte nicht mehr an sich halten.

Danes Augen verdunkelten sich. »Oh, Gott«, stöhnte er. »Nicht weinen, Kätzchen. Bitte weine nicht!«

Er zog sie auf seinen Schoß. Wie eine Ertrinkende schlang sie die Arme um ihn.

»Dane«, schluchzte sie. *»Dane.«*

Sein Mund lag auf ihrer Wange. Die kleinste Drehung ... und beider Lippen trafen sich.

Seine Umarmung war heftig und voller Zurückhaltung zugleich. Sie verschmolzen in ihrem Kuss; beide wurden von ihrer unterschwelligen Begierde mitgerissen, die durch die Trennung gewachsen war und zu explodieren drohte.

Mit einem erstickten Ausruf legte er sich längs auf das Polster und zog sie auf sich.

Sie drängte sich gegen ihn, zupfte mit den Fingern an den komplizierten Falten seines Halstuchs. Seine Augen brannten, als er eine Brust streichelte und in einem enger werdenden Kreis um die Spitze strich, bis die Knospe hart wurde. Sie protestierte nicht, als er ihr das Mieder bis zur Taille herunterzog. Julianna machte ihre Hände frei. Sie wollte ihn berühren, wie und wo sie wollte. So wie er es tat.

Seine Hände wanderten ihren nackten Rücken hinauf und hinunter. So wie sie es sich gewünscht hatte, bewegten sie sich warm und zärtlich. Sie saß auf seinen Schenkeln, ihr Geschlecht gegen das seine gepresst. Durch die hauchfeine Seide ihres Ballkleides spürte sie seine wilde, harte Männlichkeit. Juliannas Herz schien davonzugaloppieren, als sie den Pulsschlag seiner wachsenden Erregung fühlte. Die Tatsache, dass er unter ihr war, groß und fest, drohte sie um den Verstand zu bringen.

Sie küsste die Stelle zwischen Kinn und Halsansatz. »Ich möchte dich berühren«, hauchte sie und ließ die Zunge über die warme, salzige Haut tanzen. »Ich möchte ...«

Er schien genau zu wissen, was sie wollte, riss die Hosen auf und befreite sein erigiertes Glied. Julianna hob den Kopf und hätte gerne gesehen, was die Dunkelheit verbarg. Stattdessen spürte sie seine Begierde. Sie strich den Bauch entlang, über den Nabel und tiefer, genoss es, das gekräuselte Haar unter den Fingerspitzen zu spüren.

Und dann berührte sie ihn.

Heiß. Sie hatte nicht gewusst, dass Fleisch so heiß sein konnte. Brennend heiß. Ihre Hand zuckte zurück, nur um im nächsten Atemzug wieder zurückzukehren. Sie berührte ihn erneut. Und wagte es ein weiteres Mal. Er murmelte eine Ermutigung. Ihre Finger tasteten die Länge seines Schaftes ab. Sie wich nicht zurück, wagte sich immer weiter vor. Ihr schien, als setze ihr Herzschlag aus. Sie konnte die Spitze fühlen, seidenweich an einem harten Schaft.

»Dane«, hörte sie sich sagen, »du fühlst dich an wie ...« Ihr fehlten die Worte. »Und es ist so ...«

Ein rauer Laut löste sich aus seiner Kehle. Mit den Handflächen glitt er unter ihre Röcke, schob die Unterhosen beiseite und umfasste ihr nacktes Hinterteil. Sie glaubte, seine Augen im Dunkel golden aufschimmern zu sehen. Sie spürte, wie sein stählernes Glied sengend über ihr Geschlecht fuhr.

»Kätzchen«, sagte er heiser. »Komm her, Kätzchen.« Er hob sie, führte sie und setzte sie auf sich. Sie rang nach Luft, als seine geschwollene Spitze in ihre feuchte Wärme glitt. Ihr Jungfernhäutchen riss. Er hielt sie fest, so dass sie bewegungslos über ihm verharrte.

Holpernd geriet die Kutsche in einer steilen Kurve ins Schwanken. Seine Hände verloren den Halt, und sie klammerte sich an seinen Schultern fest, um nicht das Gleichgewicht zu verlieren. Durch die ruckartige Bewegung rutschte sie hinunter, so dass er tief in sie eindrang.

Er stieß einen schmerzhaften Schrei aus. »Julianna«, knirschte er. »Oh, mein Kätzchen.«

Einen Augenblick lang starrte sie ihn verwirrt an. Es tat weh. Furchtbar weh. Er kam ihr ungeheuer hart vor … sie musste unbegreiflich eng sein und glaubte, ihn nicht aufnehmen zu können. Nein, das war unmöglich …

Aber ihr Körper hatte sich bereits an ihn angepasst und stellte sich seiner Inbesitznahme nicht mehr in den Weg. Der brennende Schmerz seines Eindringens hatte nachgelassen. Ihr Leib dehnte sich, um ihn aufzunehmen, umschlang ihn, als ob es so sein sollte. Wolle rieb an der Innenseite ihrer Schenkel, aber sie spürte nur ihn … hart und tief in sich. Er füllte sie aus, so wie es nie mehr geschehen würde.

Er packte sie wieder fest bei den Hüften. »Kätzchen«, sagte er mit kehliger Stimme. »Ich kann nicht aufhören. Ich kann nicht.«

Und sie wollte nicht. Wie ihm Rausch umklammerte

sie ihn mit den Schenkeln. Ihre Fersen gruben sich in ihr Hinterteil. Ihre Handflächen pressten sich an die Fenster der Kutsche.

Stumm schüttelte sie den Kopf. In diesem Augenblick geschah etwas zwischen ihnen. Seine Augen blitzten auf, wie schimmerndes Gold.

Mit einem tiefen Aufstöhnen bedeckte er ihren Mund. Und sie tat es ihm gleich.

Sie bewegte sich instinktiv, bog sich zurück, dann nach vorn. Sie schloss ihre Augen und bewegte sich, einem blinden Instinkt folgend. Danes Finger gruben sich in ihr Fleisch. Die Adern an seinem Hals traten hervor, als er sie umfasste und kraftvoll auf sein Glied drückte, das tief in sie drang. Er wiederholte diese Auf- und Abbewegung mit ungestümer, glühender Leidenschaft. Seine Hände fuhren durch ihr Haar, zogen ihren Kopf nach vorn. Das Haar fiel in Wellen herunter und umhüllte sie beide mit seidigen Kaskaden. Heiß pressten sich seine Lippen auf die ihren. Dann schrie sie an seinem Mund auf, bis sich der Atem, die Stimme und die Welt um sie herum im Nichts aufzulösen schienen.

Fünfzehntes Kapitel

Danes Atem ging etwas ruhiger. Langsam hob er den Kopf und erkannte allmählich, dass die Kutsche die Fahrt verlangsamt hatte, um anzuhalten – und er war noch in ihr! Julianna lag benommen und schläfrig auf ihm, die weißen Schenkel lasterhaft um ihn geschlungen. Der Kopf mit dem kastanienbraunen Haar ruhte auf seiner Brust. Ein köstlich erotischer Anblick.

Er hatte den Verstand verloren. Wo war seine viel gerühmte Selbstbeherrschung geblieben? Er fluchte gotteslästerlich über sich. Soeben hatte er Lady Julianna auf den Polstern seiner Kutsche genommen und die störende Kleidung grob beiseite geschoben! Nicht nur das, er hatte sich wie ein geiler Grünschnabel benommen, der sich zum ersten Mal an eine Frau heranmachte. Plump und ungeschickt. Vor allem hemmungslos! Er hatte sich nicht einmal die Zeit gelassen, sie zu entkleiden – geschweige denn, sich selbst!

So nahm man keine Jungfrau. Schon gar nicht eine Lady.

Aber es war geschehen, nicht mehr rückgängig zu machen. Und wenn er ehrlich war – was normalerweise der Fall war –, so wollte er das auch nicht.

Von Anfang an wollte er sie haben.

Er wollte sie immer noch.

»Wir haben angehalten, Liebes.«

Er hob sie von seinem Körper hoch. Ein Anfall von Bedauern überkam ihn. Während er ihr die Röcke herunterzog, blickte er auf ihr Haus, ein rotes Backsteingebäude.

»Dane, warum lächelst du?«

Er schüttelte den Kopf. »Du wirst es nicht glauben, Süßes.«

»Bestimmt nicht. Vor allen Dingen, wenn du es mir nicht sagst.«

Mit einem glucksenden Lachen zog er ihr das Mieder über die Schultern. »Ich wohne gleich an der nächsten Ecke«, stellte er fröhlich fest.

»Das gibt es nicht!«, sagte sie prompt.

»Doch. Das Haus, mit Blick auf den Platz, mit diesem hübschen Steinportikus.«

»Oh! Ich liebe dieses Haus! Ich wollte es schon kaufen, aber das überstieg meine Mittel.«

Er lachte. »Innen ist es auch so schön.«

Der Kutscher öffnete die Tür und reichte Julianna die Hand. Dane sprang nach ihr herunter.

Verzweifelt war sie bemüht, ihr Haar einigermaßen in Ordnung zu bringen. Er legte ihr eine Hand um die Taille. »Tut es weh?« Er senkte den Mund auf ihre Locken und sog ihren Duft ein. Er merkte, wie sie zusammenfuhr, als sie auf den Füßen stand.

»Nein!«, fuhr sie ihn an.

»Lügnerin«, tadelte er sie zärtlich. »Du erlaubst?« Er hob sie in die Arme und ging auf das Haus zu. Die Haushälterin stand an der Tür und hielt sie weit auf. Dane trat ein, als sei es das Selbstverständlichste der Welt. Es war bewundernswert, wie schnell die Frau ihre Fassung wiedergewonnen hatte. Beim Anblick ihrer Herrin in seinen Armen wies sie auf die Treppe. »Die letzte Türe rechts, mein Herr.«

Dane zwinkerte Julianna schelmisch zu. »Deine Haushälterin ist eine sehr einsichtige Person«, bemerkte er. »Ich mag sie.«

»Du … du kennst sie doch gar nicht«, ereiferte sich Julianna.

Er folgte der Wendung des Treppengeländers. »Und *du* wurdest mir erst heute Abend offiziell vorgestellt«, erinnerte er sie. »Unsere Beziehung hat sich doch sehr vorteilhaft entwickelt, oder?«

»Sind Sie ein Verführer, Sir?«

»Nicht mehr«, erwiderte er galant.

In ihrem Zimmer knisterte das helle Kaminfeuer. Er ging über den gelb und rotbraun gemusterten Teppich und setzte sie neben dem Bett ab. Dann zog er die Jacke aus und krempelte die Ärmel des Hemdes hoch. Sie stand schweigend da, während er ihr das Kleid, die Strümpfe und Schuhe auszog. Am Waschtisch stand ein Krug mit dampfend warmem Wasser. Er goss etwas davon in die Schüssel, tauchte ein Tuch ein und kam zu ihr. Mit der Hand auf ihrer Schulter drückte er sie auf die weiße Tagesdecke. »Leg dich zurück«, sagte er leise.

Julianna stützte sich auf die Ellbogen. »Was machst du?«, fragte sie schwach.

»Psst.« Er legte ihr das Tuch zwischen die Beine, um die gereizte Haut zu beruhigen. Prüfend blickte er sie an. »Geht es dir gut?«

Die Hände, zu Fäusten geballt, lagen neben ihrem Kopf. »Ja«, sagte sie undeutlich. »Wieso sollte es mir nicht gut gehen?«

Wieder das glucksende Lachen. »Süßes«, sagte er beinahe vergnügt. »Soll ich dir das wirklich sagen?«

Eine leichte Röte überzog ihre Wangen. Dane wischte die Spuren ab, die er hinterlassen hatte. Das Tuch landete in der Waschschüssel.

Sie zitterte plötzlich. »Frierst du?«, fragte er flüsternd.

»Ein bisschen.«

»Dann werde ich dich wärmen.« Er stieg aus seiner Hose … und in ihr Bett.

Hörbar sog sie die Luft ein. »Dane.«

»Mein prüdes, kleines Kätzchen.« Sein Körper umfing sie vollständig. Er senkte den Kopf und küsste sie. Dann wanderten seine Lippen ihren Hals hinauf. Mein Gott, sie schmeckte gut. Nach Zitronen und ihrer eigenen, unnachahmlichen Süße. Sein Körper schmerzte. Es machte ihn schwindelig, ihre Nähe zu spüren. Er wollte wieder in sie eintauchen, fühlen wie ihr Körper sein Fleisch umschloss. Wieder und wieder.

»Halt«, sagte sie unsicher. »Ich kann nicht denken, wenn du das tust.«

»Dein Kopf ist zu sehr mit dem Denken beschäftigt, Kätzchen.«

»Und deine Hände zu sehr mit mir!«

Er lachte. »Das bestreite ich nicht!«

Sie schob die Hand weg, die ihre runde, süße Brust umfing. »Du versuchst mich zu überlisten und glaubst, du kannst mich überfallen, habe ich Recht?«

»Erwecke ich diesen Anschein?«, bemerkte er seelenruhig und streckte sich neben ihr aus, stützte den Kopf auf den Ellbogen und betrachtete sie. O je, jetzt griff sie nach dem Betttuch, zog es hoch und bedeckte ihre Nacktheit.

»Du musst mir so viel erklären, Dane. Versuch nicht, das Unvermeidliche zu verschieben.«

Ein kleines Lächeln huschte über seine Lippen. »Ich glaube, je eher ich damit beginne, desto schneller können wir zu einer … angenehmeren Beschäftigung übergehen.«

Sie ging nicht auf seinen Scherz ein. »Die Angelegenheit ist ernst. Bitte versuche jetzt nicht damit zu spaßen.« Die Worte kamen deutlich aus ihrem Mund. Ihr eigenwilliges kleines Kinn schob sich vor, als sie ihn ansah.

Plötzlich verengten sich ihre Augen. »Der Tag, an dem ich dich verließ … Auf dem Weg zum Dorf kamen wir an einem Anwesen vorbei. Gehört es dir?«

Mit einer Fingerspitze strich er ihr nachdenklich über Wange. »Ausgezeichnet, Kätzchen. Ja. Das ist der Familiensitz.«

»Und die Hütte, in die du mich gebracht hast? Gehört sie auch dir?«

»Eine Jagdhütte. Die von meiner Familie seit Jahren benutzt wird.«

»Deine Familie«, wiederholte sie. »Du hast also tatsächlich zwei Schwestern?«

»Ja. Daniela ist zwei Jahre älter als ich und Delphine drei. Beide haben je drei Kinder.«

»Und deine Eltern?«

»Sie sind vor fünf Jahren gestorben. Meine Mutter einen Monat nach meinem Vater.« Er lächelte ein wenig. »So war es wohl das Beste, denke ich. Es wäre jedem von ihnen schwergefallen, ohne den anderen zu leben.«

Ihre blauen Augen blickten unruhig. »Warum, Dane? Warum reitet ein Mann wie du als Elster? Welch plausiblen Grund gibt es dafür?«

»Einen sehr guten Grund gibt es dafür.« Er wartete einen Augenblick zu lange, um zu antworten. Das Zögern kam ihm teuer zu stehen.

Sofort stieß sie in die Bresche. »Siehst du! Ich wusste es!«

Ihm war klar, dass er ihren Fragen nicht entrinnen konnte. »Julianna«, murmelte er, »und wenn ich dir sage, dass alles nur Theater war?«

Sie machte eine ungeduldige Handbewegung.

»Wenn ich dir sage, dass es ... notwendig war?«

»Notwendig? Notwendig, dass du dir mit Diebstählen behelfen musst?« Offensichtlich schmerzte es sie, das auszusprechen. »Warum? Warum macht ein Mann wie du so etwas? Bist du ein Spieler? Brauchst du so dringend Geld, dass du stehlen musst?«

Er lachte. »Wohl kaum.«

»Was dann? Ein Spaßvogel? Einer, der sich etwas beweisen muss? Du hast Silber, Gold und Schmuck gestohlen ...«

»Jetzt wirst du aber theatralisch! Was gestohlen wurde, dient nur dazu, die Fassade aufrechtzuerhalten.«

»Die Fassade! Mein Gott, Dane du hast es sogar gewagt, den Sekretär des Premierministers auszurauben. Das war doch der Start deiner glanzvollen Karriere als Elster, oder?«

»Nein, Julianna.«

»Natürlich warst du das! Ich habe die Einzelheiten in der Zeitung gelesen ...«

»Es ist alles übertrieben, glaub mir.«

Sie sah ihn verächtlich an. »In der Hütte hast du kein Geheimnis aus deiner Beute gemacht. Du hast dich sogar mit ihrem Wert gebrüstet.«

»Ah, diese Säcke in der Hütte.«

»Ja, genau die.«

»Ich streite nicht ab, dass ich sie genommen habe, Julianna.«

Sie gab einen Laut von sich.

Er deutete ein Lächeln an. »Kätzchen, worauf kommt es an? Willst du, dass ich schuldig bin oder nicht?«

»Natürlich nicht.«

»Dann will ich dir sagen, was sich in diesen Säcken befindet«, sagte er ruhig.

»Ich weiß, was drin ist!«

»Du glaubst, es zu wissen«, widersprach er und schwieg eine Weile. »Julianna«, sagte er sanft, »die Geldscheine in den Säcken sind nicht echt.«

Sie starrte ihn an. »Was?«

»Sie sind gefälscht, Liebes. Fälschungen.«

»Gefälscht«, wiederholte sie. Ihre Verwirrung war offensichtlich. Sie blickte ihn verständnislos an. »Wieso wusstest du das? Wieso?«

»Die Wahrheit ist, Julianna, dass ich nicht einmal mit dir darüber sprechen dürfte. Ich riskiere viel, wenn ich es dir sage. Deine und meine Sicherheit stehen auf dem Spiel. Aber du wurdest unschuldig in diese Sache hineingezogen. Daher kann und will ich die Wahrheit nicht länger vor dir verheimlichen.«

Ihr Gesichtsausdruck veränderte sie. »Oh, mein Gott.«

»Nach Waterloo habe ich meinen Abschied eingereicht. Ich ... ich hatte so große Angst vor dem Sterben! Jedes Mal, wenn ich an das blutgetränkte Schlachtfeld dachte, brach mir der kalte Schweiß aus. Wie sollte ich weiter Soldat sein, wenn ich so schwach war? Ich kam mir wie ein elender Feigling vor. Die Männer von Waterloo ... mir war, als hätte ich sie im Stich gelassen. Manchmal hatte ich sogar das Gefühl, mein Land verraten zu haben. Ich konnte doch nicht zulassen, dass die Angst mich auffraß! Auf keinen Fall! Ich erkannte, dass ich meine Furcht am besten bekämpfte, wenn ich mich ihr stellte, anstatt zurückzuweichen! Für mich war das die einzige Möglichkeit.

Und dann entdeckte ich, dass ich meinem Land auf eine andere Weise dienen konnte ... indem ich die Feinde auf unserem eigenen Boden bekämpfte. Die passende Gelegenheit ergab sich bald. Ein hoher Beamter trat an mich heran. Während des Krieges hatte ich eine andere Identität angenommen und ein Dokument beschafft, das für meine Vorgesetzten von unschätzbarem Wert war. Sie befanden, dass ich Talente hätte, die sich bei bestimmten Unternehmungen als nützlich erweisen würden ... Und durch meinen Titel hatte ich Zugang zu Kreisen, denen man sonst Fragen gestellt hätte.«

Ihre Fäuste hatten sich unter das Kinn geschoben. Bei einer anderen Gelegenheit hätte er über ihr verdutztes Gesicht gelacht.

Er blickte sie bohrend an. »Kätzchen«, fragte er freundlich, »verstehst du, was ich dir damit sage?«

Sie machte keine Anstalten, ihn von seinem starren Blick zu erlösen. »Großer Gott«, meinte sie wie betäubt. »Du bist ein Spion.«

Julianna war zumute, als hätte man ihr den Teppich unter den Füßen weggezogen. Sie war hin- und hergerissen. Agenten. Hohe Beamte. Falsche Identitäten. Das war alles so geheimnisvoll und undurchsichtig.

»Du bist ein Spion«, wiederholte sie, wie um sich selbst zu überzeugen. Ihre wie seine Stimme schien aus einem dichten Nebel zu kommen.

»Ich gebe zu, diese Bezeichnung hatte mich nie besonders begeistert. Sie hat etwas Fragwürdiges an sich. Agent klingt etwas gefälliger.«

Um diese Wortklauberei ging es ihr im Augenblick nicht. Sie setzte sich auf, zog die Tagesdecke unter die Arme, rutschte zu den Kopfkissen hinauf und lehnte sich an. Ihr Herz raste so sehr, dass sie befürchtete, es würde ihr aus der Brust springen.

Sie ließ den Kopf auf die Knie fallen und versuchte, einen klaren Gedanken zu fassen. Sie hatte gewusst, dass bei ihm etwas nicht stimmte. Das hatte sie einfach gewusst. Aber sie hätte sich niemals träumen lassen, dass er ein Spion war.

Sie atmete tief durch und blickte ihn an. Er hatte sich ebenfalls aufgesetzt und beobachtete sie aufmerksam, um ihre Reaktion abzuschätzen.

Wenn ihr Kopf vorher vor Schreck wie leer gefegt war, so strömten jetzt in einem wilden Durcheinander hunderte von Gedanken hinein. »Ich würde wohl nie einen guten Spion, verzeih, Agenten abgeben. Es fällt mir kein Grund ein, um Geld zu stehlen, das gefälscht ist. Und du sagst, die Elster ist nur Maskerade. Wieso?«

Er hielt eine Hand hoch. »Eins nach dem anderen, Liebes. Eins nach dem anderen.« Er machte eine Pause. »Also, vor einigen Monaten, Julianna, betrat eine Frau namens Boswell das Büro des Premierministers mit einer überraschenden Enthüllung über Währungsfälschungen.«

Juliannas Augen wurden groß. »Fälschungen?«

»Ja. Das hat es immer schon gegeben, Kätzchen. Münzen mit einem falschen Gewicht, sogar bemalte … Ein geschickter Graveur und sein Werkzeug bringen dies zuwege. Eine Platte und eine Presse, mehr braucht man nicht dafür.«

Er fuhr fort. »Mrs Boswells Mann also besaß das nötige Wissen und Können dafür. Nach seiner Entlassung aus dem Gefängnis verkündete Mrs Boswell, dass ihr Mann bereit sei, von dieser Kunst Gebrauch zu machen – auf Anraten eines Beamten aus dem Innenministerium. Der Vorschlag wäre vielleicht in Vergessenheit geraten, wenn nicht eines geschehen wäre.«

»Und was war das?«

»Kaum einen Tag später kamen Mrs Boswell und ihr Mann ums Leben«, sagte er ruhig. »Sie kamen unter die Räder einer Kutsche, als sie nachts eine Straße in der Nähe ihrer Wohnung überquerten. Der Fahrer wurde nie gefunden.«

Julianna hätte darauf vorbereitet sein sollen, aber so war es nicht. »Sage bitte nicht, dass es …«

»Es war Mord und kein Unfall.«

Sie zitterte. »Natürlich«, sagte sie langsam. »Was geschah dann?«

»Ein anderer Agent – mein Partner Phillip – und ich wurden mit den Nachforschungen beauftragt. Wie du dir vorstellen kannst, wäre es zu einem Riesenskandal gekommen, wenn sich die Beschuldigungen als wahr erwiesen hätten – wenn die Öffentlichkeit von der Korruption im Innenministerium selbst erfahren hätte. Die Sache musste also streng geheim gehalten werden. Wir sprachen also mit niemandem darüber, auch nicht mit unseren Vorgesetzten. Mrs Boswell hatte mitgehört, als der Täter ihrem Mann Daniel verriet, dass die falsche Währung von London per Kutsche abgehen sollte. Zuerst nach Bath, wo es jemanden geben muss, der sie von dort verteilt.«

»Aber zuerst musstest du herausfinden, ob es stimmte?«

»Ja. Unsere Nachforschungen mussten geheim bleiben, sonst hätte der Drahtzieher noch Wind davon bekommen. So habe ich mich maskiert und den Straßenräuber gespielt, und ich habe tatsächlich gefunden, was ich gesucht habe.«

»Gefälschte Banknoten«, sagte sie langsam.

Er nickte. »Aber da gab es noch ein Dilemma. Wenn der Täter merkte, dass er unter Verdacht stand, konnte er seine Lieferungen einstellen und wir würden seine Identität niemals erfahren. Wir mussten ihn mit seinen eigenen Waffen schlagen. Daher beschloss ich, die Rolle als Straßenräuber weiter zu übernehmen, um ihn aufzuspüren.«

In Juliannas Kopf wirbelte es. »Du willst ihm eine Falle stellen? Ihn aus seinem Versteck locken, indem du ihn bestiehlst?«

»Genau. Wären nur seine Sendungen betroffen, so wäre er uns sofort auf den Fersen gewesen. Er musste glauben, dass die Raubüberfälle mitsamt der Beute wahllos waren. Darum haben die Zeitungen das geschrieben, was du gelesen hast. Er kann sein Amt nicht benutzen, um die Elster festzunehmen. Er darf nicht riskieren, zu viel Aufmerksamkeit auf sich zu lenken, um nicht selbst aufzufliegen. Wir müssen ihn überlisten, ihn mit seinen eigenen Waffen schlagen, ihn aus der Deckung locken. Ihn in Rage bringen, dann wird er einen Fehler machen.«

Julianna riss die Augen noch weiter auf. »Du willst ihn aus dem Bau locken«, sagte sie atemlos. »Du willst, dass er dich verfolgt.«

Er nickte.

Julianna fröstelte es bis in die Fingerspitzen. »Dane«, hörte sie sich sagen, »hast du eine Ahnung, wer dieser Mann sein könnte?«

Seine Augenlider zuckten. »Noch nicht. Aber wir werden es bald wissen, davon bin ich überzeugt.«

»Zu welchem Preis, frage ich mich? Auf Kosten deines Lebens?« Ihr brannte der Magen. »Die Zeitungen sind voll von deinen Eskapaden. Auf dem Ball gestern hat man über die Elster gesprochen. Du riskierst, dass dein Hals in der Schlinge hängt! Und weißt du auch, dass der Preis für deinen Kopf verdoppelt wurde?«

Seine Brauen hoben sich. »Tatsächlich?«

Julianna geriet außer sich. »Wird die Krone dich schützen, wenn du meilenweit von London entfernt gefasst wirst? Keiner weiß, wer du wirklich bist! Man wird dich für einen Wegelagerer halten, für einen Dieb! Sie können dich erschießen!«

»Oh, bitte. Doch nicht *zweimal*.«

Seine Abgebrühtheit brachte sie in Harnisch.

»Das ist nicht witzig!«

Sie wäre vom Bett gesprungen, hätte Dane sie nicht

festgehalten und ihr seinen kräftigen Arm um die Taille gelegt.

»Ich weiß, ich weiß. Damit sollte ich nicht scherzen.« Er beugte sich über sie. »Es ist eine Chance, die ich ergreifen muss.«

»Und wenn du gefasst wirst? Gefangen genommen? Ich habe um dich Angst.« Und dem war so. Sie fürchtete, dass sie ihn wieder verlieren würde.

»Nicht doch, Kätzchen. Schau mich an.«

Ihre Blicke kreuzten sich. Er nahm ihre Hand, führte sie an seinen Mund und küsste sie auf die Innenfläche, bevor er sie sich auf die Schulter legte.

»Leg deine Arme um mich, Süßes.«

Ihre Fingerspitzen fühlten die warme, glatte Haut und sie wusste nicht, sollte sie ihn von sich stoßen oder an sich ziehen.

Dane gab sich nicht mit solchen Zweideutigkeiten ab, sondern legte ihr die Hand um den Nacken und küsste sie, bis ihr der Atem ausging und sie keinen zusammenhängenden Gedanken mehr fassen konnte; bis eine sengende Hitze sie alles vergessen ließ und reine Begierde durch ihre Adern floss.

Schwach sank sie auf die Kissen zurück. Sein mächtiger Körper folgte ihr nach, als sie sich an ihn klammerte.

»Julianna«, murmelte er. Seine braune Hand lag auf ihrem Schenkel. »Ich muss es wissen, Kätzchen. Bedauerst du, was letzte Nacht geschehen ist?«

Ihr Herz machte einen Sprung. Sie schüttelte den Kopf.

Ihre Lippen waren nur einen Atemzug voneinander entfernt.

»Bist du sicher? Es war nicht wegen Thomas? Einfach weil du wissen wolltest, wie es ist, wenn ...«

»Nein«, hörte sie sich sagen.

»Jemandem zu gehören ...«

»Das hat nichts damit zu tun.« Wieder machte das Herz wilde Sprünge. Ihre Finger wanderten weiter und spielten in seinem weichen Nackenhaar. »Tut es dir leid?«

»Nur, dass es zu schnell ging.«

»Schnell?«, sprach sie ihm nach.

Dane gab einen Laut von sich. »Dann will ich es dir zeigen.« Er schob die Laken beiseite. Bedachtsam nahm er ihre Knie zwischen die seinen. Er war über ihr. Rittlings.

»Deine Nähe hat eine vorhersehbare Wirkung auf mich, Kätzchen.«

Ihre Blicke glitten an ihm herunter. Ihre Augen weiteten sich. »Ja«, sagte sie bebend. »Das sehe ich.« Sie schluckte. »Aber es war doch nur eine knappe halbe Stunde.«

Ein kehliges Lachen ertönte. »Ich stimme vollkommen mit dir überein, Kätzchen. Viel, viel zu lange.«

Viel später wurde Julianna aus dem tiefen Schlaf geweckt.

»Julianna«, flüsterte heiser eine Männerstimme an ihren Schläfen.

Mit einem Seufzer bewegte sie sich widerwillig. Sie hatte tief geschlafen, was kein Wunder war. Wie sie sah, war Dane fast vollständig angezogen.

»Ich muss gehen, Süßes.« Er zog sie vom Bett und

reichte ihr den seidenen Morgenmantel, der am Fußende ihres Bettes lag.

Gemeinsam gingen sie die Treppe hinunter. Er schmunzelte, als sie ein heftiges Gähnen unterdrückte, während sie in der Eingangshalle standen.

»Oh«, grollte sie. »Du bist gewohnt, so lange aufzubleiben. Ich nicht.«

»Das ist richtig.«

Sie neigte den Kopf zur Seite. »Warum lachst du so?«

»Wie lache ich?« Mit einer kräftigen Hand strich er ihr eine Locke hinter das Ohr.

»Als ob du etwas weißt, das ich nicht weiß.«

Seine Hand fuhr ihre Nasenspitze hinunter. »Du hast eine blühende Phantasie«, erklärte er gelassen.

»Wirklich?«

»Ja.«

Im rückwärtigen Teil des Hauses quietschte eine Tür. Julianna biss sich auf die Lippen. »Dane, du musst dich beeilen. Mein Personal steht auf.«

»Und bei mir steht etwas anderes auf.« Ein warmes Händepaar zog sie an sich und ließ sie den Beweis seiner Behauptung spüren, indem er sie hochhob.

»Dane, du musst gehen!«

»Ohne einen Kuss von diesen bezaubernden Lippen ist das nicht möglich.«

»Dane, du bist der frechste …«

Sein Mund ließ sie verstummen. Sie wollte noch weitersprechen, als sich seine Lippen zu einem langen, innigen Kuss über ihrem Mund schlossen. Benommen merkte sie, wie ihre nackten Zehen über seine Stiefelspitzen auf den kalten Marmorboden glitten.

Als sie endlich die Augen öffnete, hatte sich die Tür bereits geschlossen. Mit der Hand schob Julianna die Spitzenvorhänge neben der Tür beiseite und hoffte, wie eine Törin, noch einen Blick von ihm zu erhaschen. Ein Geräusch hinter ihr lenkte sie ab.

Als sie wieder durch das Fenster blickte, war er bereits verschwunden.

Sechzehntes Kapitel

»Wir haben da einen äußerst hartnäckigen Besucher, Mylady. Er lässt sich nicht abweisen.«

Julianna blickte ungehalten auf und ging hinaus, um nach dem Rechten zu sehen. »Einen Besucher?«

Mrs MacArthur stand auf der untersten Treppenstufe mit dem Besen in der Hand. »Oh, ja. Den ganzen Morgen habe ich bereits versucht, ihn zu verscheuchen, aber er gibt nicht auf.«

Julianna schaute in die Richtung, in die der Finger der Haushälterin zeigte. Schräge, gelbgrüne Augen schimmerten im Sonnenlicht.

Es war Maximilian. Mit einem Satz war er bei ihr und rieb das schwarze Fell an ihrem Knöchel.

Mrs MacArthurs Kinnlade klappte herunter. »Da soll sich einer auskennen! Dieses Mistvieh wollte keinen an sich heranlassen. Ich dachte, das Tier hätte vielleicht Hunger, aber es hat nur die Nase gerümpft und das Tellerchen mit Sahne verschmäht, das ich ihm hingestellt habe. Und jetzt benimmt sich die Katze so, als ob sie Ihr bester Freund wäre.«

Julianna biss sich auf die Lippe. Danes Worte von damals, dass Maximilian sehr wählerisch sei, kamen ihr wieder in den Sinn. »Danke, Mrs MacArthur. Ich werde mich um die Katze kümmern.«

»Sehr wohl, Mylady.«

Julianna nahm Maximilian auf den Arm, der die Pfoten gegen sie stemmte und seinen Kopf unter ihrem Kinn rieb. Das wohlige Schnurren ließ den kleinen Körper vibrieren. Die aufgestellten Ohren kitzelten sie. Sie musste lachen und barg die Nase in dem weichen Nackenfell. »Oh, Maximilian, du hast mir gefehlt.«

»Und ich dir auch?«

Juliannas Herz machte einen Sprung. Diese tiefe, kehlige Stimme kannte sie nur zu gut.

Dane stand vor ihr, hinter dem kleinen eisernen Tor. Er trug einen dunkelblauen Gehrock mit glänzenden Knöpfen, dazu eine engsitzende Lederhose, die die Länge seiner schlanken, muskulösen Oberschenkel vorteilhaft betonte.

Die Luft heizte sich plötzlich auf. Ihr war, als bekäme sie keine Luft mehr, und ihre Stimme schien von weit her zu kommen.

»Hallo.«

»Hallo.« Seine Blicke glitten begehrlich über ihr Gesicht.

»Du solltest Maximilian nicht so frei herumlaufen lassen. Er könnte sich verlaufen.«

»Er hat sich nicht verlaufen. Er war hier, als ich heute Morgen wegging. Er hat auf mich gewartet. Aber ich glaube, er hat auf *dich* gewartet hat.«

Keiner von ihnen hatte sich bewegt. Sie blickten einander in versunkenem Verzücken an. Nichts auf der Welt hätte sie dabei stören können. Wie gebannt starrte er auf ihren Mund.

Und sie auf den seinen.

»Willst du mit mir kommen?«

Juliannas Kehle war wie ausgetrocknet. »Wohin?« Als ob das eine Rolle spielte.

»Fort.«

»Wann?«

»Heute Nachmittag.« In seinen Augen blitzte es auf. »Ich muss mich um ... ich habe einiges zu erledigen.«

Der Zauber war gebrochen. »Oh. Wegen ...«

»Ja.« Er machte eine Pause. »Ein Uhr?«

Sie nickte wortlos.

»Bis dann.« Er grüßte kurz und verschwand.

Sie blickte ihm nach, noch lange, nachdem er um die Ecke gebogen war. Erst dann merkte sie, dass sie Maximilian immer noch im Arm hielt.

Als die Glocke pünktlich um ein Uhr läutete, musste Julianna an sich halten, nicht die Treppen hinunterzurennen. Sie hörte das Öffnen der Tür und die Begrüßung durch Mrs MacArthur. Sie presste die Handflächen an die Wangen und zwang sich, ihm nicht auf dem Flur entgegenzulaufen. *Du führst dich wie ein Schulmädchen auf!*, schalt sie sich. Es half nichts. Ihr war schwindelig, als ob sie tatsächlich die Treppen hinuntergesprungen wäre.

Vor dem Haus half er ihr in die offene Kutsche. Als er das Gefährt aus der Innenstadt lenkte, wanderte Juliannas Blick immer wieder auf seine Hände, die die Zügel so geschickt hielten. Was hatte er für wunderbare, faszinierende Hände! Sehnig und sonnengebräunt. Die kräftigen Handgelenke waren mit gekringelten dunklen Härchen bedeckt. Die Vorstellung, dass diese Hände sie erst wenige Stunden zuvor berührt hatten, weckte neue Sehnsüchte in ihr.

Er schaute zu ihr herüber. »Was ist mit dir?«

»Nichts.« Auf keinen Fall wollte sie wie eine dumme Göre stammeln. Niemals!

Eine nervöse Spannung hatte sie ergriffen, als sie ihn an diesem Morgen wiedergesehen hatte, die aber verging, als sich ihre Körper leicht berührten. Sie versuchte auch nicht, von ihm wegzurutschen. Seine Nähe war ihr wunderbar vertraut, sie fühlte sich wohl und auf sonderbare Weise beruhigt.

Als sie anhielten, schwang er sie wie eine Feder zu Boden. Ein Pfad schlängelte sich von der Straße in einen Eichen- und Ulmenwald. Wildblumen hatten sich hier und da ihren Weg durch das Erdreich gebahnt.

Die Sonnenstrahlen vergoldeten die Grashalme und tauchten alles in frische leuchtende Farben. In den Händen hielt er eine Decke und einen kleinen Picknickkorb.

»Lass uns hier bleiben.«

Er stellte den Korb ab, umfing ihre Taille und zog sie hinter einen Baum, wo er sie lange und innig küsste.

»Dane«, sagte sie und schnappte nach Luft, als er ihren Mund endlich freigab, »ist das nicht etwas zu vertraut?«

Er warf den Kopf in den Nacken und lachte.

»Ist das ein Stelldichein?«, fragte sie schelmisch.

»Möchtest du das?«

Julianna biss sich auf die Lippe. Eine plötzliche Röte färbte ihr die Wangen. »Ich weiß es nicht«, antwortete sie wahrheitsgetreu.

Dane sagte nichts und blickte sie nur lange und eindringlich an. Er zog sie auf die Decke, legte seine Jacke ab und packte Brot, Käse und Wein aus.

Sie teilten sich das Essen. Als sie das kleine Mahl beendet hatten, lehnte er sich gegen den Baumstamm. Ein Bein hatte er an die Brust gezogen und sah in die Baumkronen. Die Sonnenstrahlen verwandelten sein Profil in eine goldene Silhouette. Der kühne Schwung seines Mundes hatte einen verführerischen Zug bekommen, der ihr Herz schneller schlagen ließ. Ob sich sein Mund zu einem jungenhaften Grinsen verzog oder zu einer schmalen Linie, sein Anblick war jedes Mal atemberaubend. Die Erkenntnis, dass er unwiderstehlich war, traf sie wie ein Schlag.

Als wenn er ihren Blick gespürt hätte, blickte er zu ihr hinüber. Er stellte das Glas ab und fasste nach ihrer Hand. Julianna befeuchtete die Lippen, als er mit der Zunge über die dünne Haut zwischen Daumen und Zeigefinger fuhr.

»Weißt du, was ich mit dir tun würde, wenn wir allein wären?«

»Ich glaube, das weiß ich.«

Der strenge Ton ließ ihn auflachen. Sie blickte ihn aus halb geschlossenen Augen an.

»Du hast schon wieder dieses Lachen«, sagte sie.

»Was für ein Lachen?«

»So wie gestern Abend.«

»Bei welcher Gelegenheit?«

»Als du … als wir … nachdem …«

»Nach was?«

»Lachst du über mich?«

»Aber nein, Kätzchen. Aber ich lache … weil mir etwas eingefallen ist.«

Er spielte mit ihren Fingerspitzen. »Wenn diese

Geschichte mit der Elster überstanden ist, dann sollten wir heiraten.«

Julianna traute ihren Ohren nicht und entriss ihm ihre Hand. »Das finde ich gar nicht komisch«, sagte sie streng.

»Ich auch nicht.«

»Dane! Wieso kommst du überhaupt auf diesen Gedanken?«

Die schwarzen Brauen hoben sich hochmütig. »Wieso? Muss ich dich an gestern Nacht erinnern? Ich habe dir deine Jungfräulichkeit geraubt. Allein die Ehre verlangt es, dass ich dich heirate.«

Ehre. *Ehre.* In ihrer Brust zog sich etwas schmerzhaft zusammen. Die Ehre hatte Thomas gezwungen, Clarice zu heiraten, dachte sie benommen. Es hatte lange gedauert, bis sie darüber hinweggekommen war, aber Thomas hatte das Richtige getan, als er sich für Clarice entschied.

Aber Julianna wollte mehr. *Sie verdiente mehr.*

»Was geschehen ist, ist geschehen. Du hast mir nichts, aber auch gar nichts genommen, was ich dir nicht freiwillig gegeben hätte. Ich werde dich doch nicht heiraten, nur weil wir einen Augenblick lang von Sinnen waren!«

»Von Sinnen, sagst du? Soweit ich mich erinnere, war es ganz anders.«

»Muss ich deutlich werden?«

Er spannte die Kiefernmuskeln. »Ich bitte darum«, kam die freundliche Antwort.

»Wir beide sind … sind weltlichen Freuden erlegen.«

»Wem? Wolltest du nicht freiheraus sprechen?

Liebes, du brauchst nicht um den heißen Brei herum zu reden.«

Im Licht des Tages sah alles anders aus. Zugeben, er sah nicht anders aus. Das dunkle Haar wehte im Wind. Die Konturen seines Mundes hatten sich zu einer scharfen Linie verzogen. Sein Anblick hatte wie immer verheerende Auswirkungen auf ihre Gefühlswelt.

Sie öffnete den Mund, schloss ihn dann wieder.

Das hatte sie nicht erwartet. Ihr Gesicht bekam einen fast verzweifelten Ausdruck. »Ich kann nicht leugnen, dass wir uns zueinander hingezogen fühlen, dass dies vom ersten Augenblick an so war. Aber vielleicht waren es die Umstände, die Enge der Hütte. Die ständige Nähe. Ja, das ist sicherlich der Auslöser gewesen.«

»Damit überzeugst du keinen von uns, Kätzchen. Wir beide wissen, was uns angezogen hat. Es hat uns wohl kaum angeregt, dafür erregt, aber ...«

»Du sagst es selbst, Dane. Es war wie eine Stichflamme.«

»Du denkst, es war Lust«, sagte er betont gleichgültig.

»Ja, ja! Wild und fleischlich.«

»Fleischlich!« Er gab ein angewidertes Geräusch von sich.

»Wenn ich heirate, wenn ich jemals heirate«, betonte sie, »dann aus anderen Gründen. Nicht aus einem verrückten Moment heraus.«

Er starrte sie ungläubig an. Dann wechselte sein Gesichtsausdruck. Heftiger Zorn packte ihn.

»Du lehnst mich ab?«

»Ich ... Anscheinend ist dies der Fall.«

Mit einem Fluch war er auf den Beinen. In Juliannas

Kopf drehte sich alles, als sie plötzlich merkte, dass sie ihm gegenüberstand.

»Ich könnte beinahe glauben, du willst mir eine Lektion erteilen. Etwa, weil ich nicht offen zu dir war?«

»Nein, das ist es nicht!« Er baute sich vor ihr auf, aber sie hielt sich tapfer aufrecht.

»Liebes, wenn ich zu deinen Brüdern ginge und ihnen eröffnete, dass wir auf *fleischliche* Art miteinander verbunden sind, dann würden sie bestimmt verlangen, dass wir heiraten.«

»Das mögen sie verlangen, aber mich würden sie bestimmt nicht dazu bewegen. Und du auch nicht. Ich treffe meine eigene Entscheidung, Dane.«

»Wir werden heiraten, Julianna.«

»Was?«, schrie sie.

Er blickte auf sie herunter. »Wir werden heiraten, Liebes.«

Sie reckte das Kinn. »Du magst einen Titel haben und du magst gewohnt sein, Befehle zu erteilen. Aber mir wirst du nichts befehlen.«

Die weißen Zähne blitzten auf. »Kätzchen«, sagte er gedehnt, »du bist zauberhaft in deinem Trotz.«

»Oh, halt! Wenn ich dich gestern Abend nicht bei den Farthingales gesehen hätte, wäre das nie passiert. Das Thema Heirat wäre niemals zur Sprache gekommen. Unsere Wege hätten sich nie wieder gekreuzt.«

Er verteidigte sich. »Ich habe bereits Nachforschungen nach dir anstellen lassen, Miss Julianna Clare – eine Aufgabe, die sich als leichter erwiesen hätte, wenn ich nicht den falschen Namen gehabt hätte.«

»Oh, jetzt komm mir nicht damit!« Ihre Augen blitzten auf. Ihre Blicke wichen ihm aus, kehrten wieder zu ihm zurück. Aber sie konnte seinem fragenden Blick nicht standhalten.

»Ich möchte nach Hause, Dane.«

»Julianna ...« Er packte sie am Kinn und zwang sie, ihn anzusehen. Als sie ihn wohl oder übel anblickte, flimmerte es ihr vor den Augen.

Die Lippen zitterten.

Dane fluchte hemmungslos vor sich hin.

Auf dem Rückweg in die Stadt sprach keiner von ihnen ein Wort.

Als sie vor ihrem Haus ankamen, war es bereits dunkel geworden. Er wandte sich zu ihr. »Ich komme mit hinein«, war alles, was er sagte.

»Bitte nicht«, bat sie mit halb erstickter Stimme.

Julianna hatte das Gefühl, als bohre sich sein Blick mit tausend winzigen Nadeln in sie.

Langsam hob sie den Kopf. »Es wäre besser, wenn wir uns nicht wiedersehen würden.«

Sie hätte nicht gedacht, dass sie dies aussprechen würde. Steif saß sie am Rande des Sitzes.

Sie spürte, wie sich jeder einzelne Nerv in ihm spannte.

Er berührte sie nicht. Wenn er es getan hätte, dachte sie verstört, hätte sie niemals die Kraft aufgebracht, bewegungslos sitzen zu bleiben.

»Julianna, hör mir zu. Ich kann dir geben, was du dir wünschst. Ich *will* dir alles geben, was du dir wünschst. Die Kinder, die du willst.«

Ein Beben durchlief ihren Körper, erschütterte ihr Herz. Ah, vor allem das Herz!

Sie hatte sich eingeredet, dass sie nie Leidenschaft und Begehren in den Armen eines Mannes erfahren würde. Aber in Danes Armen hatte sie es erlebt. So heftig, dass es beinahe beängstigend war! Ihn wiederzusehen ... wieder bei ihm zu sein ... es fühlte sich so richtig an.

Er hegte Gefühle für sie. Tief in ihrer Seele wusste sie, dass sie ihm nicht gleichgültig war. Sie spürte die zärtlichen Arme auf ihrem Rücken, die fordernde Hitze seiner Lippen auf den ihren.

Aber in ihr herrschte zu viel Aufruhr. Das Zusammenleben mit ihm in der Hütte, die erlittene Qual, nachdem sie ihn verlassen hatte ... und was Thomas anbelangte, wie töricht war sie gewesen! Nicht darauf zu kommen, dass er sich während ihrer Verlobungszeit mit Clarice getroffen hatte.

Wahrscheinlich fürchtete sie, ein zweites Mal so dumm zu sein.

Sie schüttelte den Kopf und wich seinem Blick aus. »Bitte«, begann sie vorsichtig. Plötzlich brach sie ab. Ihre Augen starrten über seine Schulter hinweg.

»Was ist los?«

»Dieser Mann dort drüben. Er steht nur so da. Dane, ich glaube, er beobachtet uns.«

Mit einer blitzschnellen Bewegung griff Dane unter den Sitz. Als er auf die Straße sprang, blinkte es stählern auf.

Der Mann auf der anderen Straßenseite berührte den Rand seines Hutes und ging fort.

»Es ist gut. Ich kenne ihn.« Dane steckte die Pistole in seine Breeches. Dann streckte er die Arme aus und hob Julianna aus der Kutsche.

Sie riss die Augen auf. »O mein Gott, die ganze Zeit hattest du eine Pistole ...«

»Ja.«

Der Mann war zur Straßenecke gegangen und wieder stehen geblieben. »Wartet er auf dich?«

»Ja.«

»Nun, dann ist es wohl besser, du lässt ihn nicht noch länger warten.«

Danes Kinn und Kiefer hatten sich verhärtet. »Das ist nicht das Ende.«

»Da widerspreche ich dir.«

Dane fluchte. »Ich komme wieder, Julianna.«

»Nein, Dane. *Nein.* Bitte nicht.« Sie verspürte einen stechenden Schmerz in der Brust. Sie schluckte. »Es wird einfacher für mich sein, wenn du das nicht tust.«

Und dann ging sie.

Dane ließ sich auf den Stuhl im Kaffeehaus fallen, wo er mit Phillip verabredet war.

Phillip beäugte ihn neugierig. »Du bist schlecht gelaunt, stimmt's?«

Dane knurrte und bestellte sich einen Whisky.

»Hat es etwas mit deiner Herzallerliebsten zu tun?«

Dane hob die Brauen. »Ei, was du nicht sagst!«

Phillip lachte, dann seufzte er. »Die Wahrheit ist, Dane, ich fürchte, wir werden diesen Schurken niemals finden. Die Sache ist langwieriger, als wir gedacht haben.«

Lange Finger trommelten auf der Tischplatte. »Das wollte ich nicht hören, Phillip.«

Phillip verzog das Gesicht. »Ich weiß. Obwohl wir alles tun, um seiner habhaft zu werden.« Er sah Dane an. »Reitest du heute Abend wieder aus?«

»Wie es scheint, bleibt mir keine Wahl.« Dane nahm sein Glas.

Sein Freund blickte ihn forschend an. »Geht es dir gut?«

»Nein.«

Phillip sah zu, wie er das Glas Whisky in großen Zügen leerte. »Du kannst es dir nicht leisten, unkonzentriert zu sein«, sagte er leise. »Es ist eine gefährliche Sache.«

Dane wandte den Kopf. Die Stiefelabsätze machten ein scharfes, scharrendes Geräusch, als er auf die Beine kam. »Du kümmerst dich besser um deine Angelegenheiten«, erklärte er ungewöhnlich barsch, »und ich um meine.«

Es war eine stille, ruhige Nacht. Die pechrabenschwarze Dunkelheit war undurchdringlich. Dicht und schwer lag sie über ihm. Graue Wolkenberge überzogen die schmale Sichel des Mondes.

Aufmerksam beobachtete Dane die Straße. Parzival wurde unruhig und scharrte mit den Hufen auf dem feuchten Boden, ließ Laub und Erdreich auffliegen. Mit einem einzigen Wort beruhigte Dane sein Pferd.

Phillip hatte Recht, gestand er sich ein. Seine Gedanken waren nicht da, wo sie sein sollten. Nicht bei seiner Arbeit. Und das Herz ebenfalls nicht.

Verdammt noch mal!

Er wollte nicht hier sein. Er wollte irgendwo sein, nur nicht hier.

Nein, das stimmte nicht. Er wollte bei ihr sein. Bei *Julianna.*

Beinahe von Anfang an hatte er sich vorgebetet,

dass sein Verlangen ihn nicht beherrschen dürfe. Die gefahrvollen Aufgaben, die er übernommen hatte, erforderten seine persönliche Ungebundenheit. Was wäre, wenn sich seine größte Angst bewahrheiten sollte und er sein Leben verwirkte? Es wäre keiner Frau gegenüber fair gewesen ... Gott möge ihm beistehen, Julianna gegenüber war es nicht fair! Sie hatte bereits zu viel Schmerzliches in ihrem Leben erlitten.

Aber das Verlangen war stärker geworden. Er konnte nicht verhindern, was zwischen ihnen geschah. Er konnte es immer noch nicht. Bei Gott, er wollte es nicht!

Allmächtiger, dachte er angewidert, was hatte er alles falsch gemacht! Was zum Teufel hatte er sich dabei gedacht? Er war zu selbstherrlich gewesen. Wie sie gesagt hatte – zu arrogant! Der Mann in ihm wollte immer noch nicht begreifen, dass sie ihm einen Korb gegeben hatte.

Schön, sinnierte er grimmig, der Antrag war nicht gerade formvollendet gewesen.

Nein, er war nicht so, wie er hätte sein sollen. Er hätte ihr den Hof machen müssen. Warten.

Ihre Stimme war süßer als das Sonnenlicht, das das Dunkel des Waldes erhellte. Rein. Klar und ungetrübt. War es ein Wunder, das er ungeduldig war?

Zum Donnerwetter, was sollte er also tun? Er würde sie nicht gehen lassen. Nein, so schnell würde sie ihn nicht loswerden. Sie würde nicht aus seinem Leben verschwinden.

Bei Gott, er wollte auf der Stelle wieder in ihr Leben treten.

In der Ferne war das Rattern von Rädern zu hören.

Parzivals Ohren stellten sich auf. Dane legte eine Hand auf seinen Hals und spürte, wie die Haut des kräftigen Rappen unter der Berührung zuckte.

Als die Kutsche in Sicht kam, wurde der Kutscher das riesige schwarze Tier gewahr, das sich drohend in der Mitte des Weges erhob und auf dessen Rücken eine maskierte, mit einem Umhang bekleidete Gestalt saß.

Mit klirrendem Geschirr kam das Gespann zum Stehen. Der dickwanstige Kutscher erstarrte.

»Hände hoch!«, befahl Dane ruhig. Ein Herr mittleren Alters streckte den Kopf aus dem Passagierabteil. »Was ist los, Mann? Warum haben Sie angehalten?« Die Augen traten ihm hervor, als er Danes maskierte Gestalt erblickte.

»Das ist er, Jane! Die Elster!«

Ein durchdringender Schrei kam aus dem Inneren des Gefährts.

»Bleiben Sie ruhig sitzen, Madam.« Dane blickte hinein, während er sich eine schwere Tasche über die Schulter warf. »Ich habe, was ich will.«

Mit einem Satz war er wieder im Sattel und packte die Zügel. Auf den Druck seiner Schenkel preschte Parzival davon.

Dane blickte über seine Schulter zurück.

Verflixt! Der Kutscher fummelte unter dem Umhang herum. Im gleichen Augenblick zischte eine Kugel an Danes Ohr vorbei und zersplitterte die Rinde eines tiefhängenden Astes genau über seinem Kopf.

Phillip hatte Recht.

Er durfte nicht unvorsichtig sein. Es war noch einmal gut gegangen.

Die Frau in der Ecke hob ihren Schleier. Versunken überprüfte Roxbury sein neuestes Stück, eine lange hölzerne Schachtel mit kostbaren Intarsien aus Elfenbein und Gold, wunderbar erhalten. Widerstrebend legte er sie zur Seite und wandte sich seiner Besucherin zu.

»Wieso starren Sie mich so an, *Madame?*«

»Ich dachte gerade über Ihre Augenklappe nach«, sagte sie unvermittelt. »Ich erinnere mich, dass Sie sie als junger Mann nicht trugen.«

»*Madame,* und mich erstaunt, dass Sie sich noch an mich erinnern.« Er lachte kurz auf.

»Wie ist es passiert?«

»Eine Verletzung aus meiner Zeit bei der Royal Navy. Ich habe sie mir in der Schlacht am Nil zugezogen.«

»Die Schlacht am Nil! Ich hätte es wissen müssen!« Die schmalen Brauen hoben sich leicht. »Auf Lord Nelsons Schiff?«

»Nein. Auf der *Culloden*. Wie Sie sich erinnern, haben die Briten es den Franzosen tüchtig gezeigt.«

Sie überhörte den Seitenhieb. »Ich könnte mir vorstellen, dass eine militärische Laufbahn für Sie sehr passend gewesen wäre.«

Er tippte auf die Augenklappe. »Meine Vorgesetzten waren da anderer Meinung.« Er lächelte gezwungen.

»Sie wissen, dass François ungeduldig wird und auf sein Gold wartet. Ich kann ihn nicht länger mit Entschuldigungen wegen Ihrer Zahlungsunfähigkeit hinhalten.«

Er spielte den Erstaunten. »Was! Ein Mann, den Sie nicht um den Finger wickeln können?«

»Sie sagten, die Verzögerung sei durch den Wegelagerer entstanden – wie war noch sein Name?«

»Die Elster.«

»Ja, ja. Die Elster. Dass sie Ihre Gelder geraubt hätte. Aber ein Mann in Ihrer Position … wie sind Sie zu Ihrem Reichtum gekommen? Doch nicht auf legale Weise?«

»Ausgezeichnet, *Madame.*«

»Wie dann?«

Ein Lächeln kräuselte seine Lippen. »Da Sie darauf bestehen, *Madame,* erlauben Sie, dass ich es Ihnen zeige.« Er öffnete die Schreibtischschublade und legte vor ihr zwei Banknoten auf den Tisch.

»Schauen Sie genau hin, *Madame.* Bitte ganz genau.«

Das Gesicht erhellte sich. Sie hatte begriffen. Sie atmete tief ein. »Wollen Sie damit sagen …«

»Genau das. Eine beinah fehlerlose Ausführung, finden Sie nicht? Ich meine, nur ein Angestellter der Bank von England würde den Unterschied erkennen. Ich beliefere einen Mann mit diesen Scheinen, der dann das Falschgeld in ganz England in Umlauf bringt. Natürlich ziehe ich es wie François vor, in Gold bezahlt zu werden. Aber, wie dem so ist, herrscht auch hier das Gesetz von Angebot und Nachfrage. Keine Produktion, kein Gewinn. Wenn meine Kontakte keine Lieferung von mir erhalten, mache ich keinen Profit. Und die Elster erschwert dies. Ich schlage also vor, dass Sie sich etwas einfallen lassen, um François zu besänftigen, *Madame,* denn mit Ihnen bin ich noch nicht im Reinen. Es gibt einige, die es interessieren würde, dass der verstorbene Armand nicht Ihr einziger Gatte war …« Er ließ ein krächzendes Lachen hören, »... und auch nicht ihr erster.«

Sie blitzte ihn an. »Ich mag vielleicht in Ihrer Schuld stehen«, gab sie zurück, »aber das muss mir nicht gefallen.«

Roxbury lachte leise. »Zügeln Sie Ihr Temperament, *Madame*. Aber Sie wissen doch, ich bin ein vernünftiger Mensch. Was würde Sie glücklich machen?«

»Nach Paris zurückzukehren!«

»Alles zu seiner Zeit, *Madame.* Trotzdem würde ich gerne wissen, was Ihnen so sehr missfällt.«

»London hängt mir zum Halse heraus. Und England. Und die Gesellschaft meiner Zofe!«

»Schmollen Sie nicht, *Madame.* Es steht Ihnen nicht. Womit könnte ich Ihnen eine Freude bereiten? Was würde Sie amüsieren? Ein Abend im Theater?« Er zündete sich eine Zigarre an, lehnte sich zurück und blickte sie durch eine Rauchwolke an. »Ja, das sehe ich Ihnen an. Wir sind uns ähnlich, Sie und ich. Wir beide wissen, wie wir das bekommen, was wir wollen, finden Sie nicht auch?«

Siebzehntes Kapitel

Trotz alledem hoffte Julianna, dass Dane am nächsten Morgen vor ihrer Tür stehen würde. Das war leider nicht der Fall, und als sie im Laufe des Tages im Hyde Park spazieren ging, wusste sie warum.

Lord und Lady Harrison unterbrachen Juliannas Rundgang, die stehen geblieben war, um die gelben Bänder ihres Häubchens fester zu binden. »Sie sollten nicht allein unterwegs sein, Mylady.«

»Ich gehe oft allein spazieren, Lord Harrison«, entgegnete Julianna freundlich.

»Ah, aber die Elster wurde vergangene Nacht in der Nähe der Stadt gesehen. Ich glaube, der Schurke wird von Tag zu Tag frecher.«

Juliannas Herz machte einen Sprung.

»So gefährlich ist er nun auch wieder nicht«, protestierte Eugenia, Lord Harrisons Frau.

Lord Harrison warf ihr einen erstaunten Blick zu. »Und woher willst du das wissen?«

Eugenia, die eine große Klatschtante war, schlug die Hände zusammen und sagte mit glänzenden Augen: »Ich habe gehört, dass er sehr …« Ihr schien plötzlich einzufallen, dass sie mit ihrem Mann sprach.

»Gut aussieht?«, ergänzte ihr Mann.

Eugenia biss sich auf die Lippen. »Nun, ja.«

Ein bittersüßer Schmerz durchfuhr Julianna, als sie dem in Gedanken zustimmte. *Ja, er sieht gut aus.*

Lord Harrison grollte. »Nun, gutaussehend oder nicht, es ist nur eine Frage der Zeit, bis man seiner habhaft wird. Der Kutscher hatte eine Pistole im Umhang versteckt, und als die Elster gestern Nacht nach dem Überfall das Weite suchte, hätte er ihm um ein Haar ein Loch in den Kopf geschossen.«

Juliannas Herz klopfte wild, während sie stocksteif dastand. Zorn und Angst kämpften in ihrer Brust. Dane führte ein gefährliches Leben. Wie konnte er nur so leichtsinnig sein!

Sie verstand es nicht. Und würde es wahrscheinlich nie verstehen.

Sie zitterte am ganzen Leib, als Lord und Lady Harrison sich verabschiedeten und weiterritten.

Auf dem Ball der Farthingales, bei dem ihr Dane begegnet war, hatte ihre Freundin Caroline und deren Mann sie für heute Abend ins Theater eingeladen, und sie hatte zugesagt. Wenn sie ehrlich war, musste sie sich eingestehen, dass sie keine Lust dazu hatte. Gestern Nacht hatte sie sich in den Schlaf geweint und fürchtete daher, eine nicht sehr anregende Begleitung zu sein.

Für eine Entschuldigung reichte dies nicht aus, trotzdem wollte sie Caroline durch einen Boten ausrichten lassen, dass sie leider absagen müsse. Blieb sie aber zu Hause, würde es ihr wie am Abend zuvor ergehen und sie würde sich wieder in den Schlaf weinen.

Die dunkelrote Farbe des Kleides, das sie für diesen Abend ausgewählt hatte, strahlte auf sie über und verlieh ihr Mut und Zuversicht. Julianna verdrängte jeden Gedanken an ihn, als sie mit ihren Freunden das Theater betrat.

Von allen Londoner Theatern besuchte sie am liebsten das Theatre Royal. Das Gebäude war bei vier verschiedenen Gelegenheiten bis auf die Grundmauern niedergebrannt. Bei der letzten Wiedereröffnung vor sechs Jahren hatten sie mit Sebastian und Justin die Premiere von *Hamlet* gesehen.

Der Abend verging schneller, als sie erwartet hatte. Sie verabschiedete sich von Caroline und ihrem Mann und verließ das Theater. An der Ecke zur Russell Street blieb sie stehen und hielt nach ihrer Kutsche Ausschau.

Die Menschen strömten an ihr vorbei. Während sie wartete, verspürte sie plötzlich ein feines Kribbeln, das von den Schultern zum Nacken hinaufzog. Langsam wandte sie den Kopf.

Die prächtige Erscheinung eines Mannes im schwarzen Rock und Stiefeln hob sich aus der Menge ab. Ihr stockte der Atem.

Der Anblick war so überwältigend wie neulich abends bei den Farthingales, und wieder erstarrte sie zur Salzsäule. Sein aufrechter, energischer Gang war betont zielstrebig, als er näher kam. Tapfer kämpfte sie gegen die aufsteigende Panik an.

Eine Hand legte sich warm in ihre Armbeuge »Hast du noch etwas vor, Liebes?«, hörte sie ihn kehlig murmeln.

Das Herz schlug ihr bis zum Hals. Julianna zwang sich, ihm ins Gesicht zu schauen und äußerlich unbeteiligt zu bleiben. Trotzig blitzte sie ihn an. »Wie hast du mich gefunden?«

»Mrs MacArthur zeigte sich sehr entgegenkommend.«

Sie reckte das Kinn. »Ich verstehe. Mit ihr werde ich ein ernstes Wort reden müssen. Leider hast du den Weg umsonst gemacht.« Sie war stolz auf ihr selbstsicheres Auftreten. »Ah, das sind sie ja. Bitte entschuldige mich.«

Er ließ sie nicht gehen und streichelte stattdessen ihre Armbeuge, dort, wo ihr Handschuh endete.

»Ich gehe, Dane.«

»Ja. Mit mir.« Seine Stimme hatte einen freundlichen Plauderton, klang aber unterschwellig hart, und sein charmantes Lächeln verzerrte sich leicht, was nichts Gutes bedeutete.

»Nein. Ich ... ich warte auf meine Freundin Caroline und ihren Mann. Wir sind zu einem kleinen Souper verabredet ...«

Er schüttelte den Kopf.

Sie presste die Lippen aufeinander. »Wie bitte? *Was?*«

»Du bist zweifellos die schlechteste Lügnerin, die mir je begegnet ist.«

»Aus deinem Munde, Sir, halte ich das für ein Kompliment!«

Er behielt dieses verdammte Lächeln, das sie maßlos aus der Fassung brachte. Er grüßte jemanden, dann wandte er sich ihr wieder zu.

»Ich komme nicht mit dir mit, Dane.«

»Wenn nicht, dann verkünde ich hier jedem, was für entzückende Grübchen du auf deiner Rückseite hast.«

Sie blickte ihn entgeistert an. »Dane, was soll das?«

»Bei den Farthingales hast du mir auch auf diese Weise gedroht, Liebes. Sehr unangenehm.«

»Drohungen kann ich nicht ausstehen.«

»Es sei denn, sie kommen von dir.«

Sie funkelte ihn wütend an. »Wer im Glashaus sitzt, sollte nicht mit Steinen werfen.« Aus einer Eingebung heraus sagte sie plötzlich: »Hat man Ihnen Ihre Taschenuhr gestohlen, Mylord?«

Er zog die Augen zu Schlitzen zusammen und packte wie zur Warnung fester zu. »Julianna«, begann er.

»Ja, ja, ich weiß schon. Die Ausbeute einer Nacht, nehme ich an.«

Er schwieg und blickte sie mit hochgezogenen Augenbrauen an.

Julianna schluckte. »Stimmt es, was gestern Nacht geschehen ist? Dass jemand …«

»Ja.« Seine Lippen bewegten sich kaum.

»Und dir ist nichts passiert?«, fragte sie unwillkürlich.

»Natürlich nicht.«

Natürlich nicht. *Natürlich?* Zum Teufel mit ihm!, dachte sie aufgebracht. Er war nicht unbesiegbar. Wie konnte ein Mann – wie konnte er! – von sich so überzeugt sein.

Mittlerweile war ihre Kutsche in der langen Reihe vor ihr stehen geblieben. Der Kutscher George öffnete den Wagenschlag. »Mylady?«, sagte vergnügt.

Dane half ihr beim Einsteigen und sprang auf. Bevor sie protestieren konnte, schwang er sich auf den Sitz neben sie. Sein fester Schenkel berührte sie.

Kräftige Finger umschlossen ihre Hand. »Du

läufst weg, Julianna. Aber das brauchst du nicht. Du brauchst dich nicht zu fürchten.«

Tat sie das? *Fürchtete sie sich?* Nach dem Drama mit Thomas war sie davongelaufen, bis auf den Kontinent. Aber vor Dane wollte sie nicht die Flucht ergreifen. Sie wollte sich an ihn werfen, spüren, wie sich seine Arme um sie schlangen und sein Kuss sie berauschte.

Wie gebannt blickte sie auf ihre Hände, die er mit kräftigen Fingern umschloss. Wieder verspürte sie ein süßes Ziehen in der Brust, als sie sich seiner Stärke bewusst wurde, obwohl seine Berührung zart und sanft war.

Ihre Blicke kletterten höher, bis zu seinen Augen. Dann versanken sie darin.

»Warum bist du hier, Dane?«

Er sah sie durchdringend an. Ein Zittern durchlief sie. Merkte er es? Spürte er es?, fragte sie sich beunruhigt. Aber kümmerte sie das überhaupt? Er blickte sie so eindringlich an, dass sie wie Wachs unter einer Flamme schmolz.

»Ich musste bei dir sein, Kätzchen.«

»Das ist Wahnsinn«, wisperte sie.

Noch nie war sie innerlich so zerrissen gewesen! Das Glück war zum Greifen nahe … sie brauchte nur zuzupacken. Sie fühlte sich elend. Er hatte Recht. Sie fürchtete sich. Sie hatte Angst! Wenn sie ihm nun vertraute und enttäuscht wurde? Der Schmerz würde gewaltig sein. Aber sollte sie gegen ihre Natur handeln? Ihn abweisen?

Sie hatte sich vorgebetet, sie müsse ihn vergessen. Aber wie, wenn er in jeden Winkel ihres Herzens eindrang? Wenn ihre Gedanken ständig um ihn kreisten?

Anscheinend bekam sie ihn nicht aus dem Kopf! Oh, dieser verflixte, dämliche Stolz!

Ihr Atem ging stockend. Der Gesichtsausdruck verriet sie. Dane musste den Kampf in ihrem Inneren bemerkt haben, denn sein forschender Blick ließ sie nicht los. Es war, als ob er ihr bis auf den Grund der Seele schaute. Er sah, was keiner sah. Was noch keiner gesehen hatte. Er sah, was *sie* nicht sehen konnte.

»Du bestehst darauf, niemals zu heiraten, Julianna. Willst du eine Affäre?«

»Nein!«, kam es ihr prompt über die Lippen.

»Ich auch nicht«, sagte er kurz. »Also, was willst du dann?«

Ein dicker Kloß saß ihr in der Kehle, so dass sie kaum ein Wort hervorbringen konnte. »Ich weiß es nicht«, flüsterte sie und konnte nicht verhindern, dass die Stimme zitterte. »Ich weiß es nicht!«

Er sah sie beinahe anklagend an. »Es ist dir nicht gleichgültig, Julianna. Ich weiß es.«

»Oh, begreifst du denn nicht? Ich will es nicht.«

Danes Augen verdunkelten sich. »Was zum Teufel bedeutet das? Wir haben miteinander geschlafen, Julianna. Als Mann und Frau. Wie es einem Ehepaar zukommt. Und das nehme ich nicht auf die leichte Schulter. Und du solltest es auch nicht tun.«

»Oh! Und du erlaubst dir, mir Vorhaltungen zu machen, Dane! Mir war es ernst, als ich sagte, ich würde dich weder aus einem Pflicht- oder Ehrgefühl heraus heiraten. Das verbietet *mein* Ehrgefühl. Von einer Ehe erwarte ich mehr als das, Dane. Ich möchte mehr von meinem Mann!«

Laut und ungeduldig rief er aus: »Julianna ...«

Julianna bebte am ganzen Körper. »Das allein ist es nicht«, fuhr sie ihn an. »Es ist nicht nur das!«

Danes Augen verengten sich. »Was dann?«

Wie durch ein Wunder gewann sie ihre Selbstbeherrschung wieder. »Du sagst, du möchtest, dass ich Kinder habe und … und all das, was ich mir wünsche. Aber ich möchte einen Ehemann, der standhaft und aufrichtig ist. Ich wünsche mir einen Mann, der ein Leben lang jeden Tag für meine Kinder da ist … und jeden Tag *mein* Leben lang für mich! Ich möchte einen Mann, der unseren Kindern Märchen erzählt und sie tröstet, wenn sie sich wehgetan haben! Vielleicht ist das selbstsüchtig, aber ich möchte einen Ehemann, der mich über alles andere stellt!«

»Das werde ich tun, Julianna. Lass es mich beweisen …«

»Nein«, sagte sie vehement. »Das kannst du nicht. *Du kannst es nicht!* Du sagtest, du fürchtest dich vor dem Sterben, aber du handelst nicht dementsprechend. Ich … ich verstehe nicht, warum du nicht … Vielleicht willst du dich selbst bestrafen. Vielleicht ist es eine Art Mutprobe! Du hast einmal gesagt, man überwindet seine Furcht am besten, indem man sich ihr stellt. Aber ich kann damit nicht leben. Ich kann es nicht! Ich will keinen Mann, der nach Belieben in mein Leben hineinschneit und wieder verschwindet! Und ich kann nicht in der Furcht leben, dich am nächsten Morgen vielleicht niemals wiederzusehen, wenn du dich am Abend von mir verabschiedest. So könnte ich nicht leben. Es ist abscheulich, wie du dich wissentlich in Gefahr begibst, Dane. Ich hasse es!«

Sie hatte sich diese Worte vom Herzen geredet.

Ihr Ausbruch hatte ihn erstaunt. Sie erkannte es an seinem Mund, der sich zu einer schmalen Linie verzogen hatte. Als sie versuchte ihm die Hände zu entreißen, wurde sein Griff fester.

»Verdammt«, sagte er heiser. »Ich habe keine Wahl, Julianna. Das Spiel ist noch nicht aus. Ich muss es zu Ende bringen. Ich kann jetzt nicht aufgeben.«

»Und darin liegt der Unterschied zwischen uns beiden. Für dich ist es ein Spiel. Aber für mich geht es um dein Leben!« Sie schluckte schwer. »Ich weiß, du kannst jetzt nicht aufhören. Ich weiß, dass es um Ehre und Loyalität geht. Ich verstehe es. Glaube mir. Aber ich kann es nicht akzeptieren. Ich kann es nicht. Ich will einen Mann, Dane, und keine Maske.«

Dane lehnte sich zurück. »Nicht gerade schmeichelhaft«, war seine knappe Antwort

Das Schweigen in der Kutsche wurde unerträglich. Er war zutiefst verärgert und biss die Kiefer so fest zusammen, dass man meinte, sie würden im nächsten Augenblick zerbrechen.

Endlich schweifte sein Blick zum Fenster hinaus. »Du lieber Himmel!«, rief er plötzlich entrüstet aus. »Warum zum Teufel sind wir nicht weitergefahren?«

Dieser Gedanke war Julianna ebenfalls durch den Kopf gegangen. Draußen fuhren die Kutschen immer noch vor dem Theater ab. Ihr Wagen stand an der Kurve, aber die endlos aneinandergereihten Kutschen versperrten die engen Straßen, so dass der Verkehr zum Stillstand gekommen war.

Julianna blickte durch das Fenster. Ein Paar schlenderte vorbei. Das Gesicht des Mannes war halb im Schatten, doch hatte etwas ihre Aufmerksamkeit erregt.

Seine Begleiterin trug einen flotten Hut, der mit einem knallroten Schleier überzogen war, passend zur Farbe ihres seidenen Kleides. Sie waren vor der Mietkutsche an der Ecke stehen geblieben. Der Fahrer stand mit einer Laterne in der Hand bereit und half ihr beim Einsteigen. Eine behandschuhte Hand legte sich elegant auf die des Kutschers. Mit der anderen schob sie den Schleier zurück.

Unwillkürlich dachte Julianna dabei, dass diese Frau einmal auffallend schön gewesen sein musste. Nein, das traf immer noch zu. Sie war weder jung noch alt. Sie war schlank und geschmeidig wie eine Frau, die um die Hälfte jünger war.

Kurz vor dem Einsteigen zögerte sie und blickte zu ihrem Begleiter zurück.

Das Licht der Laterne fiel auf ihr Gesicht.

Ungläubig riss Julianna die Augen auf.

Die Welt um sie schien sich in Eis zu verwandeln. Einen gefährlichen Augenblick lang auch das Blut in ihren Adern.

»Oh, Gott!«

Sie tastete nach dem Türgriff, stieß den Wagenschlag auf und kletterte hastig aus der Kutsche. In der Eile stürzte sie unsanft auf ein Knie und richtete sich mit den Händen auf.

Sie riss den Kopf nach oben.

Die Tür der Mietkutsche schloss sich mit einem hellen Klicken. Dann rollte sie gemächlich davon, als erste Kutsche an diesem Abend.

Dane packte sie bei der Taille und richtete sie auf. »Julianna! Was zum Teufel soll das!«

Julianna hörte nichts. »Halt«, rief sie. »Halt!«

Sein Blick ging von der Kutsche, die gerade in der Nacht verschwand, zu Juliannas wachsbleichem Gesicht zurück.

»Was ist los?«, fragte er scharf. »Kennst du diese Frau?«

Julianna sah in gequält an. Sie war immer noch zutiefst erschrocken. Das Gesicht, das vor ihr aufgetaucht war, hatte sie kaum gekannt. Niemals im Leben hätte sie erwartet, dieses Gesicht wiederzusehen …

Aber seine Züge würde sie immer wiedererkennen.

»Es war meine Mutter«, sagte sie wie betäubt. »Es war meine *Mutter.*«

Achtzehntes Kapitel

»Ich will dir nicht zu nahe treten, Kätzchen. Aber warst du nicht noch ein kleines Kind, als du deine Mutter zum letzten Mal gesehen hast?«

Dane setzte sich auf das goldene Brokatsofa in ihrem Wohnzimmer. Dane würde Juliannas Gesichtsausdruck nicht so bald vergessen. Wieder hatte ihn bei ihrem Anblick ein schauriges Kribbeln erfasst. Sie hatte ausgesehen, als sei sie einem Gespenst begegnet.

Es war hoffnungslos gewesen, den Wagen der verschleierten Dame einzuholen. Dane hatte versucht, ihr zu Fuß zu folgen, aber es hatte keinen Zweck.

Julianna nickte. »Ich war drei Jahre alt.«

Die Erschütterung war ihr immer noch anzumerken. Er schenkte Wein in zwei Gläser ein, von einem Tablett, das Mrs MacArthur auf dem Tisch vor ihnen abgestellt hatte. Er lehnte sich zurück und reichte Julianna ein Glas.

»Trink den Wein. Du bist noch sehr blass.«

Sie nahm einen Schluck.

»Noch einen«, bat er sie.

Sie gehorchte. Ein Lächeln erschien auf seinen Lippen. »So ist es gut«, lobte er sie. »Schon besser.«

Sie lächelte zurück, dann schweifte der Blick ab. Sie biss sich auf die Lippen. »Wie ist das möglich? Wie?«

»Du weißt es nicht mit Sicherheit«, ermahnte er sie. »Du hast diese Frau nur einen Moment lang gesehen. Und in der Dunkelheit …«

»Ich weiß es. Ich *weiß* es. Und doch, als ich sie sah, hatte ich ein merkwürdiges Gefühl … Ich bin nicht sicher, ob ich es erklären kann. Eine Fremde, sagte mein Verstand, aber die innere Stimme schrie auf. Du kennst sie! Du musst sie erkennen! Und so war es auch.«

»Julianna«, sagte er vorsichtig, »du warst erst drei Jahre alt, so genau kannst du dich doch nicht an sie erinnern.«

Ein Schatten huschte über ihr Gesicht. »Es ist richtig, ich erinnere mich nicht an sie, auch nicht, dass ich jemals traurig darüber war, keine Mutter zu haben. Ich hatte meine Brüder, die ich liebte, von denen ich mich wiedergeliebt wusste. Aber in Thruston Hall, dem Familiensitz, hängt ein Porträt von mir, Sebastian, Justin und den Eltern. Es wurde kurz vor dem Weggang meiner Mutter gemalt. Es heißt, der Künstler hätte uns sehr gut getroffen, er hätte das Wesen eines jeden Einzelnen eingefangen. Sebastians beschützende Art, Justins Widerspruchsgeist, die Strenge meines Vaters und die Leichtfertigkeit meiner Mutter. Nachdem sie uns verlassen hatte, ließ mein Vater das Bild auf den Speicher schaffen.

Aber oft bin ich hinaufgeschlichen, um es zu betrachten. Und als mein Vater starb und Sebastian sein Erbe antrat und Marquess wurde, hat er es wieder in der Galerie aufgehängt. Mich hat es stets fasziniert. Selten bin ich vorbeigegangen, ohne einen Blick darauf zu werfen. Als ich noch sehr jung war, dachte ich, die Schönheit meiner Mutter sei göttlich und durch nichts zu übertreffen.« Sie spielte mit einer kastanienbraunen Locke. »Ich erinnere mich noch, wie einer meiner Freunde meinte, es sei schade, dass ich nicht wie Justin ihre grünen Augen geerbt hätte. Aber ich war mit mir recht zufrieden ... Ich bewunderte zwar ihre Schönheit, wollte aber nicht wie sie sein. Auch nicht wie mein Vater. Vielleicht bin ich töricht«, fuhr sie leise fort. »Vielleicht haben mich meine Augen getäuscht. Und auch mein Verstand. Doch etwas in mir sagt mir, dass die Frau, die ich gesehen habe, meine Mutter war.« Sie schüttelte den Kopf. »Doch wie kann das sein? Wie ist das möglich?«

Es war schwer zu begreifen. Die Vernunft sperrte sich dagegen. Eine tote Frau wird nach fast einem Vierteljahrhundert wieder lebendig ... Es schien unfassbar. Und doch war Julianna fest davon überzeugt.

»Julianna«, sagte er ruhig. »Du sagtest, sie sei vor Jahren gestorben. Erzähl mir noch einmal, was geschehen ist.«

»Sie ist mit einem anderen Mann durchgebrannt. Das Schiff, mit dem sie fuhren, kenterte bei der Überfahrt auf dem Kanal. Alle an Bord ertranken. Mehr weiß ich nicht.«

»Was ist mit Sebastian oder Justin?«

»Da bin ich nicht sicher.« Fast hilflos begegneten ihm ihre Blicke. »Dane ...«

Er stellte ihre Gläser ab. »Du zitterst!«, rief er. Einen Augenblick lang sah er sie an; er sagte kein Wort, sondern legte ihr die Fingerspitzen vorsichtig auf die Wange. Seine Augen glühten dunkel auf.

Behutsam zog er sie in seine Arme. »Protestiere so viel du willst«, erklärte er, »aber ich werde dich heute Abend nicht allein lassen.«

Sie vergrub ihr Gesicht an seinen Hals. Sie wollte nicht widersprechen. Und sie wollte auch nicht, dass er ging.

In ihrem Zimmer zog er ihr das Kleid aus. Sie ließ es geschehen, dass er niederkniete und ihr Strümpfe und Schuhe auszog, während sie sich mit einer Hand auf seine Schulter stützte. Seiner Kleidung entledigte er sich ebenso ungeduldig. Als er vor ihr stand, hatte sie sich immer noch nicht bewegt.

Auch er blieb unbeweglich stehen, als sie die Hand ausstreckte und mit den Fingern durch die dunklen Haare auf seiner Brust fuhr.

Ihre Blicke begegneten sich. Ein wortloses Versprechen. Ein wortloses Ergeben. Was war noch wichtig? Sie war nackt im Mondlicht, nackt in seinen Armen. Sie hob den Mund, suchte seine Lippen. Die weiche Berührung ihres Mundes setzte seinen Körper in Flammen.

Er ließ nicht von ihren Lippen ab, während er sie zum Bett trug.

Mit der Hand strich sie über seine Schultern, den Oberkörper hinab. Vielleicht hatte der Wein ihr Mut gemacht. Sie wollte nicht nachdenken. Sie wollte nur fühlen.

Und sie wollte *ihn* fühlen. Dane.

Zaghaft strichen die Fingerspitzen über den flachen Bauch, erreichten die Stelle, an der sich das Haar kräuselte und dichter wurde.

Er spannte die Muskeln, küsste sie auf Hals und Nacken. »Ja, Kätzchen. Oh, ja.«

Seine Ermunterung trieb ihr die Röte in die Wangen. Sie legte die Finger um ihn, spürte wie er sich aufrichtete und heißer wurde, als sie mit dem Daumen die glatte, runde Spitze seines Geschlechts streichelte.

»Beeindruckend«, wisperte sie.

»Ich weiß.«

Ihre Augen weiteten sich.

Er lachte.

Sie spielte die Entsetzte und antwortete mit den Fingerspitzen. Sie gab ihn frei. »Gefällt dir das nicht?«

»Unverschämtes, freches Biest.« Ein sinnliches Lächeln lag auf ihren Lippen. Entschlossen packte er ihre Hand und führte sie. Unwillkürlich blickte sie hinunter. Sein Körper war hungrig – hungrig nach ihr. *Nach ihr.* Der Anblick ihrer Hand, die sein Geschlecht umfasste, sein Fleisch spürte, war unfassbar erotisch.

Wieder riss sie die Augen auf. Er war heiß. Brennend heiß und unglaublich hart.

»Bitte, Mylady, bitte mach weiter.«

Und das tat sie, bis er heftig stöhnend erklärte, er könne es nicht länger ertragen.

Er rollte sie auf den Rücken. Eine Hand wanderte zum Knie hinab, streichelte ausgiebig die samtige Haut ihrer Kniekehle und glitt dann zwischen ihren Beinen hinauf. Mit einer Hand packte er sie besitzergreifend am Schenkel, küsste sie langsam und ausgedehnt und kam ihrer Spalte quälend nahe, ohne sie jedoch zu berühren.

»Was war es, was du wolltest?«, flüsterte er. »Gefällt es dir nicht?«

Sein Daumen schob sich plötzlich in die feuchte Wärme ihrer rosafarbenen Enge, um sich sofort wieder zurückzuziehen. Hastig sog sie den Atem ein.

»Wie bitte? Julianna? Gefällt es dir nicht?«

In stummer Verzweiflung stemmte sie sich gegen seine Schulter.

Er senkte die Lippen auf ihren Bauch. Im Kopf jagten sich die wollüstigen Bilder der letzten Nacht, die sie in der Jagdhütte verbracht hatten. Wie er mit seinen breiten Schultern ihre Schenkel spreizte und den dunklen Haarschopf zwischen ihnen versenkte. Hemmungslos teilte er mit dem Daumen die dichten Löckchen und legte den darunter verborgenen Hügel der Lust frei …

»Willst du mir nicht sagen, was du möchtest, Süßes?«, fragte er mit einschmeichelnder Stimme. Dann zog er mit der Zunge eine sengende Spur oberhalb des kastanienbraunen Dreiecks. Er hob den Kopf und blickte sie aus brennenden Augen an.

»Das … das kann ich nicht sagen.« Sie glühte am ganzen Körper.

»Immer noch so schüchtern? Natürlich kannst du mir das sagen. Du kannst haben, was du willst, Liebste.«

»Dane!« Er wusste es, dieser Schuft! Er wusste es. »Ich kann es nicht!«, stieß sie leise hervor und drehte den Kopf zur Seite.

Sie spürte seinen Atem. Heiß und verlangend. Bitte, dachte sie verzweifelt. Sie sehnte sich nach seiner feuchten Liebkosung an dieser Stelle. Nur noch einmal. Noch einmal …

»Sag es mir. Spann mich nicht auf die Folter.«

Sie befeuchtete die Lippen. »Küss mich, wie du es einmal getan hast.«

Er lächelte. Sie konnte es an seiner Stimme hören. »Wie denn, meine Liebste?«

»Du weißt es«, sagte sie schwach.

»Meinst du so?«

Wie eine Stichflamme durchfuhr sie seine Berührung an der Stelle, die anschwoll, verlangend schmerzte.

Bei der ersten, gleitenden Liebkosung seiner Zunge wurde ihr Körper steif. Dann strömte die angestaute Luft aus ihrer Lunge und sie wurde schwach und weich.

Sie bog sich seiner Zunge entgegen. Seinem Mund. Ihm. Dann entwich ein abgehacktes Stöhnen aus ihrer Kehle. Diese köstliche Folter war nicht mehr zu ertragen. Rücksichtslos zerrte sie an seinem Haar, griff nach seinen Armen und zog sie zu ihrer Brust.

Er küsste sie mit einem Mund voll köstlicher Süße. Ungestüm und verlangend.

Nur eines würde ihr jetzt helfen, und das konnte nur er.

»Jetzt, Dane. Jetzt.«

Sie spürte die Vibration seines Lachens. »Geduld, Kätzchen, dann wird alles umso süßer.«

Aber er gab ihr, was sie wollte und was sie beide brauchten. Mit einer zielsicheren Drehung der Hüften tauchte er in sie ein. Sein Eindringen war tief und hart. Sie spürte ihn mit jeder Faser ihres Körpers.

Er zog sich zurück, behielt ein kleines Stückchen in ihr. Ihre feuchte Enge umschloss die Spitze seines Gliedes, als ob sie sich nicht von ihm trennen könnte.

Das konnte sie nicht. »Nicht aufhören.« Es war mehr ein Flehen, ein Stöhnen. »Nicht aufhören.«

Als er sie auf den Mund küsste, hätte sie beinahe aufgeschrien. »Kätzchen«, murmelte er. »Kätzchen.«

Langsam hob er den Kopf. Das Gold seiner Augen

erregte sie und ließ sie vor Seligkeit erglühen. Julianna konnte nicht wegblicken, als er wieder in sie eindrang. Und als er sie küsste, schrie sie auf.

Ungezügelte Lust nahm von ihr Besitz. Sie klammerte sich an seine Schultern, berauschte sich an seinem muskulösen Körper.

Der Höhepunkt war nahe. Er kündigte sich in dem schneller werdenden, beinahe wahnsinnigen Rhythmus seiner Stöße an. Und auch sie war kurz davor. Suchte ihn und ersehnte ihn.

Sie umarmte ihn fester. Eine Welle der Leidenschaft erfasste sie. Und dann wusste sie ...

Das war der Himmel. Das war Glückseligkeit.

Das war Liebe.

Am nächsten Nachmittag betrat Julianna ihren Salon. Ihre Brüder waren gerade angekommen und folgten ihr durch die Tür.

»Um was geht es, Jules? Deine Nachricht klang dringend.« Justin stand einen Schritt von Sebastian entfernt.

Dane war bereits anwesend und lehnte am Kaminsims. Er richtete sich auf, als die Brüder eintraten.

»Sebastian. Justin. Das ist Viscount Granville«, machte Julianna sie, ein wenig atemlos, bekannt.

Die Herren tauschten Höflichkeiten aus. Blicke wanderten zu Julianna.

»Wir können ja später noch einmal wiederkommen, wenn du magst, Jules.«

Julianna räusperte sich. »Nein. Ich hatte Dane gebeten, bei unserem Gespräch dabei zu sein.«

Sein Name war ihr herausgeschlüpft, bevor sie es

bemerkt hatte. Die Vertrautheit war den Brüdern nicht entgangen. Sie tauschten einen vielsagenden Blick. Das graue und grüne Augenpaar wandte sich wieder der Schwester zu.

Sebastian nahm im Ohrensessel Platz. Justin setzte sich auf die Couch gegenüber und streckte eines seiner langen Beine aus. Dane stellte sich neben den Schachtisch.

Julianna ließ sich auf den von ihr geliebten Queen-Anne-Sessel nieder und stellte die Füße ordentlich nebeneinander.

Sebastian zog die Stirn kraus.

»Es ist doch hoffentlich nichts Ernstes?«

Sie schüttelte den Kopf. Mit einem tiefen Atemzug hob sie das Kinn.

»Gestern Abend habe ich Mutter gesehen.«

Völlig unbewegt kamen ihr diese Worte über die Lippen. Die Brüder schwiegen wie betäubt.

Mit einem kurzen Auflachen unterbrach Justin die Stille. »Was soll dieser Unsinn! Jules, wenn das ein Scherz ist …«

Wieder schüttelte Julianna den Kopf. »Damit würde ich nicht scherzen. Ich habe sie gestern Abend nach der Vorstellung vor dem Theatre Royal in eine Kutsche steigen sehen.«

»Woher willst du das so genau wissen?«

»Das weiß ich eben nicht«, gab sie kleinlaut zu. »Aber das Porträt in Thurston Hall … Justin, oh, ich weiß, du hasst es, aber sie sah dir immer noch so ähnlich, dass mir das Herz stehen blieb.«

»Allmächtiger, das kann ich mir lebhaft vorstellen.«

»Sie war es. Oh, mein Gott, sie war es! Ich weiß, es ist absurd. Ich weiß, es tut weh und wühlt so vieles auf, das wir lieber vergessen hätten ... und doch war es unheimlich. Und wenn ihr sie gesehen hättet, wäre es euch ebenso ergangen, ihr hättet es auch gewusst ... Es war Mutter. Das habe ich gespürt!«

Justin antwortete nicht. Er senkte den Blick. Nichts ließ auf seine Gedanken schließen, seine Gefühle.

Dane trat einen Schritt nach vorn. »Wenn Sie es wünschen ... mir wäre es möglich, gewisse ... Erkundigungen einzuziehen.«

Sebastian blickte ihn aufmerksam an.

»Diskret? Unser Name wurde zu lange durch den Schmutz gezogen. Ich habe nicht den Wunsch, unsere Frauen und Kinder dem Albtraum auszusetzen, den wir drei in unserer Kindheit erleben mussten.«

»Das steht außer Frage.« Dane neigte den Kopf. »Julianna hatte über die Umstände gesprochen ...«, er versuchte taktvoll zu sein, »die zur Abreise Ihrer Mutter führten ...«

Der Schatten eines Lächelns lag auf Justins Lippen. »Reden wir nicht um den heißen Brei herum. Daphne Sterling, Marchioness of Thurston, hat England mit ihrem Liebhaber verlassen. Ihr Schiff kenterte im Sturm vor Calais. Alle an Bord gingen mit dem Schiff unter.« Er drehte sich um und ging mit steifen Schritten zum Fenster.

Dane blickte zu Sebastian und Julianna. »Auch wenn es höchst unwahrscheinlich klingt – und höchst unglaublich –, so könnte es tatsächlich möglich sein, das Daphne Sterling überlebt hat. Aber wenn dem so ist, wo ist sie dann die ganze Zeit gewesen?«

Wieder herrschte Stille. Weder Sebastian noch Justin und Julianna sagten ein Wort.

»Sie sagte, sie wolle auf den Kontinent«, verkündete Sebastian mit sonderbarer Stimme. »Paris. Venedig. Sie sagte, das Wetter würde herrlich sein.«

Justin wirbelte herum. »Was! Sebastian? Wieso weißt du das?«

»Weil ich sie abfahren sah. Ich habe gesehen, wie sie in die Kutsche stieg und Thurston Hall verließ. Beide. Sie und ihren Liebhaber.«

Seine beiden Geschwister starrten ihn verblüfft an.

»Ich weiß«, sagte Sebastian ruhig. »Ich war zehn, richtig? Sie und Vater hatten sich in der Nacht davor entsetzlich gestritten! Er wäre wütend gewesen, wenn er gewusst hätte, dass ich sie gesehen habe. Über *sie* und mich. Dann kam die Nachricht von ihrem Tod.« Er schwieg eine Weile. »Keiner weiß es, außer Devon.«

Julianna war immer noch sprachlos. Jahrelang hatte er dieses Geheimnis mit sich herumgetragen. Ihr Herz flog ihm zu. Für keinen von ihnen war es einfach gewesen, mit dem Skandal aufzuwachsen, dass ihre Mutter sie verlassen hatte. Und mit Vaters Härte. Diese Nacht hatte ihr Leben verändert ... vielleicht sie alle!

Aber ihr wäre nie in den Sinn gekommen, dass Sebastian dabei gewesen war. Dass er beobachtet hatte, wie seine Mutter fortging, aus seinem Leben ging, um nie mehr zurückzukehren. Unzumutbar für jedes Kind. Oh, wie muss das wehgetan haben!

Und wie tapfer er gewesen war. »Sebastian«, flüsterte sie und ging unwillkürlich auf ihn zu.

»Sieh mich nicht so an, Jules. Es ist gut. Wirklich.« Er umarmte sie rasch und zog sich wieder zurück.

Ein kleines Lächeln erhellte Juliannas Gesicht. Dann schweifte ihr Blick zu Justin, der sie ernst beobachtete. Er zwang sich zu einem Lächeln, aber der Gesichtsausdruck war betrübt, die Haltung steif.

Julianna und Sebastian tauschten einen besorgten Blick aus. Beide waren sich seiner Not bewusst.

»Der Mann, der in dieser Nacht bei ihr war«, sagte Dane, »ihr Begleiter. Wer war er?«

Sebastian schüttelte den Kopf. »Ich habe keine Ahnung. Wir waren Kinder. Spielt so etwas in den Augen eines Kindes eine Rolle?«

Vollkommen richtig, kommentierte Dane nüchtern für sich.

Justin war merkwürdig still geblieben. »Angenommen, sie ist am Leben«, sagte er plötzlich. »Angenommen, sie *ist* hier in London. Es stellt sich nicht nur die Frage, wo sie all diese Jahre verbracht hat, sondern warum ist sie plötzlich zurückgekehrt? Warum jetzt?«

»Eine sehr gute Frage.« Dane spann den Gedanken weiter. »Nicht nur das, sondern auch mit wem war sie gestern Abend zusammen?«

Sie sahen sich fragend an.

Julianna sprach den Gedanken aus, den jeder im Kopf hatte. »Der Mann von gestern Abend. Glaubt ihr, dass es ihr Liebhaber war? Der Mann, mit dem sie damals weggegangen ist?«

Julianna begleitete Sebastian und Justin eine Weile später zur Eingangshalle. Dane stand rechts von ihr, daneben ein Tischchen mit einer Blumenvase.

Sebastian drehte sich zu ihm um und streckte eine Hand aus. »Es ist freundlich von Ihnen, dass Sie uns helfen wollen.« Dann schaute er ihm forschend in die Augen. »Darf ich fragen, inwiefern Sie mit meiner Schwester bekannt sind?«

Ein kleines Lächeln breitete sich langsam auf Danes Gesicht aus. »Gewiss«, antwortete er entgegenkommend. »Ich habe die Absicht, sie eines Tages zu heiraten, und zwar möglichst bald.«

Julianna blieb die Luft weg.

Sebastian hob eine Braue. »Das hättest du uns sagen können, Jules.«

»Ich glaube«, kam Justin ihr zu Hilfe, »das ist neu für sie.«

»Nein«, entgegnete Dane leise.

Auch Sebastian war das kurze Aufblitzen in Juliannas Augen nicht entgangen. »Ah«, meinte er schmunzelnd, »wohl ein Quell endloser Debatten?«

Das zur Debatte stehende Paar sprach gleichzeitig.

»Ja!«, sagte sie.

»Nein!«, sagte er.

»Ah, ja«, sagte Sebastian und nickte verständnisvoll.

Danes Lächeln wurde breiter. »Sie muss sich noch an den Gedanken gewöhnen«, erklärte er. Er griff nach ihrer Hand und führte sie an die Lippen.

»Das habe ich bemerkt«, setzte Justin hinzu.

Mrs MacArthur erschien mit den Spazierstöcken. Sie öffnete die Tür.

»Nun«, murmelte Sebastian, als sie in das Sonnenlicht hinaustraten, »das war ein Tag der Enthüllungen.« Er blickte zu Justin. »Was hältst du von Granville?«

»Ein selbstbewusster Bursche.«

»Ja, das finde ich auch.« Sebastian sah zum Haus

zurück. »Und beim Weggehen habe ich bei Julianna eine Veränderung festgestellt. Als sie mit ihm sprach, war wieder Sonne in ihrer Stimme.«

»Kam dir das so vor? Ich habe das ganz anders gesehen«, sagte Justin mit einem glucksenden Lachen. »Aber du hast Recht. Das Funkeln ist wieder da. Allein das macht ihn liebenswert.«

»Richtig. Ich glaube nicht, dass wir uns einmischen sollten, Justin.«

»Nein«, stimmte er zu. »Unsere Schwester hat ihren eigenen Kopf.«

Sebastian sah ihn an. »Wollen wir noch ein paar Schritte gehen?«

»Einen Brandy könnte ich jetzt gut vertragen.«

»Außerordentlicher Vorschlag. Auf in den Club.«

Als sie im White's Platz genommen hatten, blickte Justin seinen Bruder fragend an. »Also«, begann er, »glaubst du es stimmt? Dass Julianna gestern Abend Mutter gesehen hat?«

Sebastian antwortete wahrheitsgemäß. »Wenn ich das wüsste.«

»Ich glaube, sie hat sie gesehen. Sebastian, mir geht es wie Julianna. Ich habe das merkwürdige Gefühl, dass sie es war.«

Sebastian trank den Whisky und betrachtete seinen Bruder. »Alles in Ordnung mit dir?«

»Wieso nicht?« Dann verstummte er, das Glas am Mund. »Es war ein ziemlicher Schlag, als Julianna damit herausplatzte.«

»Nein. Nicht ein Schlag. Ein Schock. An sie zu denken tut nicht mehr so weh wie früher. Ich hatte immer geglaubt, es sei ein Fluch, so wie sie auszusehen, bis ich

Arabella geheiratet habe. Jahrelang war ich überzeugt, ich sei wie sie.«

»Als ob das Äußere den Mann – oder die Frau – ausmachen würde«, sagte Sebastian und zog die Brauen zusammen.

Justin lächelte verschmitzt. »Ja, ja, ich weiß. Aber erst musste meine Frau kommen und mir zeigen, dass ich nicht so war.«

Sebastian war verwundert. »Was? Du kannst doch nicht schon wieder an dir zweifeln?«

»Um Himmels willen, nein!« Justin hob die Schultern. »Ich bin nicht sicher, ob ich wissen will, dass sie es war«, räumte er ein. »Und doch ...«

Er verstummte. In seinen grünen Augen flackerte es auf. »Was beunruhigt dich, Justin?«

Justins Adamsapfel bewegte sich, als er das Glas leerte. »Es ist nichts. Wirklich.«

Die beiden Brüder machten sich auf den Heimweg zu ihren Familien. Sebastian erzählte, dass Devon das Geplapper der Zwillinge verstand, während es für ihn nur sinnlose Laute waren. Justin lachte, als er berichtete, dass seine kleine Tochter ihm das Knie nass gemacht hatte, bevor er zu Julianna aufgebrochen war.

Über die Mutter wurde nicht mehr gesprochen. Er kannte seinen Bruder gut genug. Wenn Justin etwas auf dem Herzen hatte, dann würde er es ihm zur rechten Zeit anvertrauen. Wenn nicht, würde er ihn nicht dazu bringen können.

Nachdem die Haustür geschlossen war und Julianna sich von ihren Brüdern verabschiedet hatte, drehte sie sich schwungvoll um und kniff den hübschen kleinen Mund zusammen.

Dane war währenddessen wieder in das Wohnzimmer gegangen. »Was ist?«, murmelte er.

»Dane Quincy Granville …«

»Kätzchen«, sagte er gedehnt, »das erinnert mich an meine Mutter und meine Schwestern, die mir eine Strafpredigt halten wollten.«

»Und ich kann mir vorstellen, dass es an Gelegenheiten nicht mangelte!«

»Oh, aber ich war ein Engel!«

»Du?« Sie ging auf ihn zu und zeigte mit dem Finger auf seine Brust. »Dane, wie kannst du so etwas sagen? Ich habe dir mein Jawort nicht gegeben, und das weißt du!«

»Nun, mir war klar, dass du es ihnen heute auf keinen Fall verkündet hättest. Abgesehen davon, wollte ich sie etwas aufheitern. Ihr drei habt recht verdrossen ausgesehen. Und zu meiner Verteidigung … ich habe mich zurückgehalten. Ich habe nur gesagt, dass wir eines Tages heiraten würden. Ich hätte ja auch sagen können, du seiest mit mir verlobt.«

»Oh«, flötete sie süß, »aber das bin ich nicht. Eigentlich hätte ich ihnen sagen sollen, dass ich auf dich geschossen habe!«

»Ich würde dir raten, diese spezielle Information für später aufzusparen, Kätzchen.«

»Du machst mich wahnsinnig!« Sie machte auf dem Absatz kehrt, ging zum Fenster und schaute auf die Bäume hinaus.

Machte er sie wahnsinnig? Sie hatte nicht gesagt, dass sie ihn *nicht* heiraten würde. Eine wohlige Zufriedenheit erfasste ihn. Er wusste nicht genau, wieso, aber kurz zuvor war es ihm aufgegangen. Es war nicht nur wegen Thomas. Was hatte sie ihm gestern gesagt?

Ich möchte einen Mann, der mich über alles stellt.

Nachdem er Julianna mit Sebastian und Justin gesehen und gehört hatte, begriff er plötzlich so vieles. Mit einem Mal verstand er sie und sah sie in einem anderen Licht. Es lag auf der Hand. Sie wollte Stabilität. Sie wollte, was sie als Kind niemals gehabt hatte, was sie, Sebastian und Justin als Kinder niemals gehabt hatten – eine Mutter und einen Vater, die fest zusammenstanden. Die da waren, wenn sie weinten, wenn sie lachten. Ihre Brüder hatten die Liebe bereits gefunden.

Und jetzt war Julianna an der Reihe.

Er trat hinter sie, strich den weichen Flaum der Löckchen beiseite und küsste sie auf den Nacken. Mit den großen Händen umschloss er ihre schmalen Schultern. Sie widersetzte sich nicht, als er sie umdrehte.

»Bist du noch böse, Kätzchen?«

»Es ist schwierig, böse auf dich zu sein.«

Unwillkürlich lachte er über ihr grollendes Eingeständnis. »Wirklich?« Sachte strich er über die beiden steilen Fältchen auf ihrer Stirn. »Warum bist du dann so ungehalten?«

Sie zögerte.

»Deine Mutter?«, vermutete er.

»Ja«, räumte sie ein. »Und ich muss dir danken, dass du hier geblieben bist, Dane«, sagte sie sehr leise. »Deine Anwesenheit hat mir sehr geholfen.«

Ihre Worte gefielen ihm. »Aber du hast noch etwas anderes auf dem Herzen, Kätzchen.«

»Ja«, sagte sie langsam. »Du hast nach dem Mann gefragt, der gestern Abend bei ihr war. Ich war so mit ihr beschäftigt, dass ich kaum an ihn gedacht habe. Aber ich erinnere mich, dass mir etwas an ihm aufgefallen ist, als er vorbeiging.«

»Was war das?«

Julianna atmete tief durch. »Er trug eine Augenklappe.«

Dane erstarrte. »*Was?*«

»Auf der Seite, die mir zugewandt war. Ja, ich bin ganz sicher.« Sie nickte. »Über dem rechten Auge trug er eine Klappe.«

Neunzehntes Kapitel

»Granville, Sie haben sich lange nicht mehr blicken lassen.« Nigel Roxbury klang nicht überrascht, als Dane durch die Tür seines Büros trat.

Großer Gott! Roxbury hatte keine Ahnung! Am liebsten hätte er auf dem Absatz kehrtgemacht, besann sich aber noch rechtzeitig

Er zwang sich, gelassen zu bleiben. »Ja«, antwortete er, »aber besser so als umgekehrt.« Er nahm auf dem Stuhl gegenüber Roxbury Platz.

Dane war von Julianna aus geradewegs ins Innenministerium gegangen. Roxburys Abteilung dort saß beengt, aber sein Schreibtisch war wie der Mann selbst – makellos, übersichtlich und ordentlich. Roxbury war bei einer Reihe von Aufträgen sein Vorgesetzter gewesen. Er hatte den Mann nie besonders gemocht, aber das war unwesentlich.

»Oh, Mylord, plagt Sie etwa die Langweile, seitdem wir Ihre Dienste eine Weile nicht in Anspruch genommen haben?« Roxbury sah ihn an – mit dem linken Auge. Seinem *linken* Auge.

Dane schlug die Beine übereinander und bedachte ihn mit einem kurzen Lächeln. »Ich war für einige Zeit auf dem Lande.«

»Dann hatten Sie hoffentlich eine angenehme Reise?

Denn solange sich die Elster auf den Straßen herumtreibt, ist man seines Lebens nicht mehr sicher.«

»Ich bin überzeugt, die Rotkehlchen werden diesen Schurken bald dingfest machen. Wenn nicht, könnten wir vielleicht einen Mann auf ihn ansetzen.«

»Wären Sie dazu bereit?«

»Eine Aufgabe, die ich mit Begeisterung übernehmen würde, Sir.« Dane zuckte mit keiner Wimper.

»Nun, Sie haben sich in der Vergangenheit bisher als sehr nützlich erwiesen. Und wenn Sie bereit sind, Ihr Können erneut unter Beweis zu stellen, werde ich mit Mr Casey sprechen.«

»Ich wäre Ihnen dankbar, Sir.« Dane nahm eine ägyptische Statuette in die Hand, die am Rand von Roxburys Schreibtisch stand. »Ein interessantes Stück«, murmelte er.

»Eine Reproduktion. Erstaunlich gut, finden Sie nicht auch?« Roxbury griff nach einem Stapel Unterlagen. Ein Zeichen, dass sein Besucher entlassen war.

Dane stellte die Statuette wieder an ihren Platz und erhob sich. »Was ich noch sagen wollte, Sir, ich glaube, ich habe Sie gestern Abend vor dem Theatre Royal gesehen.«

Roxbury blickte ihn scharf an.

»Ihre Kutsche fuhr an, bevor ich Sie ansprechen konnte. Schade. Ihre Frau hätte ich gerne kennengelernt.«

»Oh, nicht meine Frau«, sagte Roxbury prompt. »Meine Schwester.«

»Ah. Verzeihen Sie.«

»Keine Ursache. Sie hören von mir, Granville.«

Dane schloss die Tür zu Phillips Büro und drehte sich zu seinem Freund um.

»Ich muss dich um einen Gefallen bitten«, begann er ohne Umschweife. »Einen persönlichen Gefallen. Und du darfst mit keinem über das sprechen, was ich dir jetzt sagen werde. Mit keiner Menschenseele, Phillip.«

In den Augenwinkeln bildeten sich feine Fältchen, als Phillip lächelte. »Tja, mein Alter, das gehört nun einmal zum Geschäft.«

Dane ging noch vieles durch den Kopf, als er einen Stuhl an Phillips Schreibtisch zog. Ruhig berichtete er ihm über alles, was er über die Familie Sterling wusste.

Als er geendet hatte, hob Phillip die Brauen. »Er stritt nicht ab, dass er beim Theater war?«

»Richtig.«

»Dann war er es«, sagte Phillip langsam. »Und was die verschleierte Frau betrifft, die Julianna gestern Abend gesehen hat – oder zu sehen vermeinte –, so ist es doch merkwürdig, dass sie, falls sie die Mutter ist, in all den Jahren kein Lebenszeichen von sich gegeben hat. Das musst du doch zugeben, Dane.«

»Ja, ich weiß, Phillip. Ich weiß. Aber ich glaube Julianna. Und Roxbury war aalglatt. Zu glatt. Doch aus welchem Grund könnte er gelogen haben? Es sei denn, er hat etwas zu verbergen.«

»Eine interessante Auslegung. Nehmen wir an, die Frau, die gestern Abend in seiner Begleitung war, ist die Mutter der Sterlingkinder. Nehmen wir an, sie *ist* Daphne Sterling. Das bedeutet ...«

»Dass Nigel Roxbury gelogen hat«, schloss Dane folgerichtig, »und diese Frau nicht seine Schwester sein kann. Außerdem hätte Julianna ihren Onkel doch bestimmt gekannt.«

»Eins zu null für dich«, sagte Phillip.

»Was weißt du über ihn?«

»Ich habe ebenso oft mit ihm zusammengearbeitet wie du. Meines Erachtens ist er seit über zwanzig Jahren für das Innenministerium tätig. Und, soviel ich weiß, ist sein Ruf einwandfrei. Aber dann würde ich nichts anderes erwarten.« Er warf Dane einen fragenden Blick zu. »Du sagst, weder Julianna noch ihre Brüder wissen, wer der Mann war, mit dem ihre Mutter in jener Nacht England verlassen hat.«

Dane nickte. »Mein erster Gedanke war, dass Nigel Roxbury die infrage kommende Person sei und dass beide überlebt haben ...«

»Unwahrscheinlich, dass es Nigel war«, sagte Phillip nachdenklich. »Er dürfte einige Jahre jünger als sie gewesen sein.«

»Ja.« Danes Ausdruck war grimmig. »Daran habe ich auch gedacht. Jedenfalls waren sie noch Kinder, als es geschah, und niemandem war daran gelegen, die Tür zu ihrer Vergangenheit aufzustoßen. Aus diesem Grund möchte ich in dieser Angelegenheit möglichst schonend vorgehen, um den Sterlings einen weiteren Skandal zu ersparen.«

»Ich könnte den Namen des Schiffes herausfinden, mit dem sie über den Kanal gefahren ist und die Namen der ertrunkenen Passagiere. Aber das wird einige Zeit dauern und nicht einfach sein, da es mittlerweile jahrelang zurückliegt«, erklärte Phillip, »aber ich werde sehen, was sich machen lässt.«

Später an diesem Nachmittag betrat Phillip fröhlich pfeifend das Kaffeehaus. Dane hatte sich dort in eine Ecke verzogen und saß mit finsterer Miene vor einem Glas Whisky.

Phillip ließ sich auf den Stuhl gegenüber gleiten. »Warum so trübsinnig?«

»Nicht trübsinnig. Nachdenklich.«

»Ah«, sagte er gutgelaunt. »Wie schön, dass du diesen Unterschied machst.«

Dane gab ein Zeichen, dass man seinem Freund ebenfalls einen Whisky bringe.

»Zu dem Thema kann ich noch etwas hinzufügen.«

Dane blickte mürrisch auf. »Und was?«

Phillip ließ sich mit der Antwort absichtlich etwas Zeit. »Es ist so, wie du gesagt hast.«

»Ich habe vieles gesagt, Mann, und kann mich nicht an alles erinnern.«

»Vielleicht fällt dir deine Vermutung von heute Nachmittag ein.«

Dane hielt den Atem an. »Phillip ...«

Phillip beugte sich vor. »Du hattest Recht, Dane. Roxbury hat keine Schwester.«

Dane starrte seinen Freund sprachlos an.

»Er hatte einen Bruder.«

Dane klammerte sich an das eine Wort. *»Hatte?«*, wiederholte er.

»Ja. James Roxbury starb vor ungefähr vierundzwanzig Jahren. Er ist umgekommen ...« Wieder machte Phillip eine bedeutungsvolle Pause. »Auf See.«

»Donnerwetter! Wie hast du das denn herausgefunden?«

»Ein Kinderspiel. Das Ganze ließ mir keine Ruhe, nachdem du gegangen warst. Also habe ich einen Blick in Roxburys Personalakte geworfen. In Westminster geboren und aufgewachsen. Bei der Durchsicht der Kirchenbücher wurde ich wieder fündig.«

Danes finstere Miene hellte sich schlagartig auf. »Phillip, du bist nicht zu übertreffen!«

Das Lächeln erstarb. Grübelnd blickte er seinen Freund an. »Seltsam. Verdammt seltsam. Aber jetzt wissen wir wenigstens, dass er gelogen hat. Und wenn Roxbury in diesem Punkt gelogen hat, dann vielleicht auch bei anderen Dingen? Vielleicht möchte er noch so einiges verheimlichen?«

»Da stimme ich dir zu, Dane. Wir müssen ihn im Auge behalten. Ich wünschte nur, ich hätte es früher getan.«

»Das Falschgeld«, sinnierte Dane, »hast du Roxbury nicht unter diesem Aspekt unter die Lupe genommen?«

Phillip schüttelte den Kopf. »Nein, ich bin auf der Suche nach jemandem, dessen finanzielle Lage sich erheblich verbessert hat, dessen Lebensstil nicht mehr der gleiche ist. Eine Person zum Beispiel, die auffallend verschwenderisch lebt.«

»Richtig. Vielleicht sollte ich in einer anderen Richtung weitersuchen. Auf methodische, wenn auch höchst unwissenschaftliche Art.«

»Und das wäre?«

Dane verkniff sich ein Schmunzeln. »In alphabetischer Reihenfolge?«

Phillip blickte verdutzt auf, dann lachte er. »Aufgrund der Tatsache, dass es keinen bestimmten Verdächtigen gibt und *jeder* infrage kommt, ist das vielleicht keine so schlechte Idee, oder?«

Die letzten Strahlen der Nachmittagssonne fielen auf die holzgetäfelte Wand, als Roxbury seinem Besuch ein Glas Wein einschenkte.

»Ich bin froh, dass ich Sie angetroffen haben«, sagte sie.

Mit verschränkten Fingern legte sie die Hände in den Schoß. Sein Blick folgte der Bewegung.

»Sie scheinen nervös zu sein, *Madame*«, bemerkte er. »Und Sie kommen mit leeren Händen. Keine schönen Sachen für mich? Wie undankbar von Ihnen. Besonders nach unserem Abend im Theater.«

»Ich habe eine Nachricht von François. Es gibt keine ›schönen Sachen‹ mehr, solange er sein Geld nicht bekommt.«

Roxburys Mund lächelte immer noch. Seine Augen nicht. »So herrisch wie der kleine korsische Emporkömmling?«

»Er ist Geschäftsmann«, erwiderte sie kühl, »der sich um seine Angelegenheiten kümmert.«

Er ballte die Hände zur Faust und löste sie wieder. »Die Elster macht mir zu schaffen«, murmelte er. »Der Kerl bestiehlt mich. Ich möchte fast glauben, er weiß Bescheid.«

Sie hob das Kinn. »Unsere Zusammenarbeit … Ich möchte sie hiermit beenden.«

»Unsere Zusammenarbeit wird weiterbestehen, bis ich habe, was ich will. Sagen Sie mir nicht, wann und wo sie aufhört.«

»Nein. Ich möchte aussteigen.«

»Ich verfahre sehr hart mit allen, die mich hintergehen.«

»Ich fürchte Sie nicht.«

»Das sollten Sie vielleicht besser.«

»Wie meinen Sie das?«

Liebenswürdig fuhr er fort: »Die Frau des Mannes, der mir bei meiner Arbeit große Dienste leistete, wagte es, mir damit zu drohen, dass sie einige Geschichten über mich preisgeben würde! Aber die Dame … nun, der Mann hatte seinen Zweck erfüllt. Sagen wir, weder dieser Dame noch ihrem Mann wird es möglich sein, aus dem Grab Geschichten zu erzählen.«

Er blickte sie durchdringend an. Sein Lachen war grausam. »Ja, wie ich sehe, haben Sie gut verstanden, was ich meine, *Madame.*«

Sie presste die Lippen aufeinander und sah zu, wie er hinter sich einen Sack hochhob und ihn auf seinen Schreibtisch legte. Dann öffnete er eine Schublade und kramte darin herum.

Im nächsten Augenblick lag eine lange, bedrohlich aussehende Pistole neben dem Sack.

Er schaute sie an. »Gehen Sie zu Ihrem Hotel zurück. Benachrichtigen Sie François, dass ich das Geld haben will. In zwei Tagen bin ich wieder in London.« Mit langsamen Schritten ging er zur Tür und hielt sie weit auf.

»Wohin fahren Sie?« Es gelang ihr, äußerlich gelassen zu bleiben.

In seinen Augen blitzte es hart auf, als er nach dem Sack griff. »Ich fahre nach Bath, *Madame.* Man muss sich um seine Geschäfte kümmern.«

Es war spät geworden und das Gebäude hatte sich fast geleert, als Phillip in sein Büro zurückging.

Ein schmalgesichtiger junger Angestellter trat auf ihn zu.

»Eine Frau wartet in Ihrem Büro auf Sie, Sir.«

Phillip zog die Stirn in Falten. »Eine Frau?«

»Ja, Sir. Sie sagte, sie hätte Informationen, die Sie interessieren würden. Sie wollte mir nicht sagen, worum es sich handelt. Sie bestand darauf, einen Bevollmächtigten zu sprechen.«

»Danke.«

Phillip ging hinein. Er sah sie sofort, obwohl sie im Halbdunkel stand. Sie war unglaublich klein, tadellos gekleidet. Mit geradem Rücken saß sie am Rand des Stuhles, die behandschuhten Hände in anmutiger Haltung auf dem Schoß. Die zierlichen Füße steckten in Lederstiefelchen. Die gesamte Erscheinung strahlte eine unnachahmliche Eleganz aus.

Mit einem Klicken schloss sich die Tür. »Guten Abend, Madam. Mein Name ist Phillip Talbot. Man sagte mir, Sie wünschten einen von uns zu sprechen.«

Sie wandte nur den Kopf, als sie ihn ansah. »Ja, ganz richtig«, antwortete sie mit einer klaren, kultivierten Stimme. »Ich habe viele Dinge in meinem Leben getan, auf die ich nicht sehr stolz bin. Aber ich möchte nicht an einem Mord beteiligt sein.«

Phillips Blicke hefteten sich auf den kecken, mit Federn geschmückten Hut auf ihrem Kopf. Der vom Rand herabfallende Schleier verbarg ihr Gesicht. Das Gespräch vorhin mit Dane schoss ihm durch den Kopf. Nein, dachte er erstaunt. Das war doch nicht …

Sein Puls schlug plötzlich schneller. »Ihr Name, Madam?«

Sie zögerte. Trotz ihres selbstbewussten Auftretens hatte Phillip das sonderbare Gefühl, dass sie nicht wusste, was sie sagen sollte …

Sie hob das Kinn, schlug den Schleier, der das Gesicht bedeckte, zurück.

»Sterling. Mein Name ist Daphne Sterling, früher Marchioness von Thurston.« Die Bemerkung wurde von dem leichten Heben einer schmalen, schwarzen Braue begleitet. »Vielleicht bin ich es auch noch.«

Zwanzigstes Kapitel

Langsam senkte sich der neblige Dunst der Abenddämmerung über die Dächer. Mit gesenktem Blick, das Kinn auf den Handrücken gestützt, saß Julianna am Fenster in ihrem Salon und schaute auf die Goldborte, die den Teppich umrandete. Der Tee, den Mrs MacArthur vor einer Stunde gebracht hatte, war kalt. Die Kekse lagen unberührt auf dem Teller. So viel war heute geschehen, dass es ihr nicht gelang, zur Ruhe zu kommen.

Sie hörte weder das Klopfen, noch dass Mrs MacArthur einen Besucher meldete. Erst als sie zufällig aufblickte, bemerkte sie, dass noch jemand anwesend war. Ja … und da stand er.

Ihr Herz begann wild zu schlagen.

Der Anblick seiner kraftvollen, selbstsicheren Erscheinung war atemberaubend. Das weiße Halstuch hob sich von dem gebräunten Gesicht ab. Eine sehnige Hand schob das Jackett nachlässig zur Seite und stützte sich auf die schmale Hüfte. Die muskulösen, langen Schenkel wurden durch die enge schwarze Hose betont. Eine hochgezogene, dunkle Braue zeigte ihr, dass er bereits einige Zeit an der Tür gestanden hatte.

Mit raschen Schritten war er bei ihr und zog sie auf die Beine. Wenn sie zuvor keinen klaren Gedanken fassen konnte, dann war ihr das jetzt unmöglich geworden. Der Rhythmus ihres Herzschlages wurde allein durch seine Gegenwart bestimmt. Seine Nähe versetzte sie in einen rauschhaften Zustand. Die Erinnerung an diese Lippen, die Spitzen ihrer Brüste geküsst hatten und diese Hand, die sich zwischen ihre Schenkel schob, brachte ihren Puls zum Rasen.

Beider Blicke trafen sich. Bei dem plötzlich aufblitzenden Lächeln tat ihr Herz einige taumelnde Schläge.

»Ich hoffe doch, dass ich nicht der Grund für deinen sorgenvollen und traurigen Ausdruck bin.«

»Nein, nicht heute.« In ihrer Stimme schwang ein leichtes Lachen mit. »Ich hatte gehofft, dass du zurückkommst.«

Er grinste schelmisch. »Ah, ein Willkommen, das ich mag.«

Er hob die Hand und strich mit den Knöcheln über ihre gerötete Wange und beobachtete, wie sich zwischen ihren Brauen eine steile Falte bildete.

»Du schienst tief in Gedanken versunken. Was geht dir durch den Kopf? Deine Mutter?«

»Ja«, gab sie zu. »Aber vor allem mein Bruder.«

»Das kann ich natürlich verstehen. Sebastian erscheint mir ...«

»Nicht Sebastian. Justin.« Sie zögerte. »Einen Moment lang machte er ein so merkwürdiges Gesicht. Er schien verstört, als er ging, Dane. Als ob sich ein Schatten über ihn gelegt hätte. Sebastian war es auch aufgefallen.« Sie dachte eine Weile nach. »Ich bin so froh, dass Justin Arabella hat.«

»Arabella?«

»Seine Frau. Er betet den Boden an, den sie betritt.

Und wenn du ihn vorher gekannt hättest …« Sie schüttelte den Kopf. Ein leichtes Lächeln huschte über ihre Lippen. »Sie hat das Biest gezähmt, ja, das war ihr Verdienst. Wahrscheinlich ist es töricht, sich in Dinge hineinzusteigern, die man nicht ändern kann.«

»Du hast ein mitfühlendes Wesen. Es ist nur natürlich, dass du dir um die Menschen, die dir lieb sind, Sorgen machst.«

Die Blicke ließen einander nicht los. »Danke«, sagte sie leise, »für dein Verständnis.« Eine Pause folgte. »Möchtest du zum Abendessen bleiben?«

Er zögerte. »Sehr gerne«, sagte er vorsichtig. »Aber ich fürchte, ich habe etwas anderes vor.«

Die Elster würde heute Nacht wieder unterwegs sein. Seine verhaltene Stimme verriet ihn. »Ich verstehe.« Sie unterdrückte das Beben ihrer Stimme.

Er beobachtete sie eine Weile und sah sie dabei sonderbar durchdringend an.

»Was? Was ist?«

»Es gibt etwas, das du wissen solltest«, sagte er langsam. »Der Mann, den du gestern Abend mit deiner Mutter gesehen hast, Julianna, der Mann mit der Augenklappe … ich kenne ihn. Er heißt Nigel Roxbury. Unter seiner Leitung habe ich zahlreiche Aufgaben übernommen.«

Julianna holte tief Luft. »Was? Aber wie …«

»Phillip und ich halten es für möglich, dass eure Mutter euch damals mit Roxburys Bruder verlassen hat. Bis jetzt haben wir noch nicht herausgefunden, ob es eine Verbindung mit dem Täter zum Innenministerium gibt. Aber irgendetwas ist da faul«, sagte er mehr zu sich selbst. »Wir sind ganz nahe dran. Ich spüre es.«

Ein Schauer lief ihr den Rücken hinunter und sie blickte ihn ängstlich an. »Dane«, sagte sie beklommen, »ich habe Angst.«

»Das brauchst du nicht«, entgegnete er rasch. »Ich passe auf mich auf. Glaube mir.«

Seine Augen wurden dunkel, als er zu ihr trat und ihr mit einer Hand zärtlich über das Haar strich. »Ich weiß, du verstehst es nicht. Aber ich kann nicht fortgehen, ohne dich zu sehen.«

Mit einem Finger unter dem Kinn hob er ihren Kopf an. Mit ernstem, beinahe feierlichem Gesicht blickte er ihr forschend in die Augen. »Ich liebe dich, Kätzchen.«

Ein brennender Schmerz setzte sich in ihrer Kehle fest. Um Himmels willen, jetzt nicht weinen, betete sie. »Oh, Gott«, wisperte sie.

Er lächelte schief. »Ja, mein Liebes. Ich liebe dich.«

Die Schlacht war verloren. Tränen erstickten ihre Stimme. »Dane«, flüsterte sie hilflos, »das kannst du mir nicht sagen und – und fortgehen.«

Sein Lächeln verschwand. Mit dem Daumen fuhr er die Umrisse ihres Mundes entlang, eine winzige Liebkosung. »Ich kann *nicht* fortgehen, wenn ich es dir nicht gesagt habe.«

Er küsste sie zart.

Und dann ging er hinaus.

Ohne sich darüber im Klaren zu sein, stand sie bereits am schmalen Fenster im Flur und starrte ihm nach. Mit erhobenem Kopf, aufrechtem Gang und breiten, geraden Schultern entfernte er sich.

Eiserne Klauen umklammerten ihr Herz. Ihre geheimen Ängste waren Wirklichkeit geworden. Sie wollte ihre Verzweiflung herausschreien und ihn anflehen, nicht fortzugehen. Aber hier ging es um Stolz und Ehre – nicht ihn betreffend, sondern sie. Sie konnte tapfer sein, so tapfer wie er. Und sie *würde* tapfer sein.

Sie unterdrückte ein Aufschluchzen und riss die Tür auf.

»Dane!«

Er drehte sich um und blieb an der nächsten Hausecke stehen, als sie auf ihn zurannte und sich an ihn warf. Sie hob das Gesicht. »Sei vorsichtig«, rief sie aus. »Pass auf dich auf und komm heil zu mir zurück!«

Sein Atem setzte einen Augenblick aus, dann zog er sie an sich. Die Bernsteinaugen wurden dunkel, als er die Arme um sie schlang.

Hart und ungestüm presste er den Mund auf ihre Lippen, und sie erwiderte seinen Kuss, mitten auf der Straße in London. Es kümmerte sie nicht im Geringsten, auch wenn ihr die ganze Welt zusah.

Dies würde die längste Nacht ihres Lebens werden.

Kaum waren zehn Minuten nach seinem Fortgehen verstrichen, ging sie bereits unruhig vor dem Kamin im Wohnzimmer auf und ab.

Ihr Magen brannte. Wie, fragte sie sich verzweifelt, sollte sie die Zeit überstehen? Warten und außer sich vor Sorge sein, ohne auch nur das Geringste zu wissen? Wie sollte sie die Vorstellung ertragen, dass er sich in Gefahr befand? Dass er vielleicht …

Ein lautes Klopfen an der Tür riss sie aus ihren Gedanken.

Mrs MacArthur war bereits auf dem Weg zur Tür.

Julianna durchlief es plötzlich eiskalt. »Warten

Sie!«, rief Julianna. Es fehlte nicht viel und sie hätte geschrieen. Mit beiden Händen ergriff sie die schwere Vase vom Tisch in der Diele und stellte sich kampfbereit mit hocherhobenen Armen neben die Tür.

Das Klopfen hörte nicht auf. »Hallo!«, rief eine Männerstimme. »Ist jemand zu Hause?«

Mrs MacArthur brachte ein leises, erschrecktes »Oh« hervor, fing sich aber rasch. Mit einem Kopfnicken bedeutete Julianna der Haushälterin, die Tür zu öffnen.

Die Tür flog auf. Der Mann an der Schwelle sah sie.

»Um Himmels willen! Es ist alles in Ordnung! Ich bin Phillip Talbot. Vom Innenministerium.«

Phillip. Danes Partner. Erleichtert ließ sie die Arme sinken und stellte die Vase ab. Sie merkte, dass sie zitterte. Sie *zitterte* am ganzen Leibe.

»Ich muss zu Dane! Ist er hier?«

Ihre Lippen formten sich zu einem Nein. »Er ist ... er ist fort.«

Phillip begriff. Er fluchte. »Verdammt, das hatte ich befürchtet!«

Das Blut gefror ihr in den Adern. »Etwas ist schief gegangen«, hauchte sie.

»In der Kutsche befindet sich ein Mann, der hofft, der Sache ein Ende zu machen ...«

»Roxbury?«, stieß sie hervor.

Phillip blickte sie erstaunt an.

»Ich weiß Bescheid«, schrie sie. »Ich *weiß* es!«

»Er ist bewaffnet«, sagte Phillip knapp. »Er will die Elster. Wenn Dane die Kutsche anhält, ist er gut darauf vorbereitet.«

Mehr brauchte sie nicht zu hören. Eine dunkle Vorahnung jagte ihr einen Schauer über den Rücken und ihr Magen krampfte sich zusammen – noch nie in ihrem Leben hatte sie eine derartige Angst empfunden.

Phillip eilte zur Tür. Julianna packte ihn am Arm. »Warten Sie! Was wollen Sie hin?«

Er schüttelte den Kopf. »Dane braucht vielleicht Hilfe. Ich werde mir ein Pferd besorgen und ein paar Männer zusammentrommeln.«

Sie hatte kaum bemerkt, dass er verschwunden war und stand noch immer bewegungslos am Fuße der Treppe. Dane war in Gefahr. Roxbury wollte ihn töten, schoss es ihr durch den Kopf.

Nachdem sie sich am Schalter eine Fahrkarte gelöst hatte, eilte Julianna über das Kopfsteinpflaster zur Kutsche. Ein paar Burschen waren gerade mit dem Einspannen der Pferde fertig geworden. Einer davon hielt ihr den Schlag auf, während sie einstieg.

Der Mann mit der Augenklappe hatte bereits Platz genommen – Roxbury.

Das Herz hämmerte ihr bis zum Hals, als sie mit dem Rücken zu den Pferden Platz nahm. Pech! Es wäre besser gewesen, in Fahrtrichtung zu sitzen, damit sie nach vorn auf die Straße blicken konnte.

Aber so war es ihr möglich, Roxbury zu beobachten.

Er war nicht so, wie sie ihn sich vorgestellt hatte. Er war groß, wirkte vornehm, auch wenn der dunkle Tuchrock schon einmal bessere Tage gesehen hatte. Von seiner Person ging eine gewisse Autorität aus, so dass sie ihn sich auf der Bank eines Schiedsgerichts vorstellen konnte. Altersmäßig schätzte sie ihn in den Vierzigern.

Das Geräusch von Stiefelabsätzen drang an ihr Ohr. »Alles einsteigen!«, rief eine Stimme.

»Warten Sie!«, rief aufgeregt eine weibliche Stimme. »Fahren Sie noch nicht!«

Ein kleines Mädchen kletterte, von der Mutter gefolgt, hinein. Julianna rutschte zur Seite, um ihnen Platz zu machen. Am liebsten hätte sie die beiden vor dieser Reise gewarnt, aber sie wagte es nicht.

Das Gefährt schwankte leicht unter dem Gewicht des Kutschers, als er schwerfällig auf seinen Bock stieg. Die Hoftür des Gasthauses öffnete sich knarrend. Mit Peitschenknallen und klirrendem Geschirr fuhren sie an.

Das kleine Mädchen nahm Julianna natürlich sofort in Beschlag. Unter dem Rand des Häubchens blitzten riesengroße blaue Augen auf. »Ich heiße Annabelle«, verkündete sie fröhlich. Das aufgeweckte Stimmchen passte zu ihrem putzigen Gesicht.

Julianna schätzte ihr Alter auf sechs Jahre. Sie erwiderte das Lächeln der Kleinen. »Hallo, Annabelle.«

»Wir besuchen Mamas Schwester. Meine Tante Prudence.«

Die Mutter lächelte entschuldigend. »Ich bitte Sie um Nachsicht. Annabelle ist ein rechtes Plappermäulchen.«

»Das stört mich nicht«, erwiderte Julianna freundlich.

Das kleine Mädchen hatte ihre Aufmerksamkeit Roxbury zugewandt – und Julianna tat es ihr nach, aber das gemeinsame Gegenüber schenkte ihnen keine Beachtung. Mit abweisender Miene blickte Roxbury aus dem Fenster.

Julianna hielt sich an der Schlaufe fest, als sie um eine Kurve ratterten. Als sie die Stadt hinter sich gelassen hatten, gewann die Kutsche rasch an Geschwindigkeit.

Sonderbar, wie alles der Fahrt von damals glich …

Die Dunkelheit brach herein und sie merkte, wie sie ständig aus dem Fenster starrte und angespannt den Straßenrand im Auge behielt, jeden Baum und jeden Strauch. Es kam ihr vor, als verstreiche eine Sekunde wie ein Jahr.

Und dann geschah es.

Die Kutsche raste um eine langgezogene Kurve. Draußen hörte man einen Ruf. Mit quietschenden Rädern kam das Gefährt zum Stehen. Wie beim letzten Mal konnte Julianna nicht verhindern, dass sie zu Boden geschleudert wurde. Dieses Mal gelang es ihr allerdings sich abzufangen, um nicht mit dem Kopf an die Kutschenwand zu prallen. Sie griff nach dem Polster und wollte sich gerade hochziehen, als Männerstimmen durch die Dunkelheit hallten.

Die Tür wurde aufgerissen, und sie sah sich zwei blitzenden Pistolenläufen gegenüber. Sie schluckte und blickte zu dem Mann hinauf, dem sie gehörten.

Er war ganz in Schwarz gehüllt, von den weiten Falten seines Umhangs bis zu dem Tuch, das seine untere Gesichtshälfte verdeckte. Die Augenpartie war unter einer Seidenmaske verborgen, so dass nur die Augen zu sehen waren. Auch im Dunkeln bestand kein Zweifel an ihrer Farbe. Sie schimmerten klar wie goldene Flammen...

Die Augen ihres Geliebten.

Kalte Nachtluft wehte herein. Sie kannte diese Stimme, kannte sie gut ... Leise und doch metallisch hart, als würde ein gespanntes Seidentuch mit einer Klinge durchschnitten, erinnerte sie sich benommen.

Sie bekam eine Gänsehaut, konnte sich weder bewegen noch ein einziges Wort hervorbringen, und die Angst drohte ihr den Verstand zu rauben. Der Mund war vor Schrecken wie ausgetrocknet, ein dicker Knoten hinderte sie am Schlucken. Noch nie hatte sie sich so ohnmächtig gefühlt.

Aber dieses Mal nicht aus Angst *vor* ihm, sondern *um* ihn.

Dane führte Parzival durch das hohe Gras und das Farnkraut, die am Rande der Straße wucherten, setzte sich bequem zurecht und richtete sich auf eine längere Wartezeit ein. Wie immer bemerkte Parzival die Kutsche, bevor Dane das Rumpeln der Räder in der Ferne hörte. Parzivals Ohren stellten sich nach vorne auf. Dane hielt die Zügel fester. Er überprüfte den Sitz der Maske und zog den Hut tief über die Brauen. Als es so weit war, hallte sein Ruf in der klaren frischen Nachtluft wider.

»Halt! Her mit dem Zaster!«

Er glitt aus Parzivals Sattel und ging auf die Kutsche zu.

»Wirf die Donnerbüchse und die Pistole ins Gebüsch!«, befahl er dem Kutscher. »Und jetzt Arme hoch ... höher, Mann!«

Zitternd und zähneklappernd tat der Kutscher, wie ihm geheißen. Mit dem Pistolenlauf durchsuchte Dane den Kofferraum. Verdammt, kein Sack! Er riss den Kutschenschlag auf. »Aussteigen, bitte.«

Drei Gestalten wurden durch die Türöffnung gestoßen – ziemlich grob, von jemandem, der sich im Inneren befand. Eine Frau. Eine Mutter mit Kind. Ein Schrecken durchfuhr ihn, als er die drei musterte. Er zuckte zurück.

Das Herz setzte wahrhaftig einen Augenblick aus. Julianna! Was zum Teufel hatte sie hier zu suchen?

Im Augenblick des Erkennens ließen ihn ihre Blicke nicht los. Ihr Ausdruck war merkwürdig, die Augen geweitet und dunkel. Irgendwie verzweifelt. Als ob sie ihn um etwas bat, ihn anflehte …

Eine weitere Gestalt tauchte auf.

Es war Roxbury.

In der Hand hielt er eine Pistole, den Lauf auf Danes Brust gerichtet.

Roxbury lächelte. »Die Elster«, sagte er mit aalglatter Stimme. »Oh, ich hatte gehofft, dass wir uns begegnen.«

Kaum hatten die Passagiere das Gefährt verlassen, griff der Kutscher nach den Zügeln. Mit einem Peitschenknall fuhr die Kutsche an und rumpelte um die Kurve.

Roxburys Gesicht verzog sich vor Wut. Gotteslästerliche Flüche ausstoßend, brüllte er die Frauen an.

»Bleibt, wo ihr seid, alle!«

Dane lachte kurz auf. »So, so, Roxbury, könnte es sein, dass der Kutscher gerade mit Ihrem Gepäck davongefahren ist?«

Ein panischer Schrecken breitete sich auf Roxburys Gesicht aus. »Wer zum Teufel sind Sie?«, herrschte er sein Gegenüber an. »Feigling! Zeig dein Gesicht!«

Dane riss die Maske herunter.

Roxburys Lippen bebten. »Granville!«, stieß er hervor. »Sie sind es also!«

Dane lächelte mit geschlossenem Mund. »Sie scheinen überrascht. Aber Sie sind aufgeflogen, Roxbury. Der Premierminister persönlich weiß, was gespielt wird.«

»Die Boswells, vermute ich.« Roxbury klang angewidert.

»Ja. Sie hat Sie und ihren Mann belauscht. Wir wussten bereits, dass jemand aus dem Innenministerium damit zu tun hatte, und wir wussten, auf welche Art der Transport vor sich ging. Nur der Verantwortliche war uns nicht bekannt.«

»So ein Klatschweib!« Auch wenn er die Stimme nicht erhob, war es ein Fluch. »So. Ihre Maskerade als Straßenräuber … die Überfälle. Von Ihnen und Talbot inszeniert, vermute ich, damit Sie Ihre Ermittlungen durchführen konnten?«

Zehn Schritte trennten sie. Mondlicht spiegelte sich auf den zwei Waffen. Die drei Frauen standen erstarrt daneben, rechts von Dane und links von Roxbury.

»Eins verstehe ich nicht, Roxbury, warum? Warum geben Sie sich mit Fälschungen ab?«

Roxbury berührte die Augenklappe. »Nelson hat sich wenigstens einen Titel und Ruhm erworben. Ich hatte nicht so viel Glück. Mich hat man entlassen und zum Packen meiner Siebensachen geschickt. Und doch stand meine Loyalität gegenüber König und Krone nie zur Debatte.«

»Warum dann?«

»Oh, ich bitte Sie. Überlegen Sie, Mann. Ich bin wohl kaum so betucht wie Sie!«

Danes Augen verengten sich. »Wie meinen Sie das?«

Roxbury lächelte hämisch. »Es war da, vor Ihrer Nase, Mann. Zum Greifen nahe. Vor aller Augen und nicht einer schöpfte Verdacht.«

Dane wurde hellhörig. Er erinnerte sich plötzlich. *Ich habe nach einer Person gesucht, deren finanzielle Lage sich erheblich verbessert hat, deren Lebensstil nicht mehr der gleiche ist,* hatte Phillip gesagt. *Nach jemandem, dessen Rock nicht mehr der gleiche ist. Vielleicht nach jemandem, der sich außergewöhnlich kostspielige Dinge kauft, die seine finanziellen Mittel überschreiten.*

Er hielt den Atem an. »Die Statuette in Ihrem Büro.« Es machte plötzlich Sinn. »Woher haben Sie die?«

»Eine langjährige Freundin aus Frankreich, die gut mit einem Kurator bekannt ist, der – wie ich – seinen Sonderfonds, sagen wir, als hilfreich empfunden hat.«

»Daphne Sterling«, sagte Dane lakonisch.

Roxburys Augen wurden zu Schlitzen. »Wie mir scheint, habe ich Sie unterschätzt. Aber ich bin überzeugt, die Krone wird mir danken, dass ich sie von der Elster befreit habe.«

»Man wird Sie fassen. Das wissen Sie doch.«

»Zeugen kann man aus der Welt schaffen. Vielleicht kommt Talbot bei einem Unfall ums Leben, ähnlich wie die Boswells. Und jetzt genug davon, Granville. Werfen Sie Ihre Waffen weg.«

Danes Augen funkelten. »Ich denke nicht daran.«

Roxbury machte eine Bewegung, bevor Dane ihn daran hindern und einen Schuss abgeben konnte.

Roxbury schnappte sich das Kind und hielt es an seine Brust.

Die Mündung war jetzt auf die Schläfe des kleinen Mädchens gerichtet.

Die Mutter schrie auf. »Annabelle!« Das Kind fing an zu jammern.

Roxbury schien Dane mit den Augen zu durchbohren. »Na los, tun Sie es!«, fauchte er.

Wut und Furcht packten Dane. Am liebsten wäre er Roxbury an die Gurgel gesprungen, auch wenn ihm der Schrecken in alle Glieder gefahren war.

»Schon gut. Schon gut!« Langsam warf er die erste, dann die zweite Pistole zur Seite. Mit einem dumpfen Geräusch landeten beide an seiner rechten Seite. »Lassen Sie das Kind gehen.«

Roxbury gab das kleine Mädchen frei. Weinend sank die Mutter zu Boden und drückte es an ihre Brust. Julianna hatte sich nicht von der Stelle gerührt. Dane spürte ihre Panik.

»Sind Sie wirklich so ein Ungeheuer, Roxbury?«, knurrte Dane kurz angebunden. »Wenn Sie mich umbringen wollen, dann nicht vor den Frauen. Erledigen Sie das woanders.«

»Wie Sie wünschen«, antwortete Roxbury freundlich. »Ich werde das zarte Gemüt der Damen schonen.« Er wies mit dem Kinn zu einer Gruppe von Ulmen, in deren Nähe sich auch Parzival befand. »Hier. Neben Ihrem Pferd. Mit dem Gesicht zu mir rückwärts gehen.«

Dane warf Julianna einen Blick zu. Für den Bruchteil einer Sekunde trafen sich ihre Blicke. Juliannas Augen waren weit aufgerissen, das Gesicht vor wahnsinniger Angst verzogen. Mit hocherhobenen Händen ging Dane die ersten Schritte rückwärts.

»Das ist weit genug!«, schnarrte Roxbury im Befehlston.

Der Mond kam hinter den Wolken hervor und tauchte die Erde unter sich in ein milchiges Licht.

Roxbury lächelte. Zärtlich strich er mit der Fingerspitze über den Abzug seiner Pistole. Seine Stimme war seidenweich. »Ihnen ist doch hoffentlich bewusst, dass mir dies ein besonderes Vergnügen bereiten wird.«

Roxbury bemerkte nicht den Schatten, der sich hinter ihm erhob. Aber Dane. Mit einer kaum wahrnehmbaren Bewegung richtete sich sein Blick auf einen Punkt hinter Roxburys Schulter. »Schieß«, sagte er leise. *»Schieß!«*

Einundzwanzigstes Kapitel

Es blieb keine Zeit, um abzuwägen oder sich zu fürchten, geschweige denn zu denken.

Auch nicht, um nur einen Sekundenbruchteil zu zögern, weder mit dem Verstand noch dem Herzen …

Funken und Feuer blitzen aus dem Lauf der Pistole auf. Ein explosionsartiger Knall zerschnitt die Stille der Nacht. Gespenstisch hallte das Geräusch über den Baumwipfeln wider. Eine Rauchwolke hing in der Luft.

Roxbury neigte sich lautlos nach vorn.

Dane kniete an seiner Seite und fühlte den Puls. Dann sprang er auf.

Julianna hielt die Pistole so fest umklammert, dass er sie ihr aus den Fingern lösen musste. Er schob sie in eine Tasche seiner Breeches.

Juliannas Knie gaben nach. Sie wäre zu Boden gesunken, hätte er sie nicht aufgefangen. Danes Stimme murmelte leise an ihrer Stirn.

»Ist ja gut. Ganz ruhig.«

Julianna starrte noch immer auf Roxburys Körper. »Ist er …?«

»Ja. Was ist mit dir, Kätzchen? Alles in Ordnung?«

Ihr Nicken war etwas zittrig. »Mein Gott«, sagte sie benommen. »Mein Gott, Dane.« Sie hob die Hand und strich ihm zärtlich über die Wange. »Er wollte auf dich schießen ... er hätte dich ...« Ihre Zunge streikte. Es war ihr unerträglich, die Worte laut auszusprechen. Plötzlich wurde sie von einem heftigen Schütteln gepackt.

Mit der Hand umfasste er ihren Hinterkopf. Das Haar hatte sich gelöst. Sanft fuhr er mit den Fingern durch die kastanienbraunen Locken.

»Mein tapferes, kleines Mädchen«, beruhigte er sie.

Sie sank an ihn. Schützend hielt Dane sie in den Armen. Julianna kniff die Augen zu und klammerte sich wie eine Ertrinkende an ihn. Ihre gegenseitige Umarmung war tröstend. Beide suchten die Geborgenheit von Körper und Seele und die Wärme, die nur die Berührung geben konnte.

Rhythmisches Hufgetrappel ließ ihn aufblicken. Phillip und zwei andere Männer sprangen von ihren Pferden.

»Ich hab den Schuss gehört«, sagte Phillip und eilte auf sie zu. »Ist jemand verletzt?«

»Nein«, murmelte Dane. »Aber hier sind noch eine Frau und ein kleines Mädchen. Einer muss sich um sie kümmern.«

Phillip nickte einem der Männer zu.

»Ich wusste doch, dass ich den aufregenden Teil verpasst habe!« Phillip blickte auf Roxburys Körper im Gras und pfiff durch die Zähne. »Guter Schuss, mein Alter!«

»Nein«, sagte Dane und hob eine Braue. »Das war ich nicht.« Er drehte sich um und nickte Julianna zu.

Phillip legte den Kopf schief. »Ein Meisterschuss.

Vielleicht können wir sie überreden, unserem Club beizutreten?«

Sofort traf ihn ein warnender Blick des Freundes.

Phillip seufzte. »Dacht ich mir's doch.«

Danes Hände sanken auf Juliannas Schulter. »Julianna«, sagte er beinahe feierlich, »zuerst möchte ich dir danken. Du hast mir das Leben gerettet. Aber dann will ich wissen, was du in dieser Kutsche zu suchen hattest.«

Julianna biss sich auf die Lippen. Ihr Blick huschte zu Phillip.

Danes Augen wurden schmal. Er blickte von einem zum anderen.

Phillip räusperte sich.

»Das ist wohl eine längere Geschichte. In meinem Büro befindet sich eine Frau, die unter Bewachung steht.« Er machte eine vielsagende Pause. »Ich denke, es wäre vielleicht angebracht, wenn ihr sie trefft.«

Die Nacht war noch nicht vorüber.

Julianna saß auf einer Bank in einem schmalen Korridor des Innenministeriums. Sebastian und Justin waren ebenfalls anwesend. Sebastian hatte am Ende der Bank Platz genommen. Justin lehnte mit der Schulter an der Wand. Man hatte sie über das Vorgefallene unterrichtet. Eine Stunde zuvor waren Dane, Phillip und ein großer, streng aussehender Mann mit Namen Barnaby hinter der gegenüberliegenden Tür verschwunden.

Die drei hatten keine Ahnung, was sich in diesem Raum abspielte.

Es ließ sich nicht verhehlen, dass ein gewisses Knistern in der Luft lag. Es hatte aber nichts mit Spannung zu tun hatte, überlegte Julianna, sondern mit Erwartung.

Ihre Mutter befand sich in diesem Zimmer. Die Mutter, von der sie seit vierundzwanzig Jahren kein Lebenszeichen erhalten hatten.

Jetzt warteten sie.

Die Tür öffnete sich mit einem schabenden Geräusch. Phillip trat heraus, lächelte ihnen kurz zu. Ihm folgte Mr Barnaby. Dane kam als Letzter.

Während die anderen Männer den Flur entlanggingen, blieb Dane vor den drei Sterlings stehen.

Justin wirbelte zu ihm herum, Sebastian und Julianna sprangen auf.

Sebastian platzte als Erster mit der Frage heraus: »Was geht hier vor?«

Danes Zögern war nicht zu übersehen.

»Bitte, Sie brauchen uns nicht zu schonen«, sagte Justin mit einem schwachen Lächeln. »Die Wahrheit ist am besten.«

»Offensichtlich wusste sie über Roxburys Machenschaften mit dem Falschgeld Bescheid. Aus diesem Grund werden die gegen sie erhobenen Beschuldigungen schwerwiegend sein. Aber die Tatsache, dass sie sich freiwillig gestellt hat, wird zu ihren Gunsten sprechen.«

»Weiß sie, dass wir hier sind?«, fragte Justin.

»Ja.«

»Wir möchten sie sehen.«

Dane nickte. »Sie hat diesen Wunsch ebenfalls geäußert. Aber ich fürchte, Ihnen bleiben nur wenige Minuten, bevor Barnaby zurückkommt und sie abholt.«

Dane öffnete die Tür und Sebastian ging als Erster hinein. Julianna folgte ihm.

Justin schloss sich als Letzter an.

Sie saß hinter einem kleinen Tisch. Die weißbehandschuhten Finger lagen gefaltet im Schoß. Sie wirkte klein und zierlich und strahlte das mondäne Flair einer Grande Dame aus, aber die klaren grünen Augen blitzten scharf und lebhaft auf.

Stille lag im Raum, eine nicht enden wollende Stille.

Daphne brach das Schweigen. »Tja«, sagte sie gelassen, »ziemlich peinlich das Ganze, findet ihr nicht? Ich hätte mir niemals träumen lassen, dass wir uns unter diesen Umständen wiedersehen.«

»Ich kann mir vorstellen, dass du nicht im Entferntesten daran gedacht hast, dass wir uns jemals wiedersehen würden«, erwiderte Sebastian ruhig. Diese Bemerkung sollte kein Vorwurf sein, sondern nur eine Feststellung der Tatsache.

»Nein«, sagte sie und hob die Brauen. »Offen gestanden, habe ich nicht damit gerechnet.«

Wenigstens war sie ehrlich.

»Ihr seht ausnehmend gut aus. Alle drei.«

Justin stellte die Frage, die allen am Herzen lag.

»Wir dachten, du seiest tot. Während all der Jahre … Warum bist du nie zurückgekommen?«

Sie lächelte schwach. »Oh, das war mir nicht möglich. Um nichts auf dieser Welt. Das sagt nicht, dass ich nicht an euch drei gedacht habe. Aber euer Vater und ich … er hat mir keine Luft zum Atmen gelassen … er hat mich erstickt. Und … ich bin, was ich bin. Das ist mir bewusst. Ich bin nicht vollkommen. Aber das konnte er nicht akzeptieren. Wir hätten uns mit Sicherheit gegenseitig zerfleischt ... Wir hätten uns sicherlich gegenseitig vernichtet. Und nachdem ich gegangen war ... nachdem dies einmal geschehen war, ließ es sich nicht mehr rückgängig machen.

James Roxbury hat mich verstanden. Er hat das Leben geliebt wie ich. Aber als er ertrank, tja ... bekam ich die Chance, ein neues Leben zu beginnen. Ich konnte nicht mehr zurück und ich habe nicht mehr zurückgeblickt. Ja, es gab Momente, da wollte ich euch sehen. Momente, in denen ich mich fragte ... Aber ich wusste, dass ihr drei in guten Händen seid. Ihr hattet eure Kinderfrauen. Ihr hattet euch. Aber ich hatte niemanden. Und ich musste weiterleben. Wenn mein Leben glücklich verlaufen sollte, dann lag es an *mir.*«

Sonderbarerweise verstand Sebastian dies. Vielleicht, weil er der Älteste war. Vielleicht, weil er sie so gekannt hatte, wie sie war, ein leichtfertiges, schönes Wesen.

Justin hielt den Kopf gesenkt und keiner sah den Schatten, der sein Gesicht verdunkelte. Plötzlich hob er den Kopf.

»Warte«, sagte er leise. »Ich habe es lange verdrängt. Aber jetzt bist du hier und ... und ich habe eine Frage, die nur du beantworten kannst.«

Sie betrachtete ihn aufmerksam und neigte den Kopf zur Seite.

»Es ist kein Geheimnis, dass es in deinem Leben andere Männer gegeben hat. James Roxbury. Der Mann, den du in Frankreich geheiratet hast. Und andere davor, nehme ich an.«

Sie bestätigte es weder, noch verneinte sie es.

Justins Stimme klang angestrengt. »In der Nacht, in der Vater starb, hatte ich eine Auseinandersetzung mit ihm. Ich habe ihm vor Augen gehalten, dass seine Frau ihn wegen eines Liebhabers verlassen hatte. Dass *er* vielleicht nicht mein Vater – oder Vater von einem von uns ist. Doch hatte er sein Leben lang deine Kinder am Hals, mit dem Wissen, dass möglicherweise keines davon sein eigenes war und dass er uns anerkennen musste, weil er das Gegenteil nicht beweisen konnte.«

»Wirklich nicht?« Die Andeutung eines Lächelns umspielte ihren Mund. »Immer der Dumme, nicht wahr?«

Sebastian hatte Justin einen scharfen Blick zugeworfen. Julianna machte einen tiefen Atemzug.

»Ist er es?«, fuhr Justin fort. »Ist William Sterling unser Vater? Oder ist es möglich, dass wir nicht seine Kinder sind? Wir alle. *Einer* von uns?«

An der Tür wurde laut geklopft. Sie ging auf. Ein grimmig aussehender Wächter trat ein. »Die Zeit ist um«, verkündete er knapp, ging auf sie zu und packte sie beim Arm.

Justin drehte sich um, als sie um den Schreibtisch herumgeführt wurde. Er blickte sie eindringlich an. »Weißt du es überhaupt?«, fragte er ruhig.

Sie war bereits an der Tür. Ihr Gesicht drückte eine Art schelmischer Verwunderung aus, als sie über die Schulter zurückblickte. Dann blitzte es in ihren smaragdgrünen Augen auf, die den seinen so ähnlich waren. »Justin …«

»Das muss jetzt warten.« Die Wache warf ihm einen strengen Blick zu. »Mr Barnaby wünscht, dass sie sofort dem Gericht überstellt wird.«

Ihr Blick löste sich von Justin und glitt über die drei Geschwister. »*Adieu,* meine Kleinen. *Adieu.*«

Vielleicht waren sie noch zu benommen, die drei – zu viel war in kürzester Zeit auf sie eingestürmt! Denn stumm blickten sie ihrer Mutter nach, während sie aus ihrem Blickfeld verschwand …

Als Dane, der am Ende des Flurs mit Phillip gestanden hatte, auf sie zukam, konnte Julianna ihn nur mit großen Augen ansehen.

»Dane«, sagte sie schwach, »was wird mit ihr geschehen?«

Er strich ihr über den Arm.

»Im Augenblick kann keiner von euch etwas unternehmen. Geh nach Hause und ruh dich aus.« Er drückte leicht ihren Arm. »Und warte dort auf mich.«

In Wirklichkeit hatte Dane die Situation fest im Griff …

Und er würde alles tun, was in seinen Kräften stand.

Alles, was getan werden musste.

Zweiundzwanzigstes Kapitel

Am Vormittag des nächsten Tages ging Sebastian die Stufen zu Juliannas Stadthaus hinauf. Justin folgte kurze Zeit später. Die Brüder hatten ein Bad genommen und sich umgezogen; Mrs MacArthur hatte im Damenzimmer ein leichtes Frühstück bereitet. Sie schienen nicht besonders hungrig zu sein, und so versammelten sich die Geschwister recht bald im Salon. Keiner von ihnen war bis jetzt besonders gesprächig gewesen, Justins Schweigsamkeit aber war den Geschwistern nicht entgangen. Sebastian und Julianna tauschten einen besorgten Blick aus, als er ihnen folgte. Julianna nahm neben Sebastian Platz und atmete tief durch.

»Also«, sagte sie, »es ist Zeit, dass wir über Mutter sprechen, findet ihr nicht auch? Ich fürchte, ihre Situation könnte letztendlich sehr unangenehm werden.«

»Und ich fürchte, dass der Name unserer Familie wieder durch den Schmutz gezogen wird«, setzte Sebastian verdrossen hinzu. »Wir müssen mit der durchaus bestehenden Möglichkeit rechnen, dass sie ins Gefängnis kommt. Ich kann mir bei Gott nicht vorstellen, wie sie das überstehen soll. Aber ich denke, wir sollten alles daran setzen, dass sie die beste Verteidigung bekommt.«

Julianna strich mit der Fingerspitze um den Rand ihrer Teetasse. »Ich bin deiner Meinung. Auch wenn sie uns verlassen hat, können wir *sie* in dieser schwierigen Lage nicht im Stich lassen.«

Sebastians Blicke wanderten zu Justin. »Dann sind wir uns alle einig?«

Zum ersten Mal an diesem Morgen flog ein echtes Lächeln über Justins Gesicht. »Dachtest du vielleicht, ich wäre dagegen? Sie ist immer noch unsere Mutter.«

»Ehrlich gesagt, ich war mir nicht sicher«, gestand Sebastian ein. »Mutter war immer so kapriziös, so verdammt impulsiv. Und Vater war ... er war unmöglich, findet ihr nicht auch? Ich möchte nicht entschuldigen, was sie getan hat, nichts davon. Sie wollte, dass man sie bewundert, sie anbetete. Aber auf ihre Weise hat sie uns geliebt. Vielleicht ist es töricht von mir, aber schon seit Jahren mache ich ihr das nicht mehr zum Vorwurf. Auch wenn sie sich jetzt strafbar gemacht haben mag, traue ich ihr nichts Böses zu.«

Justin schüttelte den Kopf. »Du bist nicht töricht, Sebastian. Du bist ... mit einem Wort, für mich bist du der beste Mensch, den ich kenne.«

Sebastian lächelte ein wenig verlegen. »Danke.« Dann wurde er wieder ernst. Forschend blickte er in das Gesicht des Bruders. »Darf ich dich etwas fragen?«

»Natürlich.«

»Was du vorhin zu Mutter gesagt hast. Über Vater. Ich wusste immer, dass irgendetwas im Gange war ... ich war mir nur nicht sicher, was.« Er beobachtete ihn genau. »Du warst in der Nacht, in der er starb, bei ihm, das ist doch richtig?«

»Ich war bei ihm, als er starb.«

Sebastian war verwirrt. »Warum hast du nie etwas davon erzählt?«

»Ich gab mir die Schuld an seinem Tod, Sebastian. Jahrelang. Bis ich Arabella geheiratet habe. Ich habe mich geschämt.« Er legte die Hände auf die Knie und verschränkte sie. »Ich war jung. Ich war ungestüm. Und wir hatten diesen furchtbaren Streit.«

»Wegen Mutter.«

»Ja.«

»Mir war immer klar gewesen, dass es dich am meisten getroffen hatte, als Mutter uns verließ«, sagte Sebastian leise. »Aber du hast es nie gezeigt.«

»Vor dieser Nacht«, bekannte er kaum hörbar, »hatte ich niemals bezweifelt, was man uns immer gesagt hatte – dass Mutter erst nach Juliannas Geburt eigene Wege ging. Erst, als wir älter waren, kamen Zweifel auf … aber nach jener Nacht mit Vater« – sein Gesichtsausdruck wirkte gequält – »fragte ich mich, ob dies der Wahrheit entsprach. *War* sie bereits vor unserer Geburt untreu gewesen? Hatte Vater mich gehasst, weil ich Mutter so sehr ähnelte? Oder weil er nicht mein leiblicher Vater war?«

Während Julianna ihrem Bruder zuhörte – ihn hörte –, spürte sie einen stechenden Schmerz im Herzen. »Justin«, sagte sie liebevoll, »darum geht es nicht. Er bestrafte uns, weil er sie nicht bestrafen konnte. Er konnte einfach nicht lieben.«

»Sein Leben war von Bitterkeit zerfressen«, fügte Sebastian hinzu. »Von Pflichterfüllung geprägt. Ich glaube, er wusste nicht einmal, was es heißt, glücklich zu sein.«

Justin war sehr nachdenklich geworden. »Vielleicht hast du Recht. Wahrscheinlich war das der Grund.«

Eine Weile saßen sie schweigend beieinander. Der Sog der Ereignisse hatte sie mitgerissen und nun hingen sie ihren eigenen Gedanken nach – und Erinnerungen.

Just in diesem Augenblick klopfte es an der Tür.

Julianna sprang sofort auf. »Das wird Dane sein«, sagte sie atemlos.

Und so war es auch. Mit raschen Schritten trat er ein.

»Also«, sagte er nachdenklich. »Es ist vorbei. Die Situation eurer Mutter ist – geklärt.«

Juliannas Blicke waren nicht von ihm gewichen. »Was ist geschehen?«, fragte sie. »Hat Barnaby die Anklage fallen lassen?«

»Eigentlich nicht.«

Sebastian sah seine Geschwister an, dann heftete sich sein Blick auf Dane. »Was heißt das genau?«

Dane wählte seine Worte sorgfältig. »Wie sage ich es am besten? ... Ich habe die Wache überredet, dass ich eure Mutter an seiner Stelle zum Gericht eskortiere. Auf dem Weg dorthin ...«

»Was soll das heißen?«

»Folgendes: Sollte man mich fragen, werde ich zur Antwort geben, dass eure Mutter eine einfallsreiche Person sei. Dass es ihr während des Transportes gelungen sei, sich meiner Begleitung zu entziehen und ... die Flucht zu ergreifen. Eine verdammt dumme Sache, wirklich. Im Augenblick war sie noch da, im nächsten verschwunden.« Er schwieg bedeutungsvoll. »Sollte man mich fragen, natürlich.«

Während Dane sprach, sah Dane jedem Einzelnen

von ihnen in die Augen. Julianna, Sebastian und Justin blickten ihn fassungslos an. Sie ist *geflohen,* sagte er, *geflohen.*

Julianna stellte die Tasse ab. »Meiner Treu«, meinte sie unsicher, »heißt das, dass sie …«

»Ich wage sogar zu behaupten, dass sie sich jetzt mit Sicherheit auf dem Rückweg nach Frankreich befindet.«

Großer Gott, er hatte die Augen zugemacht. Nein, mehr als das, dämmerte es ihr. Er hatte ihrer Mutter geholfen. Er hatte sie gehen lassen. Auf irgendeine Art hatte er ihr zur *Flucht* verholfen.

Das war eine klare Schlussfolgerung, die sich nicht aus den Worten ergab, sondern aus den Dingen, die sich dahinter verbargen.

Und da er ihre Mutter gerettet hatte, hatte er sie alle gerettet – sie, Sebastian und Justin.

O Gott, wie sehr liebte sie ihn!

»Sie wird nie mehr nach England zurückkehren können?«, fragte sie.

»Nein.« Dane sprach sehr ruhig. »Wahrscheinlich würde man sie festnehmen und der Mittäterschaft bezichtigen, außerdem würde sich im Verlaufe der Verhandlung wahrscheinlich herausstellen, dass sie sich der Bigamie schuldig gemacht hat. Aber eines möchte ich betonen … Die Information in Sachen Nigel Roxbury wird das Büro des Premierministers und das Innenministerium nicht verlassen. Keiner braucht zu erfahren, was mit ihm geschehen ist – und mit eurer Mutter.«

»Für die Welt«, sagte Sebastian langsam, »ist Daphne Sterling immer noch tot.«

Danes Blicke hielten dem seinen stand. »Ja. Und niemand wird etwas anderes erfahren.«

»Wir sind Ihnen zutiefst dankbar«, sagte Sebastian ruhig.

Julianna neigte den Kopf zur Seite und richtete das Wort an ihre Brüder. »Wir werden sie nicht wiedersehen«, murmelte sie.

»Nein«, stimmte Sebastian zu. »Aber das ist gut so. Sie wird zurechtkommen.« Ein feines Lächeln lag auf seinen Lippen. »Ich glaube, Mutter hat bewiesen, dass sie sehr gut für sich selbst sorgen kann.«

Julianna blickte zu Justin hinüber. Er saß am Rande der Couch, die kräftige Hand auf das Knie gestützt. Seit Danes Eintreten hatte er kein Wort gesagt. Seine schönen Gesichtszüge zeigten Spuren von Schmerz und Erleichterung zugleich ...

Juliannas Hand war unter Danes geschlüpft. Er drückte sie leicht, ohne Julianna anzusehen.

Dane räusperte sich. »Sie hat mich gebeten, euch das zu geben.« Er griff in sein Jackett und zog ein versiegeltes, sorgfältig gefaltetes Blatt Pergament hervor. »Sie sagte, der Brief sei für euch alle bestimmt.« Er blickte Justin an. »Und dann sagte sie, dass Sie ihn vielleicht als Erster lesen möchten.«

Er ging zur Tür zurück. »Ich lasse euch jetzt allein. Ich denke, es ist eine Familienangelegenheit.« Ohne Eile zog er sich zurück.

Justin hatte den Brief zögernd entgegengenommen, fast als ob er sich davor fürchtete.

Er blickte Julianna und Sebastian an. »Mein Gott«, sagte er mit seltsam erstickter Stimme. »Ihr könnt euch denken, was das ist, oder?«

Julianna biss sich auf die Lippen. Plötzlich war ihre Kehle wie zugeschnürt. Das passte so gar nicht zu Justin, der immer so zuversichtlich war. So selbstsicher. Noch nie hatte sie ihn so zerrissen gesehen, dass sie sein Anblick schmerzte.

»Anscheinend wirst du jetzt deine Antwort bekommen.«

Sebastians Stimme wie seine Haltung waren vollkommen gelassen, als er sich mit dem Ellbogen auf die Armlehne stützte und die großen Hände im Schoß faltete.

Justin blickte ihn an. »Sebastian! Willst du es nicht wissen? Willst du nicht die Wahrheit über unsere Eltern wissen? Über unseren Vater?«

Sebastian zuckte mit den Schultern.

Justins Blick wanderte zu Julianna.

Sie schüttelte unmerklich den Kopf. »Justin«, sagte sie leise, »es geht nicht darum, ob *wir* es wissen wollen, sondern darum, ob *du* es wissen willst.«

Wie benommen stand Justin auf, den Brief fest in beiden Händen haltend. »Verdammt!«, sagte er heiser. »Ich dachte, ich will es wissen. Ich dachte ...«

Bevor er sich dessen bewusst war, stand er vor dem Kamin. Er schluckte. Langsam senkte er den Blick und starrte auf das Wachs, das den Brief versiegelte.

Alle schwiegen.

Sebastian und Julianna wussten, was jetzt in Justin vorging. Er suchte. Er versuchte verzweifelt, in den verstecktesten Winkel seines Herzens zu gelangen ... in die Tiefen seiner Seele vorzudringen ...

Auf der Suche nach einer Antwort, die er nur da finden konnte.

Sie warteten – warteten eine Ewigkeit, wie es schien!

Justin wandte sich um und beugte sich vor. Vorsichtig hielt er eine Ecke des Pergaments in die Flammen und sah zu, wie das Feuer am Rand entlangleckte. Das Papier begann zu glühen und flammte dann plötzlich hell und leuchtend auf.

Tränen liefen über Juliannas Wangen. Sie wischte sie mit dem Handrücken weg.

Als von dem Brief nichts mehr übrig geblieben war, wandte sich Justin wieder seinen Geschwistern zu.

»Sie hatte Recht«, sagte er sanft »Mutter hatte Recht. Wir hatten uns. Ich glaube nicht, dass mir das jemals so bewusst geworden ist wie in diesem Augenblick ... Wir sind erstarkt, wir drei, weil sie uns verlassen hat. Wir sind uns nahe gekommen, weil wir nur uns hatten. Bei Gott, das kann ich nicht bedauern. Und der Inhalt des Briefes – was immer er enthielt – könnte niemals etwas daran ändern, was ich für euch beide empfinde.«

Er sah Julianna an, mit klaren, leuchtend grünen Augen.

»Ich hab dich über alles lieb, Jules.« Die Blicke gingen zu Sebastian. »Und dich, mein Bruder.«

Sein Tonfall war ernst. Aber sein kleines, schiefes Lächeln traf Julianna mitten ins Herz. Und dann kam es über sie. Ein heftiges Schluchzen löste sich aus ihrer Kehle. Die Gefühle übermannten sie und brachen einfach aus ihr heraus.

Sofort waren die Brüder neben ihr, Justin rechts und Sebastian links. Justin legte den Arm um sie. »Jules, nicht weinen! Es ist alles gut. Endlich ist alles gut.«

»Ich weiß. Ich *weiß*. Darum weine ich ja. Vor Freude!« Sie blickte ihn an. Das Lächeln im tränenüberströmten Gesicht war ein wenig unbeholfen, doch ungemein süß. Dann umarmte sie beide.

Justins Lachen klang noch etwas heiser, als er sich zu ihr beugte und sie auf die Wange küsste. »Mögen all deine Tränen in Zukunft Freudentränen sein«, flüsterte er.

Als er sich wieder aufrichtete, hatten seine Augen, wie die seines Bruders einen feuchten Schimmer bekommen.

Sie standen zusammen, zu dritt in einem geschlossenen Kreis ... einem Kreis der Liebe.

Mit einem glucksenden Lachen brachte Justin sie in die Wirklichkeit zurück. »Und jetzt, meine Lieben, muss ich mich leider verabschieden. Mich überkommt plötzlich das dringende Bedürfnis, nach Hause zu gehen, um meine Frau und meine Tochter in den Arm zu nehmen.«

»Dieser Gedanke kam mir auch«, murmelte Sebastian.

An der Tür hob Justin eine Braue. »Morgen zum Abendessen?«, fragte er. »Gegen sieben?«

Sebastian nickte. »Wunderbare Idee.«

Justin blickte zu Dane hinüber, der bei Juliannas bitterlichem Aufschluchzen in den Salon gestürzt war. Nachdem er sich überzeugt hatte, dass er nicht gebraucht wurde, wollte er sich wieder in das Damenzimmer zurückziehen. Als er aber hörte, dass die drei das Wohnzimmer verließen, war er stehen geblieben.

Julianna war bereits über den Flur gegangen und schob einen Arm unter den seinen.

Justin wandte sich Dane zu. »Sie kommen doch

auch? Zeit, dass Sie den Rest der Familie kennenlernen.«

»Aber seien Sie gewarnt«, mischte sich Sebastian ein, »mit den drei Kleinen wird es ziemlich hoch hergehen.«

Dane hatte die Hand auf Juliannas Finger gelegt und schaute sie an, mit einer stummen Frage im Gesicht.

Justin und Sebastian tauschten mit unterdrücktem Lachen Blicke aus. Jeder ahnte den Gedanken des anderen – er benahm sich ja bereits wie ein Ehemann!

Julianna nickte nur mit dem Kopf.

»Gern. Dann freue ich mich darauf.« Dane nahm die Einladung höflich an.

Kaum waren sie allein, drehte Dane das Gesicht der geliebten Frau zu sich und wischte ihr mit dem Daumen die Tränen von der Wange ab.

»Alles wieder gut?«

»Ja.«

Er blickte ihr tief in die Augen. »Bist du sicher?«

»In meinem ganzen Leben war ich mir einer Sache noch nie so sicher«, flüsterte sie. »Dane ... was du für meine Mutter getan hast ... Ich weiß nicht, wie ich dir danken soll.«

Er legte die Finger auf ihre Lippen und unterbrach den Redefluss. Dann schüttelte er den Kopf. »Es ging nicht anders, Kätzchen. Ich musste es tun. Ich weiß nicht, ob sie schuldig ist. Es ist nicht an mir, sie zu verurteilen. Aber ohne die Gewissheit, ob sie vor Gericht gestellt werden würde oder nicht ... konnte ich es nicht so weit kommen lassen. Ich konnte nicht zulassen, dass die Mutter der Frau, die ich liebe, ins Gefängnis kommt. Es wäre nicht richtig gewesen. Ich hatte eine Chance, Kätzchen, mehr nicht. Und das war auch alles, was *sie* hatte.«

Ihr Herz pochte. Da. Er hatte es wieder gesagt. *Er liebte sie.*

»Ich wünschte nur, ihr hättet Gelegenheit gehabt, euch von ihr zu verabschieden.«

»Oh, aber das haben wir getan, Dane! Wir haben ihr auf unsere Art Adieu gesagt. Zwischen ihr und uns ist alles im Reinen ohne … ohne Trauer und Bitterkeit!« Sie legte eine Hand auf seine Brust. »Aber was ist mit dir? Wird Barnaby wütend sein, dass sie dir entkommen ist? Wird es deiner Stellung im Innenministerium schaden?«

Ein Lächeln umspielte seine Mundwinkel. »Nein.«

Julianna sah ihn verblüfft an. »Warum nicht?«

»Kätzchen«, sagte er nachsichtig, »das war der letzte Ritt der Elster. Und was das Innenministerium anbelangt … also, dieser Teil des Lebens liegt hinter mir. Mit dem heutigen Tag.«

Sie war überrascht. Ungläubig schüttelte sie den Kopf. »Dane, du brauchst nicht mehr …«

»Ja, und ich werde es nicht mehr tun, Julianna. Dazu hatte ich mich bereits vorher entschlossen. Ich beabsichtige, mich ganz meiner Frau und unseren Kindern zu widmen.«

»Ah«, sagte sie mit gespielter Gleichgültigkeit, »aber du hast noch keine Frau, geschweige denn Kinder.«

»Noch nicht«, sagte er verschmitzt lächelnd. »Aber so bald ich eine Frau habe, wird der Kindersegen folgen und ich werde keine Mühen scheuen, um dafür zu sorgen.«

Juliannas Augen wurden kugelrund. »Oh!«, rief sie. »Du bist deiner selbst sehr sicher!«

»Und du bist mir noch eine Antwort schuldig.«

»Du meinst natürlich die Antwort, die du hören willst«, sagte sie neckend.

»Richtig. Denn ich gedenke nur eine Antwort zu akzeptieren.«

»Und die wäre?«

Wieder hatte er diesen Blick, der sie schwach werden ließ. Er umfasste sie fester und hob sie vom Boden hoch, so dass sich ihre Lippen fast berührten.

Er beantwortete ihre Frage mit einer Gegenfrage. Seine Augen verdunkelten sich plötzlich, während er sie eindringlich ansah. »Liebst du mich, Kätzchen?«

Sie zögerte nicht eine Sekunde. »Ja«, hauchte sie. »Ich liebe dich wahnsinnig!«

»Dann sage ja, Liebste. Sag, dass du mich heiratest.«

»Ja«, kam es kaum hörbar über ihre Lippen. »Oh, ja, ich heirate dich …«

Er küsste sie, zuerst zärtlich, dann voller Leidenschaft mit all der Liebe, die er aus tiefstem Herzen für sie empfand. Julianna schlang die Arme um seinen Nacken, als wolle sie ihn nie mehr loslassen.

Plötzlich löste er sich mit einem Lachen aus ihrer Umarmung.

Julianna war ungehalten. »Was ist?«, maulte sie. »Was ist los?«

»Beinahe hätte ich es vergessen. Ich muss dir etwas zeigen.«

Zu ihrer Überraschung führte er sie zur Tür hinaus an die Straßenecke. Julianna blickte zu dem vor ihr liegenden Backsteinhaus mit den anmutigen griechischen

Säulen. Das war *sein* Haus. Das Haus, das sie immer von weitem bewundert hatte. Im Augenblick aber war ihr das nicht so wichtig, dachte sie und musste insgeheim lächeln. Jetzt zählte für sie nur, dass er sie die Treppen hinauftrug und sie das Gewicht seines starken Körpers auf sich spürte, während er sie liebte …

Aber er führte sie nicht zur Tür. Und nicht die Treppen zu seinem Schlafzimmer hinauf.

Stattdessen gingen sie um das Haus herum, durch einen bezaubernden Garten, an dessen Ende sich ein Stall befand. Als sie hineingingen, schob er sie durch die Tür.

Sie kniff die Augen zusammen. »Dane! Was …«

Er zeigte in die Ecke. Erstaunt richtete Julianna die Augen auf eine am Boden liegende Wolldecke. Zusammengerollt lag dort eine grünäugige Katze mit gelblichem Fell. An ihren Bauch gekuschelt, lagen drei winzige rabenschwarze Wollknäuel.

Etwas rieb sich an ihren Knöcheln. Julianna blickte hinunter.

Dann fiel es ihr wie Schuppen von den Augen. »Maximilian! Du Biest!« Lachend blickte sie zwischen Maximilian und der gelben Katze hin und her.

»Offensichtlich war Maximilian ohne mein Wissen eine Zeit lang auf Freiersfüßen unterwegs«, bemerkte Dane lakonisch.

»So etwas Süßes habe ich noch nie gesehen!«, rief sie aus. »Weißt du, ob sie …«

»Zwei Jungen und ein Mädchen«, ergänzte er. »Und ich habe eine Idee«, setzte er lächelnd hinzu.

»Und was für eine?« Julianna streckte eine Hand nach den Kätzchen und ihrer Mutter aus.

»Vielleicht gefällt es ihnen in Somerset. Ich denke, auf dem Land können sie besser herumstreifen und spielen. Und wir könnten ihnen Namen geben, wie …«

Ihr Herz hüpfte. O Gott, er erinnerte sich doch nicht an…

»Alfred, Rebecca und Irwin«, sagte er leise.

Unsäglich und über alle Maßen gerührt, warf sich Julianna in seine Arme.

Mit den Fingern spielte er in ihrem dichten, kastanienbraunen Haar. Er schob ihren Kopf zurück, damit er sie anschauen konnte. »Was denkst du?«, flüsterte er.

Zwei große Tränen traten ihr in die Augen. Oh, es waren reine Freudentränen! Sie lächelte. »Ich denke«, wisperte sie, »dass ich dich ewig lieben werde!«

In der Nacht vernahm Dane auf der Straße Hufgetrappel. Er stand auf, zog seinen Hausmantel über und drückte seiner zukünftigen Frau einen Kuss auf die Lippen. Dann ging er hinaus, um Phillip zu treffen.

»Alles in Ordnung?«

»Ja«, antwortete Phillip. »Daphne Sterling – oder Madame Lemieux – befindet sich wieder einmal an Bord eines Schiffes nach Frankreich. Und ich muss sagen, sie heimlich dorthin zu bringen, war eine verdammt aufregende Angelegenheit!«

»Du suchst also das aufregende Abenteuer, hm?«

Phillip lachte schallend. »Sucht das nicht jeder?«

»Erinnerst du dich noch, als du einmal sagtest, du würdest gern mit mir tauschen?«

»Ja, gewiss.«

»Nun«, sagte Dane, »ich hoffe, es war dir ernst damit.« Er steckte die Hände in die Taschen seines Hausmantels und lächelte über Phillips verblüfftes Gesicht. »Das habe ich nämlich Barnaby vorgeschlagen, als ich meinen Abschied einreichte. Er möchte morgen – besser gesagt heute – mit dir darüber sprechen.«

Phillip blickte ihn ungläubig an. »Ist das dein Ernst?«

»Ja.«

Phillip jauchzte. »Ich bin Spion. Ich bin ein *echter* Spion!«

Dane warf den Kopf in den Nacken und lachte glucksend. »Meiner Treu, ich wage nicht daran zu denken«, neckte er ihn. »Werden die Gestade Englands jemals wieder sicher sein?«

»Ha! Sicherer denn je«, entgegnete Phillip mit einer schwungvollen Geste.

»Es freut dich also?«

»Die Frage erübrigt sich doch, oder? Aber was ist mit dir, Dane? Bist du sicher, dass du die richtige Entscheidung getroffen hast? Keine mitternächtlichen Eskapaden mehr. Keine heimlichen Verabredungen.«

»Keine Gefahr.«

»Aber ... was zum Teufel wirst du machen? Wie um alles auf der Welt gedenkst du deine Tage und Nächte zu verbringen?«

Dane lachte auf. »Oh, ich habe etwas viel Aufregenderes vor.«

»Zum Beispiel?«

Er lächelte. »Kleine Granvilles produzieren.«

Epilog

Die Hochzeit fand einen Monat später in St.George am Hanover Square statt. Dieses Mal ein Ereignis, das nichts mehr mit dem schmerzlichen Geschehen von damals zu tun hatte. Erinnerungen an die Vergangenheit waren ausgelöscht, denn die Freude auf ihr zukünftiges Leben ließ ihr Herz überquellen.

An Sebastians Arm schritt Julianna in das Vestibül, einen Strauß aus Lilien und Rosen in der Hand. Langsam verebbte das Geflüster der Gäste, als die ersten Klänge der Orgel ertönten. Dann war es so weit. Julianna schwebte den Mittelgang entlang, und alle Blicke waren auf sie gerichtet ... während sie nur Augen für ihren zukünftigen Ehemann hatte, der sie vor dem Altar erwartete.

Der Ausdruck seiner Augen war zärtlich und hielt sie fest, als wolle er sie nie wieder gehen lassen.

Sie hatte befürchtet, ihr würden vielleicht die Tränen kommen, als sich ein dicker Kloß in ihrer Kehle festsetzte.

Seine Augen waren voller Liebe, und ihr Herz drohte vor Glück zu zerspringen. Als sie sich bei der Hand fassten, hörten sie die Dowager Duchess of Carrington hinter sich ziemlich laut flüstern, sie habe das Paar zusammengebracht.

Wahrscheinlich gab es nicht eine Seele in der Kirche, die es nicht mitgehört hätte.

Julianna verkniff sich das Lachen. Ein verstohlener Blick zu Dane sagte ihr, dass er ebenfalls mühsam dagegen ankämpfte. Dieser Augenblick war so wunderbar und kostbar, dass sie ihn niemals vergessen würde.

Und davon gab es noch mehr.

Ihre Nichte Sophie, der man im zarten Alter von zwei Jahren das Versäumnis nachsehen musste, die Blütenblätter nicht vor der Braut gestreut zu haben, schüttete die Blüten aus dem Korb, setzte sich selbstvergessen mitten in die bunte Pracht und spielte damit.

Bruder Geoffrey folgte ihrem Beispiel.

Vater Sebastian seufzte gequält auf, dann räusperte er sich und winkte mit dem Finger, als die beiden aufschauten. Mit leuchtenden Augen sprang Geoffrey auf, klopfte sich die Blütenblätter von der Hose und flitzte zwischen Julianna und Dane hindurch, als Sebastian ein zweites Mal mit dem Finger winkte. Sophie quietschte vergnügt auf und sauste dem Bruder hinterher.

Alles war völlig chaotisch. Und unvergesslich …

Und voller Leben …

Ungefähr ein Jahr später hörte Dane seinen Sohn im Kinderzimmer neben dem elterlichen Schlafzimmer schreien. Unruhig drehte sich seine Frau im Schlaf zur Seite. Er gab ihr einen Kuss auf den Mund, schlüpfte aus dem Bett und ging in das Kinderzimmer.

Das weinende Kind verstummte sofort, als es die Hände des Vaters spürte, die es aus dem Bettchen hoben. Dane zündete eine Kerze an, küsste den dunklen Haarschopf des Kleinen und legte Christian Elliot

Granville – von seinen Eltern liebevoll Kit genannt – in die Beuge seines Ellbogens und setzte sich in den daneben stehenden Sessel.

Die Finger des Kleinen legten sich um seinen Daumen und hielten ihn fest. Mit verklärtem Gesicht nahm Dane die kleine Faust und strich mit den Lippen über die winzigen Grübchen auf dem Handrücken.

»So, mein Kerlchen, du glaubst zu mitternächtlicher Stunde kann man Besseres tun als schlafen, wie?«

Das Baby gab diesen gurrenden kleinen Laut von sich, der seine Mutter jedes Mal entzückte – und das Vaterherz vor Stolz anschwellen ließ. Und dann hob der Kleine die Brauen und lächelte.

Dane lachte leise. »Was möchtest du? Ah, dann will ich dir eine kleine Geschichte erzählen, mein Junge. Es war einmal ein Straßenräuber, der einsam und furchtlos durch die Nacht ritt. Die Elster wurde er genannt. Oh, ein tollkühner, wagemutiger Bursche war das, mein Junge. Aber nicht alles war so, wie es den Anschein hatte, verstehst du. Die Elster war nicht so ein furchtbarer Kerl, wie die Welt glaubte.«

Sein Sohn blickte ihn hingerissen an.

»Eines Nachts rettete die Elster eine Lady. Oh, sie war eine Schönheit, mit kastanienbraunem Haar und Augen, die wie Saphire leuchteten, ja, genauso wie deine, mein Junge! Der Straßenräuber brachte die Lady heimlich in eine Jagdhütte hier ganz in der Nähe und wartete und wartete und wartete, dass die Lady erwachte. Und als sie endlich die Augen aufschlug, hatte er die Frau seiner Träume gefunden, seine einzige wahre Liebe! Und diese wunderschöne Frau, soll ich dir sagen, wen sie erblickte?«

Vater und Sohn waren so in die Geschichte vertieft, dass sie das Rascheln an der Tür nicht bemerkten.

»Sie erblickte ihren Ehemann … ihren Helden.«

Und im Türrahmen stand lächelnd Julianna.

Ja, das hatte sie tatsächlich.

Nachwort der Verfasserin

Lieber Leser,

Ich hoffe, Ihnen hat der Schluss der Sterling Trilogie gefallen. Das Schreiben dieser Folgen war eine unvergessliche Erfahrung für mich, und ich hoffe, Sie werden sich daran ebenso gerne erinnern wie ich. Sebastian, Justin und Julianna sind in meinem Herzen auf manche Weise lebendig geworden …

Schreiben ist ein Prozess der Enthüllungen, was manchmal im gleichen Maße für den Autor wie für den Leser zutrifft. Das Schreiben dieser Trilogie erforderte eine ständige Spontanität. Laufend ergaben sich neue Handlungslinien, wie ich sie niemals erwartet hätte – und das war auch bei vielen Figuren der Fall! Und ich entdeckte so einige Dinge über die Familie der Sterlings, die völlig überraschend für mich waren.

Ich beziehe mich hier natürlich auf die Nachkommen und ihren Vater. Ja, Sebastian, Justin und Julianna hatten die gleiche Mutter. Aber hatten sie auch den gleichen Vater? Dass dies der Fall war, stellte ich nie in Zweifel, als ich Buch Nummer eins »Verlockende Versuchung« schrieb. Aber dann stellte Justin in Buch zwei »Betörende Versuchung« dies infrage und ich machte mir Gedanken darüber … sollten sie die Wahrheit erfahren? Was würde geschehen, wenn dem so wäre?

Natürlich prüfte ich diese drei Charaktere auf Herz und

Nieren. Aufgrund dessen hatte meiner Ansicht nach keiner das Happy End mehr verdient als diese drei.

Was nun die Wahrheit über den leiblichen Vater der drei Geschwister betraf, so muss ich gestehen … dass ich mit mir gerungen habe – oh, ich habe es mir wirklich nicht leicht gemacht!

Aber letztlich war es ihre Geschichte. Und am Ende waren es Sebastian, Justin und Julianna, die vorangingen und mich führten. Die zu mir sprachen und mir sagten, was sie wollten und brauchten … Was am wichtigsten war … und wie ihre Geschichte enden sollte. Sie wussten, dass das Band, das sie in ihrer Kindheit zusammengehalten hatte, niemals reißen würde –, dass es für ewig war. Es konnte nur stärker werden. Und so ist sich die Botschaft dieser Trilogie stets treu geblieben.

Eine Geschichte über die Familie … und die Liebe.

Mit meinen besten Wünschen,

Samantha James